Ludwig von Embden
Heinrich Heines Briefe an seine Familie

SEVERUS

von Embden, Ludwig (Hg.): Heinrich Heines Briefe
an seine Familie
Hamburg, SEVERUS Verlag 2012
Nachdruck der Originalausgabe von 1892

ISBN: 978-3-86347-295-5
Druck: SEVERUS Verlag, Hamburg, 2012

Der SEVERUS Verlag ist ein Imprint der Diplomica
Verlag GmbH.

**Bibliografische Information der Deutschen
Nationalbibliothek:**
Die Deutsche Nationalbibliothek verzeichnet diese
Publikation in der Deutschen Nationalbibliografie;
detaillierte bibliografische Daten sind im Internet über
http://dnb.d-nb.de abrufbar.

Heinrich Heine.

Heinrich Heines Familienleben

ward verschiedentlich unrichtig geschildert, und seine
Beziehungen zu seinen nächsten Verwandten oft arg
entstellt. — Den Wünschen seiner zahlreichen Ver=
ehrer nachgebend, um eine genauere Charakterisirung
des Dichters zu ermöglichen, beauftragte mich meine
hochbetagte Mutter, die einzige Schwester H. Heines,
seine Familienbriefe, welche sie bisher als ein
theures Vermächtniß gehütet, verbunden mit den
Erinnerungen an ihren Bruder, noch zu ihren Leb=
zeiten zu veröffentlichen. —

Während seines ganzen Lebens stand Heinrich
Heine mit seiner Mutter und Schwester in einer
regelmäßigen Correspondenz, dagegen mit seinen
Brüdern, nach seiner Pariser Uebersiedelung, nur
im oberflächlichsten brieflichen Verkehr. —

Heinrich Heine, am 13. December 1799 zu
Düsseldorf geboren, starb am 17. Februar 1856 in
Paris und ruht seit 36 Jahren in der Gruft auf
dem Friedhof Montmartre.

1*

Wie vieles hat sich seit dem Hinscheiden des
Dichters verändert, und welche große politische Um=
wälzungen haben stattgefunden! Seine idealistischen
Zukunftsträume haben sich realisiert, die Kleinstaaterei
mit ihren Miseren und Absolutismus, welche so oft
seinen Spott erregte, ist verschwunden, und ein neu=
erstandenes Deutschland verband die verschiedenen
Staaten zu einer großen starken Nation. —

Des Dichters Spott traf nie das Ideal,
sondern die realistischen Ueberbleibsel des Parti=
cularismus und religiöser Unduldsamkeit, und vor
allen deren Apostel, die dem Fortschrittsdrange des
Volkes hemmend entgegen traten. Des Dichters
Trieb nach Freiheit und Wahrheit begeisterte ihn,
die Dissonanzen seiner Zeit ironisch und grell zu
schildern, jene Kontraste und Widersprüche einer
beschränkten Weltanschauung, die Thorheiten der
Gesellschaft in humoristischer Darstellung zu be=
leuchten und rücksichtslos aus ihrer Brutstätte zu
scheuchen.

Seine Widersacher fühlen sich heute noch durch
sein damaliges Wirken in ihren engherzigen reaktio=
nären Anschauungen verletzt; sein reformatorisches
Streben absichtlich verkennend, urtheilen sie nach dem
Bestehenden und verdächtigen seinen Patriotismus.
Eine umso ungerechtere Beschuldigung, da der Dichter

in seinen Versen und Schriften oftmals sein Exil
beklagte und seine Sehnsucht nach Deutschland
schilderte. —

> „O Deutschland, meine ferne Liebe,
> Gedenk ich Deiner, wein' ich fast!
> Das muntere Frankreich scheint mir trübe,
> Das leichte Volk wird mir zur Last."

Samson Heine, der Vater des Dichters, 1765 in
Hannover geboren, kam 1796 nach Düsseldorf, ward
mit der angesehenen Familie van Geldern befreundet,
und heirathete am 6. Juni 1798 deren Tochter
Betty, welcher Ehe 3 Söhne Heinrich, Gustav, Max,
und eine Tochter, Charlotte, entsprossen. — Samson
Heine gründete in Düsseldorf seinen Heerd, und das
jetzige Haus in der Bolkerstraße mit der marmornen
Votivtafel mag wohl der Platz gewesen sein, wo
H. Heines Geburtshaus gestanden, doch ist von dem
vor mehr als 100 Jahren erbauten alten Hause
kein Stein mehr vorhanden, dasselbe zweimal ab-
gerissen und wieder neu aufgebaut worden. Heines
Schwester erklärte s. Z. öffentlich, als sie vernahm,
daß vom jetzigen Bewohner des Hauses den Fremden
zwei Zimmer in einem stallartigen Hintergebäude,
durch eine schmale Hühnersteige zu erreichen, als

H. Heines Geburtsstätte gezeigt werden: daß jene
Räume von ihren Eltern niemals bewohnt wurden,
und des Dichters Wiege dort keinesfalls gestanden
habe. —

Heinrich Heine, dessen geistige Entfaltung schon
als Knabe zu den schönsten Hoffnungen berechtigte,
ward gegen seine Neigung, nachdem er die Classen
des Düsseldorfer Lyceums durchgemacht, von seinen
Eltern für den Kaufmannsstand ausgebildet. Nachdem dieselben, nach verschiedenen resultatlosen Versuchen, sich von seiner schwachen Befähigung für
diesen Stand überzeugt hatten, gaben sie seinen
Wünschen nach und ließen ihn studiren. Nach
Absolvirung eines vorbereitenden Gymnasialkursus
bezog H. Heine Ende des Jahres 1819 die Universität Bonn. Seine Familie war nach kurzem
Aufenthalt in Oldesloe nach Lüneburg übersiedelt,
und nach dem Umzug erhielt seine Schwester folgendes Schreiben:

1.

Bonn, den 22. März 1820.

Liebes Lottchen!

Ich beziehe mich auf alle meine Briefe. — Du
sollst mir schreiben, wie es Euch dort geht, und wie
es bei Eurer Abreise herging. Der Saal des

Musikvereins ist gewiß mit schwarzem Flor behangen worden, 14 Tage ist dort gewiß kein Allegro gehört worden, nur Adagio. — Und die Straßen, wie müssen die jetzt todt sein! — Hast Du auch geweint wie Du fortfuhrst? — Wie ist es Euch auf der Reise gegangen? Ich habe manche Nacht auf meinem Holzstuhl gesessen und in meinen großen gelehrten Büchern mechanisch fortgelesen, während meine Gedanken sich auf der Lüneburger Haide herumtrieben und ängstlich zusahen: ob auch Euer Kutscher nicht schläft, ob Euer Wagen auf der rechten Spur, ob Euch kein Rad bricht. — Bist Du auch werth, daß ich Dich so lieb habe?

Harry Heine,
stud. juris.

Nach einjährigem Aufenthalt in Bonn ging H. Heine nach Göttingen und begab sich im nächsten Jahre nach Berlin, wo er sich 1821 als Student auf der dortigen Universität immatrikuliren ließ. — Er studirte Rechts- und Kameralwissenschaften, blieb aber trotz des etwas trockenen Studiums seinem dichterischen Triebe treu und schuf Lieder und Romanzen in Fülle. Sein Aufenthalt in Berlin und seine intimen Verbindungen mit den litterarischen Elitekreisen der Residenz entwickelten immer mehr seine schriftstellerische Thätigkeit, bald erregten seine Produktionen allgemeines Aufsehn, und zu jener Zeit begann schon der Anfang seines Dichterruhms.

Seine Schwester Charlotte, welche zum Besuch bei ihrem Onkel in Hamburg verweilte, verlobte sich mit dem dortigen Kaufmann Moritz Embden*) und erhielt derselbe in Folge des freudigen Familienfestes nachstehendes Schreiben:

2.

Berlin, den 2. Februar 1823.

Lieber Embden!

Ihr Brief vom 23. v. Mts. hat mich mit vieler Freude erfüllt. Ich gratulire zu Ihrer Verlobung mit meiner Schwester. Obschon die Nachricht derselben mich sehr bewegt, gewiß mehr als man mir es zutraute, so kam sie mir doch nicht vor wie eine „seltsame Schicksalslaune", sie erschien mir vielmehr als etwas, was ich längst gewußt, und zwar schon vor vielen Jahren gewußt, und was ich während meiner inneren und äußeren Lebensstürme allmälig vergessen hatte.

Ich hoffe, daß Sie und meine Schwester ein glückliches Paar sein werden, da Lottchen im Stande ist, den Werth Ihres Charakters zu fühlen, und da

*) Geb. 1790, † 1866, hinterließ einen Sohn und 3 Töchter.

auch Sie den Charakter meiner Schwester zu
würdigen verstehn, weil Sie gewiß nicht, wie unsere
verbildete schöne Welt, an einem Weibe einseitig
hervorstehende Vorzüge des Verstandes, oder des
Herzens, oder des Körpers schätzen, und weil Sie
gewiß, wie ich Sie beurtheile, nur im schönen Eben-
maße aller Seelenkräfte die wahre Bildung, und in
der Harmonie von Seele und Körper die wahre
Liebenswürdigkeit erkennen. Mein Lottchen ist
Musik, ganz Ebenmaß und Harmonie — der
Bruder braucht sich gegen den Bräutigam solcher
Ausdrücke nicht zu enthalten.

Der politische Theil Ihres Briefes hat mich
sehr erfreut; es ist mir lieb, daß der künftige Mann
meiner Schwester kein Revoluzionär ist. Auch finde
ich es sehr natürlich, daß ein Mann, der à son
aise und glücklicher Bräutigam ist, nicht den Um-
sturz der bestehenden Formen wünscht, und für seine
und Europas Ruhe besorgt ist. Bei mir sind
andere Verhältnisse obwaltend, und außerdem fühle
ich mich ein bischen seltsam gestimmt, wenn ich
zufällig in den Zeitungen lese, daß auf den Straßen
Londons einige Menschen erfroren, und auf den
Straßen Neapels einige Menschen verhungert sind.
Obschon ich aber in England ein Radikaler, und in
Italien ein Carbonari bin, so gehöre ich doch nicht

zu den Demagogen in Deutschland, aus dem ganz
zufälligen und geringfügigen Grunde, daß bei einem
Siege dieser letztern, einige tausend jüdische Hälse,
und just die besten, abgeschnitten werden. — Mögen
indessen unsere Ansichten über die Erscheinungen
des Tages noch so grell von einander abweichen,
oder sich gar entgegen gesetzt sein, so bin ich über=
zeugt, daß dieses nicht im mindesten einen unfreund=
lichen Einfluß ausüben wird auf unsere verwandt=
schaftliche Freundschaft, die auch in der Ferne (ein
trüber Unmuth wird mich auf immer von Hamburg
zurückhalten), durch gemüthliche Theilnahme, durch
verständige Berichtigung und durch liebevolle Auf=
munterung, mich, der ich noch in Verstimmung,
Irrthum und Kampf lebe, oft erheitern, belehren
und beruhigen wird.

H. Heine.

3.

Berlin, den 3. Mai 1823.

Lieber Embden!

Ihren Brief vom 28. April habe ich richtig
erhalten, und beeile mich, Ihren Wunsch meine
Tragödien zu sehen in Erfüllung zu bringen, indem
ich Ihnen beikommendes Exemplar als ein Zeichen
meiner Achtung verehre. Möge das Büchlein bei
Ihnen eine gute Aufnahme finden, und die ethische

Grundlage desselben nicht von Ihnen verkannt werden. Sie lesen in diesem Buche, wie Menschen untergehn und Geschlechter, und wie dennoch dieser Untergang von einer höheren Nothwendigkeit bedingt und von der Vorsehung zu großen Zwecken beabsichtigt wird.*) Der ächte Dichter giebt nicht die Geschichte seiner eignen Zeit, sondern aller Zeiten, und darum ist ein ächtes Gedicht auch immer der Spiegel jeder Gegenwart.

Dieser Tage reise ich nach Lüneburg, bin aber in diesem Augenblick sehr malade, und schreibe diese Zeilen unter den furchtbarsten Schmerzen.

Ich grüße Sie herzlich

H. Heine.

Bald nach der Hochzeit seiner Schwester, welche am 22. Juni 1823 stattgefunden, ging Heine zur Cour nach Ritzebüttel, um in Cuxhaven Seebäder zu nehmen, da er sich durch Ueberarbeitung ein nervöses Kopfleiden zugezogen hatte.

4.

Ritzebüttel, den 28. Juli 1823.

Liebes Lottchen!

Ich bin hier. Mehr kann ich wegen Unwohlsein nicht sagen. Ich will die ganze Cur hier mitmachen.

---

*) Ratcliff.

Die erſten Tage des Septembers werde ich wohl
fertig ſein. Wenn ein Brief für mich ankommt, ſo
ſchicke ihn mir per Adreſſe H. Heine von Berlin,
logirt in der Harmonie in Ritzebüttel. Es ſind
wenig Menſchen hier, triste und enuyant. Und alles
erſchrecklich theuer. Ich gebe über 6 Mark des Tages
aus, und iſt nicht wohlfeiler abzukommen. Schreibe
an Mutter wo ich mich befinde. Grüße mir Moritz,
ſowie auch alle die nach mir fragen. — Wenn Du
mir etwas erfreuliches herſchreiben kannſt, ſo thue
es doch.

Dein Dich liebender Bruder
H. Heine.

Die Seebäder hatten günſtig auf Heines Geſund-
heit gewirkt, und nach kurzem Aufenthalt bei ſeiner
Schweſter in Hamburg ging derſelbe auf einige
Monate zum Beſuch ſeiner Eltern nach Lüneburg.

5.

Lüneburg, den 15. September 1823.

Lieber Schwager und liebe Schweſter!

Ich bin vorgeſtern Nacht geſund und wohl hier
angelangt, und habe meine lieben Eltern ebenfalls
geſund und wohl angetroffen. — Ich bin erſt um
1 Uhr von Hamburg abgereiſt, ſchönes Wetter und
ſchnelle Fahrt. — Es iſt noch immer das alte

— 13 —

mürrische Lüneburg! die Residenz der Langeweile. —
Amichen war ganz außer sich vor Freude! Mutter
hat sich nicht wenig erschrocken, als sie Deinen Unfall
liebes Lottchen, erfahren. Ich erzählte, daß ihr letzter
Brief mit gutem Rath zu spät kam, und sich ihre
großmütterlichen Hoffnungen, obschon Zeit verloren,
dennoch später erfüllen würden. Ich habe viel von
Euch erzählen müssen, wie Ihr Euch wohl vorstellen
könnt. Die Daumenschrauben wurden mir gehörig
angelegt. Ich habe Mutter eine Schilderung Eures
Dienstmädchens entworfen, und sie rathet Dir, liebes
Lottchen, dieses Mädchen nicht abzuschaffen, bei der
dritten Magd würdest Du die erste wieder zurück=
wünschen. Du kannst kaum glauben, liebes Lottchen,
wie sehr die Mutter Tag und Nacht an Dich denkt!
Sie wundert sich, daß Du heftig geworden seist;
sie glaubt, es sei die Folge der Lebensweise, der ge=
würzten und fetten Speisen. — Ich habe nicht genug
erzählen können, wie Du aussiehst. Ich konnte mit
Freuden erzählen, daß Sie, lieber Embden, meine
Schwester herzlich lieben, beständig Sorge für sie
tragen, ihre Schwächen ertragen, ihre Caprizchen
männlich ertragen, die eignen Caprizen gern ablegen,
und sich immer als braver Ehemann zeigen. Wahr=
lich, meine Freunde, Eure kleinen Scharmützel rechne
ich für nichts, das ist überall; der höchste Moment

der Ehe ist ein Kampf, sogar ein blutiger; und es
hat nichts zu sagen, daß die Frau dem Manne die
Zähne zeigt, wenn sie nur hübsch weiß sind, daß sie
Thränen weint, wenn es sie nur gut kleidet, und
daß sie unwillig mit den Füßen trampelt, wenn
diese nur hübsch klein sind. Und was giebt es
schöneres als die Versöhnung! Und Moritz hat ein
gutes Herz! Ja, lieber Embden, Ihr Herz ist zwar
sehr eckig, aber es ist gut, und was Ihren übrigen
Charakter betrifft, so mußte ich diesen immer mehr
und mehr achten und lieb gewinnen, obschon seine
Schroffheiten ungewöhnlich sind, und mein Charakter
anders gebaut ist. — Ich hoffe, daß wir uns in der
Folge gemüthlich näher treten mögen, und daß auch
Sie das Gute, was oft sehr versteckt in mir liegt,
herausfinden und anerkennen werden. Ich habe
Ihnen schon den Beweis geliefert, daß ich Ihnen
im praktischen Leben einen richtigen Scharfblick zu=
traue; vielleicht bemerken Sie mal, daß ich im idealen
Leben, nemlich da, wo es auf die Ideen ankömmt,
nicht minder scharf und richtig sehe. Sie haben mir
zur guten Stunde, durch Ihre Einsicht viel genützt,
und ich bin Ihnen sehr dankbar. Nebenbei statte
ich auch meinen Dank ab, für die guten Suppen,
die ich bei Ihnen gegessen, für so manches schöne
Glas Wein, das ich bei Ihnen getrunken, und für

so viele Freundlichkeiten, die Sie mir freundlich erwiesen.

Halten Sie mich in gutem Andenken! Alle Freunde herzlich zu grüßen. Lebt wohl und behaltet lieb

Euren getreuen

H. Heine.

6.

Lüneburg, den 12. Oktober 1823.

Liebes Lottchen!

Deinen lieben kleinen Brief vom 7. Oktober habe vorige Woche richtig erhalten und hinlänglich geküßt. Es ist alles so niedlich was Du schreibst, als hätte es der geschickteste Zuckerbäcker gedrechselt. Schreibe mir oft, Du machst mir jedesmal dadurch ein Vergnügen. Wir befinden uns alle sehr wohl. Mutter und Vater befinden sich wohl. Gustav befand sich wohl, nur zu wohl. Maxchen ist fleißig, großer Pedant. Aber ist doch ordentlich, und man braucht wegen seiner nichts zu fürchten. —

Wir haben eine neue Köchin, welche sehr frech. Behalte Dein Mädchen, rathe ich Dir. — Mein Kopf bessert sich täglich. Wie kannst Du glauben, daß ich nicht darauf bedacht sei, den bekannten

juristischen Plan auszuführen? Ich liebe Dich un=
aussprechlich und schmachte danach Dich mal wieder=
zusehen, giebt es doch niemand auf der Welt, in
dessen Gesellschaft es mir wohler zu Muthe wäre,
als in der meiner Schwester. Wir verstehen uns
so gut, wir allein sind vernünftig, und die ganze
Welt ist verrückt. Schreibe mir viel, was es dort
neues giebt. Schone Deine Gesundheit, das viele
Herumwirthschaften ist Dir nicht gesund. Sei nach=
giebig gegen Deinen Mann, er ist wahrhaftig ein
seelenguter Mensch. Wir beide unterscheiden uns
darin, daß bei ihm in seinem Kopf die Schrauben
zu fest geschraubt sind und daß sie bei mir zu lose
geschraubt sind. Soeben erhalte ich die Adresse der
Bücher, Jan geht sie holen. Es ist hier sehr lang=
weilig, doch bin ich vergnügt. —

Lebe wohl und behalte mich lieb.

Dein getreuer Bruder

H. Heine.

7.

Lüneburg, 7. November 1823.

Liebes Lottchen!

Du bist mir gewiß böse! Und dennoch würde
ich Dir auch heute nicht schreiben, wenn ich Dir

nicht den Nummernzettel zu schicken hätte, den ich
den Büchern beizulegen vergaß. Schicke mir recht
bald andere Bücher. — Und was hätte ich Dir auch
zu schreiben? Wie wir leben weißt Du; — Ich
werde hier sehr honorirt. Besonders bin ich oft
in Gesellschaft bei dem Superintendent Christiani;
der Dr. Christiani hat mich in ganz Lüneburg berühmt gemacht, und meine Verse rouliren. Indessen
suche ich immer, wo ich es kann mich zurückzuziehen;
meine Kopfschmerzen, die noch immer nicht ver-
schwinden, und meine Jurisprudenz beschäftigen mich
zu sehr. — Bildung ist hier gar keine; ich glaube
auf dem Rathhaus steht ein Culturableiter. Aber
die Menschen sind nicht schlimm. An Dich denke
ich sehr oft, Du gutes liebes durchsichtiges Kind!
Wie oft sehne ich mich danach, Deine kleinen Alabaster-
pfötchen zu küssen! habe mich nur lieb, so stark Du
kannst! — Was Du mir von Methfessel schreibst
erfreut mich. Grüße ihn recht herzlich. Ich möchte
gerne mal meine Lieder singen hören. Ich will
doch sehen, daß ich mir auch die Kleinsche Compo-
sition derselben verschaffe. Wir alle befinden uns
wohl. Lebe wohl kleine süße Christallpuppe. Mache
mir ein Paar wollne Pantoffel. —

Dein Dich liebender Bruder
H. Heine.

— 18 —

8.

Lüneburg, 8. December 1823.

Liebe kleine Seele!

Ich habe Dir lange nicht geschrieben, weil ich noch immer Antwort auf einen meiner letzten Briefe von Dir erwartete. Ich hätte mich freilich nicht daran kehren, und doch schreiben sollen, aber ich habe doch eine gute Ausrede. Ueberdies bin ich zu mißmüthig um etwas heitres zu sagen, und Du weißt wenn ich meine düstere Stunde habe, so laß ich mich nicht vor Dir sehen. Du sollst mich immer rosenroth sehen, und sollst mich lieb haben. O, wie freut mich die Nachricht, daß Du bald her= kommst! Ich höre Dich schon: wau, wau! Ich küsse schon im Gedanken die lieben Töne. — Es freut mich auch Moritz zu sehen. Ich muß ihn wohl= wollen wenn ich höre, daß er Dich so sehr liebt, wie Vater nicht genug erzählen kann. O wie schön ist es wenn Ihr beide wechselseitig Eure schwachen Seiten ertragen lernt. Wechselseitige Nachsicht, Billigkeit, Verständniß gründet eine gute Ehe. Moritz wird schon wissen wie er so ein liebes, gläsernes, hübsches und wunderliches Spielzeug, wie Du bist, zu behandeln hat. Ich hoffe daß Du Dich wohl befindest liebes Lottchen. Sei versichert, daß ich immer an Dich denke. Ich weiß ja daß der

liebe Gott haben will, daß Dir alle Menschen die
Hände küssen. Daran glaube ich, das ist meine
Religion.

H. Heine.

9.

Lüneburg, den 26. December 1823.

Liebe Lotte!

Es ist himmelschreiendes Unrecht, daß ich keine
Zeile von Dir zu sehen kriege. — Wie lebst Du,
was machst Du? — O wie schmerzt es mich, daß
ich abreisen muß, ohne Dich süßes Wesen wiederge-
sehen, und gesprochen, und geküßt zu haben! — Ich
breche mir schon den ganzen Morgen den Kopf, ob
ich ein oder zwei Finger darum gäbe, wenn ich
einige Jahre in Deiner Nähe verleben könnte. Ich
würde nach Hamburg kommen Abschied von Dir zu
nehmen, wenn ich dort nicht durch eine zu große
Reihe Bekannte moralisch Spießruthen laufen
müßte. —

Schreibe mir dann und wann wenn ich in
Göttingen bin. Deine Briefe tragen ganz das Ge-
präge Deiner netten Seele, und sind wahre Bonbons
für mein Herz. — Der Gedanke an Dich, liebe
Schwester, muß mich zuweilen aufrecht halten, wenn
die große Masse, mit ihrem dummen Haß und
ihrer ekelhaften Liebe mich niederdrückt. — Ich

2*

gratulire Dir zum neuen Jahre. Auch Moritz gratulire ich, ich will ihm von Göttingen aus schreiben. Hier habe ich ihm nichts zu sagen und für bloße Convenienzbriefe mit gehörigem Wasser= aufguß, ist er mir zu gut. — Ach ich bitte Dich wenn Du zu Salomon Heines kommst, so gratulire dort in meinem Namen. Auch Henry Heine grüße mitsammt der ganzen Henriade. Und wenn Dir das nicht schon zu lästig ist, so grüße mir alle Embdens. —

Vor allem aber lebe wohl und behalte mich lieb.

H. Heine.

10.

Lüneburg, den 9. Januar 1824.

Liebe kleine Person!

Heute reise ich noch nicht, aber ich reise über= morgen, wenn meine Hemden unterdessen trocken sind und wenn ein Brief, den ich von Berlin er= warte angekommen ist. Du weißt noch von Hamburg her, daß ich überall wo ich bin, so leicht kleben bleibe. Aber heute über 8 Tage, müssen die Thore und Menschengesichter Lüneburgs hinter mir sein. Von meinen Eltern wird mir der Abschied schwer werden. Wir deklamiren Dein Trompeterstückchen: Calypso ne pouvait se consoler du depart d'Ulysse. — Denkst Du kleine Französin noch an jene Telemakzeit? — Wie gerne küßte ich Dir noch einmal die charmanten Katzenfötchen, ehe ich mich aus dieser Gegend entferne. — Auch von Amichen wird mir der Abschied schwer. Die kleine Bestie hat mir hier wahrlich manche Stunde verschönert. Wenn ich jeden Abend lese, sitzt das nette Thierchen auf meiner Schulter und fängt immer an zu bellen, wenn ich an eine schöne Stelle des Buches komme. Amichen hat mehr Verstand und Gefühl als alle deutschen Philosophen und Poeten. —

Ueber Deinen Brief v. 31. December habe ich mich recht gefreut. Ueber Deine literarische Noth habe ich herzlich gelacht. Schreibe mir oft. Daß ich an ein Trauerspiel arbeite, wie man Dir berichtet, hat nicht ganz seine Richtigkeit.

Ich habe nemlich noch keine Zeile davon geschrieben, und das Stück existirt bis jetzt bloß in meinem Kopfe, wo noch manche andere Stücke und noch viele gute Bücher bereit liegen. Aber jetzt bin ich zu krank um etwas zu schreiben, und meine wenigen gesunden Stunden sind meinen Studien gewidmet. Es ist jetzt überhaupt noch immer die Zeit der Saat bei mir, ich hoffe aber auf eine gute Erndte. — Ich suche die verschiedenartigsten Kenntnisse in mir aufzunehmen und werde mich in

Folge defto vielseitiger und ausgebildeter als Schrift=
steller zeigen. Der Poet ift blos ein kleiner Theil
von mir, ich glaube Du kennst mich hinlänglich um
dieses zu begreifen. Deinen Rath, recht viele in
meinem Trauerspiel sterben zu lassen, habe ich mir
bemerkt. Ach Gott! ich wollte ich könnte alle meine
Feinde darin sterben lassen.

Moritz grüße mir recht viele tausendmal.
Wiederhole ihm die Versicherung meiner Freund=
schaft. Wer mein kleines Lottchen liebt, den liebe
ich auch. Außerdem bin ich ja auch ein großer
Verehrer von Archenholz. — Ich hoffe liebes
Lottchen, daß Du mir in Göttingen viele liebe
Briefchen zukommen lassen wirst, jedes derselben
erheitert meine Seele. Alles was Du schreibst ist
so lieb und klar; wie ein reiner Spiegel zeigt mir
jede Zeile Dein gutes Orginalgemüth.

Lebe wohl und behalte mich lieb

H. Heine.

11.

Göttingen, den 31. Januar 1824.

Liebe süße Schwester!

Ich hoffe daß Dich diese Zeilen im vollen
Wohlsein antreffen werden. Was mich betrifft, so
geht es mir besser als früher. Ich glaube Lüneburg muß eine schlechte Luft haben: fast keine ganz

gesunde Stunde genoß ich dort. Die Leute haben zwar alles aufgeboten, um mir das Nest angenehm zu machen, namentlich zuletzt. Ich habe die Reise ohne besondere Vorfälle abgemacht. Die Lüneburger Heide ist ein Drittel von der Ewigkeit und hat mich hinlänglich gelangweilt und aus Langeweile machte ich Verse, auch Verse an Dich gerichtet, welche ich Dir vielleicht mal mittheile. Es sind nur ein paar Strophen. Aber ich habe Dich lieb und denke beständig an Dich.

In Hannover brachte ich 3 Tage zu, und hab eine schöne Frau dort kennen gelernt, und war liebenswürdig, nämlich Ich! Auf meiner Herreise von Hanover hatte ich schlechtes Wetter, es schneite als wenn die sämmtlichen himmlischen Heerschaaren ihre Federbetten auf mich herabschüttelten, und obendrein saß ich auf halboffenem Beiwagen, neben dem Schirmmeister, dessen rother Purpurmantel allmälig zum Hermelin wurde. — Und ich dachte an Dich, und ich ließ es in Gottesnamen fortschneien, und als — Trarah! Trarah! der Junge auf dem Briefpostwägelchen vorbeirollte, wurde mir das Herz bewegt, und ich dachte, der hat gewiß Briefe die in 3 Tagen zu Hamburg sind, und ich beneidete die Briefe. — Schlafend bin ich in in Göttingen angelangt. — Was bedeutet das?

Als ich des andern Morgens im Wirthshaus
am Fenster stehe, sehe ich meinen alten Stiefelputzer
vorbeigehen, und ich rufe ihn herauf, und der drollige
Kerl kommt, ohne ein Wort zu sprechen, und putzt
meine Kleider und Stiefel ohne ein Wort zu
sprechen, und geht fort und zeigt nicht die mindeste
Verwunderung, daß ich 3 Jahre von Göttingen ab=
wesend war, und mein altes Verbot nie in meiner
Gegenwart zu sprechen und nie etwas zu fragen,
hatte er noch nicht vergessen.

Hier habe ich nur wenige Bekannte, und die
Professoren sind mir auch nicht besonders hold,
weil ich, als ich hier konsiliert worden, den Mit=
gliedern des akad. Senats auf mokante Weise Ab=
schiedskarten zuschickte.

Bis am Halse stecke ich in meinen juristischen
Studien und es geht gut. Ich fand es so glücklich,
daß ich, obschon ich mitten im Cours gekommen,
doch einiges hören kann, wobei ich nichts ver=
säumt habe.

Lebe wohl schöne Frau und behalte mich in
gutem Andenken und schreibe mir oft. Meine
Adresse ist H. Heine, cand. juris., auf der Rothen=
straße bei Wwe. Brandißen in Göttingen. Grüße
mir alle Bekannte, und schreibe mir wie es dort
aussieht, und ob die Torten dieses Jahr in Hamburg

gut gerathen sind. Wenn Du was gutes kochst
oder bäckst, so heb es mir auf, bis ich mal wieder
dort bin. Aber Du selbst bist mir doch lieber als
alle Torten auf dieser Erde, die Zitronentorte mit
inbegriffen. — Ich möchte Dir gerne mehr schreiben,
aber in meinem Kopfe ist es zu trübe und ich kann
es ja doch nicht ausdrücken wie herzlich Dir ergeben ist

Dein Bruder
H. Heine.

12.

Göttingen, den 30. März 1824.

Liebes Lottchen!

Dein und Moritz Brief habe ich richtig erhalten
und mit Freuden daraus ersehen, daß Ihr Euch
wohl und behaglich befindet. Sag an Moritz, daß
ich sehr froh bin bei ihm noch in gutem Andenken
zu stehen, und daß ich ihn nächstens schreiben
werde. Auch Dir liebes Lottchen will ich heute so
eine eigentliche Antwort nicht schreiben; und der
Zweck dieses Briefes ist blos Dir zu sagen: daß ich diese
Woche einen Abstecher nach Berlin mache um dort
einen Theil der hiesigen Ferien zu verbringen, daß ich
Dir also nächstens gewiß Interessanteres als jetzt
schreiben kann, und daß wenn Du in Berlin etwas

von mir besorgt haben willst, Du mir es umgehend schreiben mußt, unter der Abf. H. Heine aus Düsseldorf, abzugeben bei M. Friedländer & Co. auf der neuen Friedrichstr. Nr. 47 in Berlin. — Der Zweck dieser Reise besteht aus tausenderlei kleinen Nebenzwecken, und das Amüsiren ist wohl der kleinste derselben. — Indessen ist auch meinem Kopfe eine solche Reisebewegung und Veränderung sehr zuträg= lich. — Ich hoffe daß Du liebes Lottchen Dich auch jetzt wohl befindest und mich lieb hast. — Meine Muse trägt einen Maulkorb, damit sie mich beim juristischen Strohdreschen, mit ihren Melodien nicht störe. Doch habe ich unlängst einen Cyklus kleiner Gedichte für den Gesellschafter*) abgeschickt, und gab Ordre, daß man Dir vom Abdruck desselben 2 Exemplare nach Hamburg schicke, und ich ersuche Dich ein Exemplar davon an Onkel Henry zuzu= stellen. Vergiß das nicht. Auch sei so gut und sage an Onkel Henry, daß mir sein Brief zuge= kommen, und das Creditiv mir richtig ausbezahlt geworden. Du mußt dieses wie sich versteht, gleich thun, und kannst sagen, daß ich eine Reise mache, und deßhalb erst später schreiben würde. Auch dieses vergiß bei Leibe nicht, denn Onkel Henry

*) Eine vielgelesene Zeitschrift herausgegeben von Prof. Gubitz.

erzeigt mir sehr viel Liebes und Gutes, und ich bin ihm viel Dank schuldig. Von Lüneburg habe ich gestern Brief erhalten, und gehört, daß Therese Heine an den Pocken krank gelegen, und wieder hergestellt sei. — Sag mir doch, hat sie viel gelitten? — Das thäte mir sehr leid. Bringe dem lieben Mädchen, sowie auch den Uebrigen meinen freundlichsten Gruß.

Mit meiner Gesundheit kann ich noch nicht prahlen, aber es geht schon. — Mit Lüneburg stehe ich in starker Correspondenz, und schreibe sehr oft, Du weißt das macht Vater und Mutter Freude, und dem lieben Vater doppelt, da er die Briefe selbst holt. An Dich liebes süßes Weibchen denke ich beständig, und möchte Dich wohl sehen in Deiner jetzigen Rundung. Es regt sich schon in mir die Ahnung oheimlicher Gefühle, und ich bin gespannt, ob ich einen Neffen oder eine Neffin bekomme. O, wie wie wird Moritz vergnügt sein, wenn er das erste Kindergeschrei hört! — Wie wird's bei Mama nach Kuchen riechen! Alles wird sich freuen und in Bewegung sein, und Tante Jette*) wird im ersten Augenblick nicht wissen, ob sie Tante oder eigentlich Großtante geworden ist.

---

*). Die Gattin Henry Heines war die Schwester von Moritz Embden.

Aber damit dieses Alles geschehe, schone Dich
liebes Kind, und behalte lieb

Deinen Bruder
H. Heine.

13.

Göttingen, den 8. Mai 1824.

Geliebte Schwester.

Ich will Dir heute nur anzeigen, daß ich gesund
und wohl wieder in Göttingen angelangt bin, und daß
ich hier einen ausführlichen Brief von Dir erwarte,
wie Du Dich befindest. Alles andere ist Nebensache,
nur wie Du Dich befindest will ich wissen? — Wann
gedenkst Du niederzukommen? Siehst Du jetzt wie gut
es ist wenn man rechnen gelernt hat. Schone Dich
nur, laufe nicht zu viel, nasche nichts, sonst wird Dein
Kind ein Näscher, auch lese jetzt keine Verse, sonst wird
das Kind, das Du bekommst, ein Poet, — welches
wohl ein großes Unglück genannt werden kann. Ich
dachte nicht an Deinen Zustand, sonst hätte ich Dir
die 33 Lieder nicht geschickt. — Meine Hinreise nach
Berlin habe ich in sehr schlechtem Wetter gemacht,
es war kalt und schneite entsetzlich. Die Herreise ging
weit besser, in schönem Wetter und in 48 Stunden,
— so schnell geht es mit der Schnellpost!*) —

*) Um jene Zeit waren die ersten Schnellposten in Deutsch-
land eingeführt, durch den damaligen preußischen General-
postmeister von Nagler.

Es war recht überraschend, daß ich das Harzgebirge, das ich mit Schnee bedeckt verlassen hatte,
im freundlichsten Frühlingsgrün wieder sah. Eben
im Harzgebirge war es, wo ich eine Dame sah, die
Dir sehr ähnlich war, in Gesichtszügen und im
ganzen Wesen. — Ich fuhr nämlich von Stollberg
nach Harzgerode, über einen hohen schneebedeckten
Berg, wo der Wagen jeden Augenblick umzufallen
drohte, eine lebensgefährliche, traurige Tour. — Als
wir nun um Mitternacht nach dem Harzgeroder
Posthause gelangten, fanden wir die halbe Stube
mit Passagieren gefüllt, die theils mit anderen Postwagen, theils mit Extra gekommen waren, und dort
Caffe tranken, ihre Pelze an- und auszogen, mit
dem Postmeister laut zankten, über das Wetter
fluchten und Katzenjammergesichter schnitten. Am
Ofen, der nicht besonders warm war, saß eine
wunderschöne Frau, die sehr vornehm, aber auch
höchst verdrießlich schien, und präzise so aussah wie
Du, wenn Du ärgerlicher Stimmung bist. Nein,
sie sah wie die Verdrießlichkeit selbst aus, als sie
von unserem Postillion erfuhr, daß der Weg nach
Stollberg so schlecht sei, und ein seiner Herr, mit
prächtigem Pelzrock, welcher sich, ängstlich beschwich-
tigend und auf ihre leisesten Winke lauschend, um
sie herum bewegte, mußte den ganzen Strom ihres

Unmuths aushalten, und halb weinend, halb scheltend
sagte sie zu diesem: warum haben sie mich nicht
früher umgebracht? Wußten sie denn nicht daß ich
krank bin? — u. s. w. —

Ich suchte die mißmuthige Dame so gut als
möglich zu trösten, und trillerte aus Jean de
Paris: welch' Vergnügen gewährt das Reisen! Wie
sie das hörte, zog sich ein allerliebstes wehmüthiges
Lächeln über ihr schönes Verdrießlichkeitsgesicht,
sie tobte nicht mehr so laut gegen den armen feinen
Pelzrockherrn, und als dieser ihr bald den Arm
bot, und sie zierlich nach ihrem Wagen geleitete,
wandte sie sich noch oft grüßend nach mir um,
und seufzte und trillerte: welch' Vergnügen gewährt
das Reisen! —

Diese Worte klingen mir heute den ganzen
Morgen im Ohr, und deßhalb erzähle ich die Ge=
schichte. Wollte ich aber von Berlin erzählen, so
würde ich nicht so bald fertig werden. Nur so viel
will ich Dir sagen, daß ich dort noch bei den Leuten
in hinlänglicher Liebe und Achtung stehe. Die Leute
haben sich auch nicht wenig gewundert, daß ich aus
Arbeitsliebe das langweilige Göttingen statt des reiz=
vollen Berlins zum Aufenthalt wählte. Noch mehr
wunderte man sich, daß ich im Stande war zur
rechten Zeit wieder abzureisen, um hier kein Collegium

zu verspäten. Ich habe in Berlin manche schöne
Stunde verlebt und viele geistige Anregung und Er=
frischung in mich aufgenommen, und diese Reise war
mir gewiß in jeder Hinsicht nützlich. —

Ich danke Dir liebes Lottchen, daß Du die Güte
hattest bei Onkel Henry meinen Auftrag auszurichten,
und würdest mich nochmals verbinden, wenn Du
auch diesmal dem guten Onkel Henry meinen Gruß
bestellst. Ich habe nemlich in dem unruhigen Treiben,
worin ich mich innerlich und äußerlich befand, noch
bis auf diese Stunde nicht dazu kommen können,
dem guten Onkel zu schreiben, und es ist mir daran
gelegen, daß er erfahre, daß ich nicht gar zu lange
in Berlin geblieben und diese Reise mir körperlich
und geistig heilsam war. —

Ich befinde mich nämlich jetzt so wohl, wie ich
mich seit Jahr und Tag nicht befunden habe. —
Wenn es mir möglich ist, werde ich heute noch nach
Lüneburg schreiben. Was macht Onkel Salomon
Heine? — Ich erschrak nicht wenig, als ich unlängst
erfuhr, daß alle bei Onkel Heine so krank waren.
Gottlob daß sie wieder hergestellt sind. Ich bin
froh, daß ich es nicht früher gewußt. Ich bitte
Dich, schreibe mir ausführlich was sie jetzt machen.
Meine Adr. ist H. Heine, stud. juris aus Düsseldorf
in Göttingen. —

Grüße mir Moritz, ein Theil dieses Briefes ist auch an ihn gerichtet, ich denke oft und gern an ihn. Schreibe mir bald und behalte mich lieb. Du glaubst wirklich nicht, wie sehr herzlich ich Dich liebe.

Dein Bruder

H. Heine.

14.

Göttingen, den 9. August 1824.

Lieber Vater Moritz!

Ich kann es nicht aussprechen, wie sehr mich Mutters Zeilen und Ihre Nachschrift entzückte! — Ich gratulire Ihnen zu dem kleinen süßen Töchterchen, und wünsche daß es seiner kleinen süßen Mutter gleich werde. Tag und Nacht mußte ich an unser liebes Lottchen denken, meine Gedanken waren beständig auf dem Neuenwall, in einem der niedlichen Zimmer. Ich habe seit einiger Zeit mit großer Freude wahrgenommen, daß Sie, lieber Moritz, täglich mehr und mehr das Geheimniß ergründen, wie man mit unserem lieben Lottchen glücklich leben und sie selbst beglücken kann. Ich wußte wohl, daß ein so gescheuter und braver Mann wie Sie es sind, am Ende hinter das Geheimniß kommen und solches anwenden würden, so wie ich auch wußte, daß ein so liebes Kind wie unser Lottchen, sich immer

liebenswürdig und kindlich folgsam zeigen würde,
wenn man sie recht behandelt, nämlich wie ein geliebtes Kind.

Jetzt hat ein neues Band Euch zu Eintracht
und Glück verbunden, das süße Wesen dem Ihr
beide das Leben geschenkt, wird für Euch eine neue
Quelle, neuer Freude und Liebe.

Auch ich lieber Moritz bin Ihnen jetzt durch
ein neues Familienband enger verbunden, Ihre
Tochter ist meine Nichte.

Möge der Himmel die beiden Wesen, die wir
so sehr lieben, Mutter und Tochter gesund erhalten.

Was mich selbst betrifft, so geht es mit meiner
Gesundheit immer besser; freilich sehr langsam. —
Mit meinen juristischen Studien bin ich ausschließlich beschäftigt, und denke Januar zu promoviren.
Ich glaube ganz bestimmt, daß sich meine Kopfschmerzen im Laufe einiger Jahre ganz verlieren
werden, und daß ich dann mehr als jetzt im Stande
sein werde, tüchtig zu wirken und zu leben.

Mein süßes Lottchen lasse ich herzlich grüßen.
Ich kann ihr nicht genug sagen, wie hübsch und
ergötzlich ihr letzter Brief war. Ich habe jede
Zeile geküßt, und wieder gelesen, und wieder geküßt.
Ich bitte Lottchen in meinem Namen zu gratuliren,
und die Hand zu küssen.

Wenn es mir möglich ist, so schreibe ich heute noch unserer lieben Mutter. Wie muß die sich freuen. — Ich habe jetzt Fremde hier, nämlich mein Bruder Max ist jetzt hier bei mir zum Besuch. Wir können nicht aufhören von Euch zu sprechen. Ihre Mutter und Brüder lasse ich gratuliren.

Ich bitte Euch gebt dem Kinde nur keinen präciösen Namen, gebt ihm einen einfachen ächt deutschen. — Lebt wohl und behaltet mich lieb.

Ich bin

Ihr Bruder

H. Heine.

15.

Göttingen, 11. Mai 1825.

Theurer Schwager!

Sie haben wirklich Ursache sehr böse auf mich zu sein, und ich weiß wirklich nicht, wie ich mein langes Stillschweigen entschuldigen soll. Das einzige was ich vorbringen will ist, daß ich weder aus Nachlässigkeit, noch aus Gleichgiltig nicht geschrieben. Ich denke beständig an meine Schwester, folglich auch an Allem was mit ihr zusammenhängt, folglich auch an meinen Schwager. Aber ich liebe Euch zu sehr, als daß ich Euch eine Stunde verbittern sollte, mit langen Schilderungen der peinlichen Situation eines kranken, mürrischen, von Gott und Welt geplagten Menschen. Euch leere Wort oder vielleicht Unwahrheiten zu schreiben, dazu seid Ihr mir gewiß zu lieb. Möge mir daher der gute Schwager, und seine kleine Frau mein langes Still=schweigen entschuldigen. Jetzt aber kann ich Euch schreiben, mit meiner Gesundheit geht es besser, — es war sehr schlimm, — und auch in meinem äußeren Leben wird es lichter. Ich habe den ganzen ver=flossenen Winter anhaltend Jurisprudenz getrieben, und war dadurch im Stande vorige Woche das juristische Doctorexamen zu machen, welches ich ganz vortrefflich bestand. Dieses ist im Betreff des Promovirens die Hauptsache, alles andere, z. B. das Disputiren ist leere Formel, und kaum des Erwähnens werth. Ich bin also jetzt der Sache nach Doctor, und es macht keine ironische Wirkung mehr, wenn Sie mich in Ihren Briefen mit diesem Titel benennen. Ich werde jedoch erst in 6 Wochen disputiren, denn erstens hat es keine Eile, da ich doch bis Michaelis hier bleibe, zweitens will ich erst eine Dissertation fertig schreiben. Das ist die beste Nachricht die ich Ihnen mittheilen kann, — alles Andere liegt noch im Trüben. Sie können es sich auch leicht erklären warum ich Sie mit Nachrichten über meine äußere Lage, die, wie bei jedem vom Oekonomischen bedingt ist, verschone. —

3*

Man mag mich immerhin der Narrheit und Un-
klarheit anklagen, aber ich weiß, ich denke und
handle wie es innerer Würde geziehmt. Ich habe,
lieber Moritz, meine bestimmte Jüry, über alles was
ich thue, — aber dieses Jüry ist jetzt noch nicht
zum Richter über mich versammelt. — Es werden
schwerlich Kaufleute darunter sein.

Ich hoffe, daß dieser Brief Sie gesund und heiter
antreffe. Da ich höre daß Lottchen im Begriff ist
nach Lüneburg zu reisen, so will ich der lieben
kleinen Frau dorthin schreiben. — Klein Marichen
zu küssen. Wie neugirig bin ich es zu sehen!

Ob ich mich in Hamburg fixiren werde? Das
wissen die Götter, die den Hunger erschaffen. Ich
werde mich dort nicht niederlassen, ohne auf ein
paar Jahre mit Brod proviantirt zu sein. Indessen
von meiner Seite wird alles geschehen; getauft und
als Doctor Juris, und hoffentlich auch gesund,
werde ich nächstens nach Hamburg kommen. Ich
würde Ihnen dieses nicht schreiben, wenn Sie es
nicht zu wissen oftmals verlangt.

Leben Sie wohl, behalten Sie mich lieb,
und seien Sie überzeugt, daß ich vom ganzen
Herzen bin,

Ihr ergebener Schwager
H. Heine.

16.

Liebes Lottchen.

Vom Vater habe ich erfahren, daß Du die
Blumenauen Lüneburgs längst verlassen, und Du
Dich wieder in dem gesegneten Hamburg befindest.
Was mich betrifft, so bin ich noch immer, wie Du
siehst, in dem gelehrten Kuhstall Göttingen, wo ich
den 20. ds. für die juristische Doctorwürde öffent=
lich disputirt habe. Von Lüneburg wird man Dir
diese Nachricht schon mitgetheilt haben. Ich glaubte
Dich dort, sonst hätte ich Dir schon früher ge=
schrieben.

An Max habe ich aufgetragen, unserem Moritz
von Berlin aus meine Thesen*) zu schicken, ich
hätte ihm auch schon geschrieben, wenn ich es über=
haupt der Mühe werth hielte, über eine Doctor-
promozion viele Worte zu machen.

Grüße mir Moritz recht herzlich, und wenn Du
sicher bist, daß er keine Plaudertasche ist, so sage

---

*) Der lateinische Aufsatz enthielt:
1) Der Ehemann ist Herr der Mitgift.
2) Der Gläubiger muß eine Quittung ausstellen.
3) Alle Rechtsverhandlungen sind öffentlich zu führen.
4) Aus dem Eid erwächst keine Verpflichtung.
5) Die Confarreatio war bei den Römern die älteste
Art einer rechtlichen Eheverbindung.

ihm, ich sei jetzt nicht nur Dr. Juris, sondern auch — —.*) Es hat gestern geregnet, so wie auch vor 6 Wochen. — Als längst hin der längste Tag war habe ich an den Zollenspiker**) gedacht, und habe ihn mit Schwitzen und Gedanken an Euch gefeiert.

Du kennst jetzt schon seit 2 Jahren unsern Moritz ganz intim, und mußt jetzt wissen was an ihm ist, ob er den Mund halten kann u. s. w. — Ich habe vorgestern schöne Erdbeeren gegessen, sie haben auf dem Zucker recht weich gelegen, und ich habe sie auch recht gut zugedeckt. —

Ich weiß nicht wie lange ich jetzt noch hier bleibe, und ob ich nicht gar schon diese Tage ab= reise und wieder eine Fußtour mache. Auf jeden Fall bin ich Mitte September in Lüneburg, um meine Eltern wieder zu sehen, und von da aus geht es — ich weiß es wahrhaftig noch nicht, ob es mir möglich sein wird nach Hamburg mich zu fixiren. — Ich befinde mich selbst zwar nicht mehr so ganz schlecht, mit meiner Gesundheit geht es jetzt Gottlob viel besser als sonst, doch bin ich noch immer krank genug, um mehr an die Gegenwart als an die

---

*) Eine Anspielung auf seine Taufe den 28. Juni 1825.
**) Wo die Hochzeit seiner Schwester gefeiert wurde.

Zukunft zu denken. Auf keinen Fall werde ich nach Hamburg kommen, wenn nicht dort die Mittel meiner Subsistenz im Voraus gesichert sind. —

Ist dies nicht der Fall, so wähle ich vor der Hand Berlin, wo mir gleich mehr Erwerbsquellen offen stehen. — Wenn ich nur das Bewußtsein gewinne, daß Du liebes Lottchen mit mir zufrieden bist, und einsiehst, daß ich von meiner Seite alles gethan habe, wodurch ich es möglich zu machen glaubte, in Deiner geliebten Nähe zu leben. —

Sei überzeugt daß kein Vergnügen, kein Champagner, kein Theater, kein Eitelkeitskitzel, und keine schöne Damenblicke mir so lieb sind, wie ein trauliches schwatzendes Zusammensein mit Dir, Du gutes liebenswürdiges Kind. Du weißt ja wie ich bin, wie leicht verträglich, wie folgsam, und mit wenigem zufrieden gestellt. Du und zwei andere herrliche Damen wissen das sehr gut, und wissen es zu schätzen.

Ich bitte Dich geh viel spatziren, damit Du nicht zu dick wirst! — Ich bitte Dich werde keine Hamburgerin. Grüße mir und küsse mir Dein Kindchen. Und schreibe mir bald. Die Briefe schicke nur nach Lüneburg, ich will, wenn ich hier sobald abreise, an Vater schreiben, wohin er mir sie schicken soll. —

Unsern endlich ganz in Hamburg befindlichen Gustav, grüße mir herzlich. Ich schicke einigend die Thesen, worüber ich disputirt, die Du an Gustav, oder andern Gelehrten mittheilen kannst. Lebe wohl und behalte mich lieb.

Dein Bruder

H. Heine.

Das wenig bekannte Titelbild ward von einem Jugendfreund H. Heines, zur Zeit seines ersten Aufenthalts in Göttingen gezeichnet, und von seiner Schwester wegen der großen Aehnlichkeit hoch in Ehren gehalten; auch die von Professor Herter in Berlin 1890 gemeißelte jugendliche Büste gleicht demselben.

Zu jener Zeit schilderte meine Mutter ihren Bruder: „Sein Aussehen war jugendlicher als sein Alter vermuthen ließ, bartlos bis zu seiner unheil= vollen Krankheit, und die feinen fast mädchenhaften Züge des ovalen blassen Gesichts wurden von hell= braunen Haaren umschattet. Der Mund verzog sich zu einem satyrischen Lächeln, wenn er einen Scherz oder Witz erzählte, und die sonst etwas matten graublauen Augen begannen zu leuchten. Von mittler Statur, immer sehr elegant gekleidet, hatte sein ganzes Wesen etwas aristokratisches. —

Er war immer sehr fleißig und arbeitsam, und besuchte regelmäßig die Colegien. Ihm waren niemals die Studentensitten sympathisch, er rauchte nicht, trank kein Bier, nur sehr mäßig Wein, und vermied, obgleich Mitglied einer Burschenschaft alle nächtlichen Gelage." —

Heine war nach der Doctor-Promotion sehr unschlüssig, ob er Hamburg oder Berlin zum dauernden Aufenthalt wählen wollte. In Berlin hatte er viele Freunde, und namentlich waren es dort zwei Gesellschaftskreise, die für ihn eine große Anziehung hatten. — Das Haus der Dichterin Elise von Hohenhausen war der Sammelplatz aller Schöngeister, und diese geniale Frau, eine enthusiastische Verehrerin Lord Byrons, dessen Dichtungen sie theilweise übersetzte, erkannte zuerst Heines hohe poetische Begabung, nannte ihn den deutschen Byron, und proklamirte in ihm ein neues Aufleben ihres Ideals.

Der zweite Kreis, welcher noch mehr zu seiner poetischen Entwicklung beitrug, war derjenige bei Varnhagen von Ense, dessen geistreiche Gattin Rahel, deren Bruder Robert und seine schöne Frau, Heines vertrautesten Umgang bildeten. — In diesem Hause war Goethe ein Altar errichtet, und ward eine begeisterte Propaganda für ein richtiges Verständniß

und Werthschätzung seiner Schriften gemacht. —
Alles wurde, bei ihrer überschwenglichen Verehrung,
mit ihm verglichen, und in Heines Dichtungen, trotz
der verschiedenen Richtung, eine gewisse Verwandschaft mit der Goethischen Dichtweise herausgefunden.

Max Heine beschreibt in seinem Tagebuch die
Berliner Freunde der damaligen Zeit und erzählt,
wie er mit einem Empfehlungsbrief an Moses Moser
gerichtet, zu dem bewährten edlen Freund H. Heines gekommen, demselben, an den die heute lachenden, morgen
wehklagenden Briefe des Dichters gerichtet sind. —

Moser war Geschäftstheilnehmer des reichen
Banquierhauses M. Friedländer & Co., und im
edelsten Sinne des Wortes Autodidact und Philan-
throp. Er benutzte jede freie Stunde zu ernsten
Studien, und seine Vielseitigkeit war bewundrungs-
würdig. Abgesehen seiner gründlichen Kenntniß fast
aller Sprachen, er las Plato, Homer, Tacitus, Shake-
speare, Cervantes, Dante, im Original, trieb er Sans-
crit-Studien und war in der Astronomie, Philosophie
und der belletristischen Literatur gründlich zu Hause.
Mit den Empfehlungsbriefen von Heinrich in der einen
Hand, und Herrn Moser an der anderen, trat ich
nun in einen großen Kreis von Familien, deren
Mitglieder zu den begabtesten und ausgezeichnetsten
Menschen gehörten. Zuerst war es Varnhagen

von Enfe, berühmt durch feine fritifchen und
biographifchen Schriften, als deutfcher Stylift ein
anerkanntes Mufter. Die Seele feines Haufes war
die berühmte Rahel, die hochbegabte Gattin Varn=
hagens, und war fie es, welche dem jungen muth=
willigen Dichter den ariftophanifchen Beinamen
eines „ungezogenen Lieblings der Grazien" gab.
Man traf hier die geiftigen Spitzen Berlins, und
alle Künfte und Wiffenfchaften waren vertreten. —
Wilhelm und Alexander von Humboldt, der große
Philofoph Hegel, der unfterbliche Bildhauer Rauch,
Schleiermacher, Hitzig, Chamiffo und der Bruder
Rahels, Ludwig Robert, berühmt als Dichter, mit
feiner idealifch fchönen Frau Friederike, waren wie
viele Andere dort beftändige Gäfte. — Einen ganz
anderen, in fich abgefchloffenen Kreis bot mir das
Veit'fche Haus dar, das mit der Gefchichte des
geiftigen und commerziellen Berlins in intereffanter
Berührung ftand. Chef eines angefehenen Hand=
lungshaufes, verfammelte er allwöchentlich einen
Kreis von Männern um fich, die fich für diefen
Abend die Aufgabe geftellt, eine mit Humor und
Witz reich ausgeftattete Unterhaltung zu führen. —
Die Hauptmitglieder diefes Kreifes, faft fämmtlich
perfönliche treue Freunde H. Heines. Mofer und
ein berühmter Jurift, Profeffor Gans, waren nie

fehlende Gäste. **Dr.** Rosenhain, ein Botaniker, der geniale Schriftsteller Daniel Leßmann, und Joseph Lehmann, Herausgeber und Redakteur des „Magazin" für die Literatur des Auslandes, dessen Hauptmitarbeiter derselbe war. — Lehmann, der älteste Freund H. Heines, war ein Verehrer des Dichters von seinem ersten Auftreten an, und unter dem anagrammatischen Namen Anselmi hat er die ersten kritischen Anzeigen von H. Heines Gedichten geliefert. Seine gelungenen Parodien derselben sind sogar häufig für Dichtungen Heines gehalten worden. Dem ganzen literarischen Lebenslauf H. Heines ist Lehmann in seiner vielgelesenen Zeitschrift treu gefolgt, oft hat er in schönen Aufsätzen ihn illustrirt und immer den herzlichen Freund und unbestechlichen strengen Kritiker in humanster Weise zu einigen verstanden.

Ich muß noch einige Familien nennen, wo ich und mein Bruder Heinrich gemüthlichste Aufnahme fanden und sich eine geistreiche Gesellschaft wöchentlich versammelte.

Dr. Leopold Zunz, der große Orientalist und Redakteur der vielgelesenen und einflußreichen „Haude und Spenerschen Zeitung", der selbst auch ein Angehöriger des Veit'schen Freundekreises war; wo die sogenannten Zunzwitze erheiternd von Munde zu Munde gingen. —

Auch in dem Mendelssohn'schen Hause war ich
durch Moser eingeführt, und habe mit Entzücken
dem Spiel des jungen Felix zugehört, und damals
dachte ich nicht, daß aus diesem Knabenkopf einst
solche „Lieder ohne Worte" und Heines Worte mit
solcher Musik hervorgehen würden!

Auch muß ich des außerordentlich geschätzten
Albert von Chamisso gedenken, welcher, obgleich
Franzose von Geburt mit an der Spitze der
deutschen Lyriker steht. Bei ihm lernte ich auch
den Criminalrath Hitzig kennen, Chamissos ausgezeichneten Biograph. Hitzig war stets ein liebevoller
Freund H. Heines, dessen poetischer Jugend er die
regste Theilnahme bezeigt hat. Durch seine Ver-
mittelung erschienen auch in Ferd. Dümmlers Ver-
lage die Tragödien H. Heines. — Gleiches gilt von
Prof. Gubitz, der damals das Journal: „Gesellschafter für Geist und Herz" herausgab. Zu ihm
brachte ich oft kleine Gedichte von Heine, den er
überhaupt als Dichter durch den „Gesellschafter" bei
dem deutschen Publikum eingeführt hatte, und ihm
die Maurersche Buchhandlung als Verleger für seine
erste Gedichtsammlung verschaffte. —

Trotz aller Verlockungen, welche der Aufenthalt
in Berlin für Heine hatte, zog ihn die Liebe zu
seinen Verwandten nach Hamburg, und nach einem

längeren Erholungsaufenthalt in Norderney besuchte er seine Eltern in Lüneburg, um mit ihnen seine Angelegenheit zu berathen.

17.

Lüneburg, Oktbr. 1826.

Mein liebes Lottchen

lasse ich herzlich grüßen und meiner brüderlichen Liebe versichern. Ich habe wahrlich öfter an Dich gedacht als Du glaubst, und weit zärtlicher, besonders in der letzten Zeit, als ich es mir wohl selbst zutraute. Deine Niederkunft habe ich zu Norderney in der Hamburger Zeitung gelesen, und wahrlich! ich hatte vorher weniger Gemüthsruhe. Ich freue mich daß Du einen Knaben hast. — Möge Gott das liebe Kind in seine besondere Obhut nehmen, daß der Mensch in ihm nicht allzufrüh verkrüppelt werde. —

Liebes Lottchen wo ich auch sein werde, ergießt sich täglich mein Herz in den liebreichsten und frömmsten Wünschen für Dich und Deine Kinder. Möge es Dir und ihnen immer gut gehen! — Sei Du nur gut, und Du wirst glücklich sein, und Deine Kinder werden dann auch gut und glücklich werden. — Ich bitte Dich vergiß mich nicht, denn ich liebe Dich sehr

Dein Bruder
H. Heine.

Anfangs November traf Heine in Hamburg ein, um sich dort als Advokat niederzulassen, aber schon nach kurzem gab er diesen Plan wieder auf und widmete sich ganz dem Schriftstellerberufe.

Der erste Theil der Reisebilder, bei Campe verlegt, war erschienen, und der über alle Maßen ruhmreiche literarische Erfolg mag nicht wenig dazu beigetragen haben, die kaum begonnene trockne juristische Carriere wieder aufzugeben.

Die Wirkung dieses Buches war eine wahrhaft sensationelle. Die humoristische, geistreiche, originelle Schreibweise seines Prosastils brachte, ebenso wie seine neue Versbildung, eine gewaltige Revolution in der deutschen Literatur hervor, welche, von vielen nachgeahmt, dieselbe lange beherrschte.

H. Heine lebte in Hamburg sehr zurückgezogen, seine Eltern waren von Lüneburg nach dort über= siedelt, und außer ihnen, dem Hause seiner Schwester, und seiner beiden Onkel, verkehrte er wenig mit Familien. Seine ganze Zeit widmete er der Voll= endung des 2. Theils der Reisebilder, und auch dieses Buch hatte denselben großen Erfolg wie das erste. — Im Frühjahr 1827 ging Heine bald nach Ausgabe des vorerwähnten Buches nach England, wo er 3 Monate verweilte. — Heine schrieb: „daß London seine Erwartungen übertroffen in Hinsicht seiner Großartigkeit, aber sich dort fast selbst verloren habe. Nichts als Nebel, Kohlendampf, Porter und Canning, und so fürchterlich feucht und unbehaglich. Die ewigen Roastbeefe und Hammelbraten, die Gemüse wie Gott sie erschaffen, und der Himmel bewahre jeden vor ihren Saucen. — Schickt einen Philosophen nach London, bei Leibe keinen Poeten!" — Auf seiner Rückreise ging Heine über Holland nach Norderney, und kehrte Ende September nach Hamburg zurück.

Zunächst erschien das Buch der Lieder, dem das gesammte Publikum enthusiastisch zujauchzte, und welches auch heute noch als Lichtbild der Heineschen Muse angesehen wird. Aber viele Kritiker der damaligen Zeit, welche die alte Metrik der deutschen Poesie verletzt glaubten, vermochten in dem melodischen, volksliederartigen Reime nur eine stillose, willkürliche Versbildung zu erkennen.

Jener Vorwurf, welcher gegen Heine erhoben wurde, daß er die klassische Form vernachlässige, war höchst ungerecht, und wiederholt sich oftmals,

wenn etwas neues, ungewohntes geschaffen wird.
Heine schrieb nicht flüchtig und nachlässig, sondern
legte ungemein viel Werth auf die stilistische
Vollendung des Ausdrucks, und fast in allen Kon-
cepten seiner Manuskripte, welche ich durchblätterte,
findet sich kaum eine Seite, wo nicht Abänderungen
und Verbesserungen stattgefunden. Heine, welcher
seit seiner Niederlassung in Hamburg sich immer
der unbestimmten Hoffnung hingegeben, in Hamburg
als Syndikus, oder in Preußen als Professor an-
gestellt zu werden, sah sich in seinen Wünschen ge-
täuscht. Er entschloß sich, das ihm von Baron
Cotta in Aussicht gestellte feste journalistische
Engagement zu berücksichtigen, und begab sich Ende
des Jahres nach München. Cotta wollte Heine für
die „politischen Annalen" als Redakteur und Mit-
arbeiter fest engagiren. Heine, der mehrere Aufsätze
für die Annalen geschrieben, wollte jedoch nur auf
ein festes Engagement von 6 Monaten eingehen, da
ihm große Aussichten auf eine Professorenstelle an
der Münchner Universität gemacht wurden.

Der damalige Minister Eduard von Schenk, der
sich lebhaft für den Dichter interessirte und ihm
seine Freundschaft schenkte, glaubte sicher, daß er die
gewünschte Professur durch ihn erlangen würde.
Von ihm dem König warm empfohlen, der großes

Gefallen an Heines Dichtungen fand, lag die Ent=
scheidung bei Ludwig I. Das Ernennungsdekret war
schon ausgefertigt, und hätte er auch durch die Gunst
des kunstsinnigen Königs die Stelle erhalten, wenn
nicht jesuitische Ohrenbläserei das Projekt hinter=
trieben hätte. Verläumdungen und erlauschte allzu=
freisinnige Aeußerungen des Dichters wurden dem
König hinterbracht, welche denselben verstimmten
und die Unterzeichnung des Dekrets vereitelten.
Unmuthig verließ Heine das Bier=Athen, wie er
München nannte, und brachte seinen längst gehegten
Entschluß Italien zu besuchen zur Ausführung, von
seinem Bruder Max, welcher in München studierte,
bis Tyrol begleitet.

Nachdem Heine in Verona, Mailand und Genua
die Denkmäler und Gallerien besichtigt, traf er
Anfangs September über Livorno in den Bädern
von Lucca ein, deren wildromantische Lage in den
Apenninen ihn entzückte und unter Benutzung der
heißen Mineralbäder zu einem 4 wöchentlichen Auf=
enthalt bestimmte. Seine mangelhaften italienischen
Sprachkenntnisse beklagend, schrieb er:

„Ich verstehe die Leute nicht, und kann nicht mit
ihnen sprechen. Ich sehe Italien, aber ich höre es
nicht. Dennoch bin ich oft nicht ganz ohne Unter=
haltung. Hier sprechen die Steine, und ich verstehe

ihre stumme Sprache. So eine abgebrochne Säule
aus der Römerzeit, so ein zerbröckelter Longobarden-
thurm, so ein verwittertes gothisches Pfeilerstück versteht mich recht gut. Manchmal wollen mir die alten
Paläste etwas heimliches zuflüstern, ich kann sie nicht
hören vor dem dumpfen Tagesgeräusch, dann komme
ich des Nachts wieder, und der Mond ist ein guter
Dolmetsch, der den Lapidarstil versteht, und in den
Dialekt meines Herzens zu übersetzen weiß. Ja
des Nachts kann ich Italien ganz verstehn, dann
schläft das junge Volk, mit seiner jungen Opern-
sprache, und die Alten steigen aus ihren kühlen
Betten, und sprechen mit mir das schönste Latein."

In Florenz, der kunstvollen Medicäerstadt, blieb
Heine fast 6 Wochen, berauscht durch die Kunst-
schätze und Gemäldegalerien; und seinen Besuch
Roms für eine spätere Zeit aufschiebend, trat er
den Rückweg über Venedig an. Dort erhielt er die
schmerzliche Nachricht vom plötzlichen Tode seines
Vaters und beeilte seine Heimreise, um Mutter und
Schwester über den Verlust des innigst geliebten
Vaters zu trösten.

Bis zum nächsten Frühjahr blieb Heine in
Hamburg bei seiner Familie, kehrte dann nach
Berlin zurück, um noch einmal mit Hülfe seiner
einflußreichen Freunde seine Bemühungen zur

4*

Erlangung einer Staatsanstellung fortzusetzen.
3 Monate lebte er in ländlicher Abgeschiedenheit
in Potsdam, emsig an der Fortsetzung des 3. Bandes
seiner Reisebilder arbeitend, und nach einem kurzen
Besuch Helgolands nahm er wieder. seinen Aufent=
halt in Hamburg. — Anfangs 1830 erfolgte die
Veröffentlichung des benannten Werkes und erregte
großes Aufsehn; ward jedoch wegen allzu freisinniger
Besprechung der politischen Zeitfragen und kirchlichen
Verhältnisse in ganz Deutschland sogleich verboten.
— Max Heine schreibt darüber in seinem Tagebuch:
„Unter den Universitätsfreunden meines Bruders
in Göttingen, befand sich Carl von Raumer; ein
Neffe des berühmten Historikers, Verfassers der
Geschichte der Hohenstaufen; mit dem ich eng be=
freundet ward. Es war ein vielbegabter, poetisch
schwärmerischer Jüngling, der damals mit Enthusias=
mus den eben erschienenen 1. Theil der Reisebilder
mit mir zusammen las. Er ward später Minister
des öffentlichen Unterrichts in Preußen, und brachte
es in seiner pietistischen Verirrung zuletzt dahin,
daß er die Werke H. Heines für Preußen verbot,
ja, die confiscirten Exemplare zerstampfen ließ."
Viele seiner früheren Berliner Freunde hielten
sich ängstlich in scheuer Zurückgezogenheit, und Heine
suchte seinen Aerger über die vielen anonymen

boshaften Kritiken verschiedener Zeitschriften in den kühlen Wellen der Nordsee zu Helgoland zu vergessen. —

Sein Kummer darüber mag jedoch nicht lange angehalten haben, denn seine Schwester Charlotte, welche wegen ihrer angegriffnen Gesundheit in Ems zur Cour weilte, erhielt folgende Schreiben:

18.

Helgoland, 28. Juli 1830.

Liebes Lottchen.

Obgleich eine freundschaftliche Corespondenz mir sehr sauer wird, und ich Dir garnichts zu schreiben habe als daß ich Dich liebe, so kann ich doch nicht umhin Dir einige Zeilen in's Bad zu schicken. Ich habe Dir wirklich nichts anderes zu sagen, als daß ich Dich liebe, und zwar sehr stark. Ich denke sehr oft an Dich, täglich 25 Stunden lang, und mein größter Wunsch ist, daß die Reise Deine Gesundheit herstellen möge. — Ehrlich gestanden fühle ich dabei immer auch die Angst, daß Dein Temperament Dich verleiten könnte, Deinen Zustand und den Zweck der Reise zu vergessen, und Dich solchen Aufreizungen hinzugeben, die Deine Gesundheit noch verschlimmern würden. Ich hoffe Du bist gescheit

genug bei vorkommenden Anlässen, an Dich selbst
und Deine Kinder zu denken. Vermeide nur abend=
liche Gesellschaften, werde nur nie heftig, sei geduldig
und so heiter wie möglich. — Nur in solcher
Stimmung wirkt das Bad. —

Du siehst ich gebe Dir gute Regeln — aber
ehrlich gestanden, ich selbst, der in ähnlicher Lage
bin, befolge leider keine davon. —

Ich kann mich der trüben Stimmung, die mich
hier belastet, keineswegs erwehren, und lebe im ge=
sellschaftlichen Leben, das mir nie gut thut, schwatze
zu viel, denke zu viel, esse zu viel, habe viel Ge=
sum und Geklopf um die Ohren und meine Kopf=
schmerzen sind in ihrer besten Blüthe. Ich bin jetzt
3 Wochen hier und bleibe vielleicht noch 3 Wochen
länger. — Hamburger sind wenig hier, unter diesen
die Schröder, wir speisen zusammen, kutschieren den
ganzen Tag auf der Nordsee herum, und ich kann
sie gut leiden, — aber Dich liebe ich doch tausend=
mal mehr, ja millionenmal mehr! — Ich umarme
Dich und hoffe Dich bald wiederzusehen. Ich will
den Herbst in Deiner Nähe zubringen, da meine
Arbeiten mir selten in die Stadt zu kommen er=
lauben.*) — Was es dort besonderes en famille

---

*) Wohnte damals in Wandsbeck; in der Nähe Hamburgs.

neues giebt, weiß ich nicht, da meine Mutter nichts
schreibt. —

Lebe wohl ich küsse Dich schriftlich und nächsten
Monat küsse ich Dich mündlich. —

Antwort brauchst Du mir nicht zu schreiben.
Nächste Woche schreibe ich an Immermann, und
werde noch einen Brief für Dich bei ihm einlegen.
Du kannst daher bei Deiner Ankunft in Düsseldorf
bei dem Regirungsrath Immermann fragen lassen,
ob er nicht einen Brief für Dich hat. — Lebe
wohl, süße Frau und behalte mich lieb.

Dein getreuer Bruder
H. Heine.

19.

Helgoland, August 1830.

Liebe gute Schwester!

Ich hoffe, daß dieser Brief Dich noch trifft, und
zwar in sehr verbesserter Gesundheit. Mit der meinigen geht es so ziemlich. Das Baden in der Nordsee ist immer das heilsamste Mittel für mein Uebel.
Obgleich ich bis jetzt noch Unterhaltung genug auf
Helgoland hier habe, so denke ich doch beständig an
Dich. — Mademoiselle Schröder ist wieder abgereißt,
und eine andere Sängerin die Siebert ist dagegen
angekommen, und ich habe viel Singsang um die

Ohren. — Mit der Schröder habe ich mich täglich
3 mal gezankt und 1¹/₂ mal versöhnt. — Ich bleibe
noch 10 Tage hier, und kehre dann nach Wandsbeck
(oder St. Georg) zurück an die Arbeit. — Von
Hamburg habe ich keine Nachrichten. — Trifft Dich
dieser Brief, wie ich hoffe noch in Düsseldorf, so
grüße mir Onkel und Tante recht herzlich. Schone
Deine Gesundheit, laß Dich nicht aufreitzen, und
behalte mich lieb. — Ich hoffe Dich in 14 Tagen
zu sehen. — Calipso ne pouvait se consoler du
depart d'Ulysse. —

In Ems muß es lebhaft gewesen sein, und Du
bist der französischen Revolution so zu sagen auf
halben Wege entgegen gekommen.

Ich küsse Dich,

Dein getreuer Bruder
H. Heine.

Die französische Juli-Revolution, welche Heine
in dem vorstehenden Brief so scherzhaft erwähnte,
sollte eine verhängnißvolle Wirkung auf sein Leben
ausüben, und ward mit Jubel und überschwenglicher
Begeisterung vom jungen Poeten erfaßt. Der
Fall des bourbonischen Absolutismus und der
Sieg der Volkspartei wirkten mächtig und ergreifend
auf sein Gemüth, welches Heine in dem 1831

erschienenen Nachtrag zu den Reisebildern, wie auch
in der zur gleichen Zeit geschriebenen Vorrede zu
Kahldorfs Broschüre über den Adel, in Briefen an
den Grafen M. von Moltcke, lebhaft zum Ausdruck
brachte. —

Des vielen Ungemachs müde, welches der Dichter
in seiner Heimat zu erdulden hatte, vornämlich des
Verbots seiner Schriften in Deutschland, reifte sein
schon früher gefaßter Plan, eine Uebersiedelung nach
Frankreich auszuführen. Ende April mit einem
Scheidegruß an Deutschland, die Lieder des „neuen
Frühlings", seiner Schwester Charlotte gewidmet,
verließ Heine Hamburg und traf Anfangs Juni
1831 in Paris ein. —

Die Gründe seiner Uebersiedelung schilderte er
in den „Geständnissen" in folgender humoristischer
Weise: „Ich hatte viel gethan und viel gelitten und
als die Sonne der Julirevolution in Frankreich
aufging, war ich nachgrade sehr müde geworden,
und bedurfte einer Erholung. Auch ward mir
die heimatliche Luft täglich ungesunder, und ich
mußte ernstlich an eine Veränderung des Klimas
denken. Ich hatte Visionen; die Wolkenzüge äng-
stigten mich, und schnitten mir allerlei satale Fratzen.
Es kam mir manchmal vor, als sei die Sonne eine
preußische Kokarde: des Nachts träumte ich von

einem häßlichen schwarzen Geier, der mir die Leber
fraß, und ich ward sehr melankolisch. Dazu hatte
ich einen alten Berliner Justizrath kennen gelernt,
der viele Jahre auf der Festung Spandau zubrachte,
und mir erzählte, wie es unangenehm sei, wenn man
im Winter die Eisen tragen müsse. Ich fand es in
der That sehr unchristlich, daß man den Menschen
die Eisen nicht ein bischen wärme. Wenn man uns
die Ketten ein wenig wärmte, würden sie keinen so
unangenehmen Eindruck machen, und selbst fröstelnde
Naturen könnten sie dann gut ertragen; man sollte
auch die Vorsicht anwenden, die Ketten mit Essenzen
von Rosen und Lorbern zu parfümiren, wie es
hier zu Lande geschieht. Ich frug meinen Justiz=
rath, ob er zu Spandau oft Austern zu essen be=
kommen. Er sagte nein, Spandau sei zu weit vom
Meere entfernt. Auch das Fleisch sagte er, sei dort
rar, und es gebe dort kein anderes Geflügel, als
die Fliegen, die einem in die Suppe fielen. Zu
gleicher Zeit lernte ich einen französischen Commis
voyageur kennen, der für eine Weinhandlung reiste,
und mir nicht genug zu rühmen wußte, wie lustig
man jetzt in Paris lebe, wie der Himmel dort
voller Geigen hänge, wie man dort von Morgens
bis Abends die Marseillaise und „En avant
marchons“! und „Lafayette aux cheveux blancs“

singe, und Freiheit, Gleichheit und Brüderschaft an
alle Straßenecken geschrieben stehe; dabei lobte er
mir auch den Champagner seines Hauses, von dessen
Adresse er mir eine große Anzahl Exemplare gab,
und er versprach mir Empfehlungsbriefe für die
besten Pariser Restaurants, im Fall ich die Haupt=
stadt zu meiner Erheiterung besuchen wollte. Da
ich nun wirklich einer Aufheiterung bedurfte, und
Spandau zu weit vom Meere entfernt ist, um dort
Austern zu essen und mich die Spandauer Geflügel=
suppen nicht sehr lockten, und obendrein die preu=
ßischen Ketten im Winter sehr kalt sind, und meiner
Gesundheit nicht zuträglich sein konnten, so entschloß
ich mich nach Paris zu reisen und im Vaterland des
Champagners und der Marseillaise jenen zu trinken,
und diese letztere nebst „En avant marchons und
„Lafayette aux cheveux blancs“ singen zu hören.“

Heine wohnte vor seiner Abreise nach Paris bei
seiner Mutter auf dem Neuenwall 28, und da er keines=
wegs die Absicht hatte in Frankreich dauernd seinen
Wohnsitz zu nehmen, ließ er seine Correspondenz,
vollendete und unvollendete Manuskripte dort zu=
rück. — Im Jahre 1833 brach im Hause seiner
Mutter Feuer aus, und alles ward ein Raub der
Flammen. — Leider verbrannten auch die Briefe,
an Mutter und Schwester gerichtet, der italienischen

Reise und der ersten Jahre seines pariser Aufent-
halts. Alle Manuskripte, wovon in den Briefen an
Ludwig Robert, M. Moser und Julius Campe die
Rede war, sind damals verbrannt, und beklagte sich
Heine in verschiedenen Schreiben, 16. Juli 1833 an
Varnhagen und 17. März 1837 an Julius Campe,
welchen großen Verlust er an Papieren, durch den
Brand des Hauses seiner Mutter, erlitten hätte. —
Paris, das schöne, große, elegante, vorurtheils-
freie Eldorado, mit seinen Theatern, Bällen und
öffentlichen Vergnügungen, machte auf Heine einen
berauschenden Eindruck, welcher, mit guten Empfehlungen versehen, in den eleganten Salons der Gesellschaft, mit den hervorragenden politischen und
literarischen Größen bekannt wurde. — Nicht allein
dem Taumel der Vergnügungen sich hingebend,
sondern auch beobachtend schilderte Heine in
Zeitungsartikeln und Briefen in humoristischer
fröhlicher Stimmung die neuen Eindrücke. Heine
schrieb, wie Paris ihn ergötze, durch die Heiterkeit,
die sich in allen Erscheinungen kundgiebt, und wie
an diesem Pariser Volke das höfliche, liebenswürdige,
vornehme Wesen ihm gefiele. — „Süßer Ananas-
duft der Höflichkeit, wie wohlthätig erquickest Du
meine arme Seele, die in Deutschland so viel
Tabaksqualm, Sauerkrautgeruch und Grobheiten

einschluckte. Aber außer der Höflichkeit hat auch
die Sprache des französischen Volkes für mich einen
gewissen Anstrich der Vornehmheit; und so eine
Pariser dame de la halle spricht besser als eine
deutsche Stiftsdame von 64 Ahnen."

Im Buchladen von Heideloff & Campe in der
Rue Vivienne war Heine täglich zu finden. Ein
Sammelplatz aller hervorragenden Deutschen, welche
Paris vorübergehend besuchten, oder dort ihren
Aufenthalt gewählt hatten. Felix Mendelssohn,
Michael Beer, Koreff, Alexander von Humboldt,
Baron Maltitz und viele Andere gaben sich dort
Rendezvous, um die erhaltenen Nachrichten der
Heimath gegenseitig auszutauschen. —

Vor allem fesselten Heine die herrlichen Galerien
des Louvres, sowie die großen Gemäldeausstellungen
und gehören seine Berichte darüber im ersten Theil
des „Salon" (1833 erschienen), durch die wahrhaft plastische Schilderung einzelner Bilder, mit zu
seinen besten Arbeiten auf kunstwissenschaftlichem
Gebiete.

Heines politische Berichte der Augsburger allgemeinen Zeitung, durch die deutsche Censur arg verstümmelt, erschienen später im Original=Texte unter
dem Titel „Französische Zustände", und mit einer
rückhaltlosen, ungemein kühnen Sprache der Vor-

rede ward der Druck und die Knebelung der deutschen
Presse beleuchtet. — Die vielen Censurplackereien und eine kleine
Differenz darüber mit seinem Verleger hatten seine
überaus reizbaren Nerven so angegriffen, daß Heine
Erholung im Bade suchen mußte, und er schrieb als=
dann vollständig gekräftigt:

20.

Paris, 25. Octbr. 1833.

Liebe gute Mutter.

Seit 8 Tagen bin ich hier zurück von Boulogne,
wo ich mich in den letzten 6 Wochen, sehr behaglich,
gesund und heiter befunden. Das Bad hat nun
freilich mir nicht übel gethan, aber auch nicht so
gut wie sonst. Ich fühle mich nicht wie sonst ge=
stärkt dadurch an Leib und Geist, muß also ein
anderes Heilmittel suchen. —

Dir liebes Lottchen sage ich für die Briefe
Deiner Putchen den herzlichsten Dank, sage an
Marie und Ludwig, daß ich, sobald ich Zeit, ihnen
selber antworten werde.

Dein Jüngstes zu küssen. — Hoffentlich bist
Du wohl, denke beständig an Dich, und glaubst
kaum, wie ich Dich liebe, liebes Lottchen. — Gestern

sah ich ein junges Frauenzimmer, das ganz aussah wie Du, als Du noch unverheirathet. — Christiani und Gattin sind noch nicht zurück von Bordeaux.

Dein Jammern liebe Mutter über das außerordentliche Malheur mich nicht zu sehen, mußt Du einstellen. Von hierher kommen nach Frankreich, ist kein Gedanke, laß das nur fahren, oder sei überzeugt ich reise nach Egypten, wohin längst große Lust zu reisen habe. Ist es Dir nicht möglich meines holden Anblicks länger zu entbehren, so weißt Du daß ich kein ungehorsamer Sohn bin und daß ich jeden Deiner Wünsche erfülle, wenn er nicht mit Deiner eignen Wohlfahrt unverträglich ist. Uebers Meer kann ich und will ich Dich nicht reisen lassen, durchaus nicht, ich gehe sonst nach Egypten. Aber ich will, wenn Du es durchaus verlangst, diesen Sommer auf 8 Tage nach Hamburg kommen, nach dem schändlichen Neste, wo ich meinen Feinden den Triumph gönnen soll mich wiederzusehen und mit Beleidigungen überhäufen zu können. —

Daß ich mich wegen meiner politischen Stellung irgend einer Gefahr aussetze, glaube ich eigentlich nicht. Aber Vorsicht ist in allen Dingen rathsam. Du darfst keiner Seele außer Lottchen, ahnen lassen, daß ich nur den Gedanken hege nach Hamburg zu kommen; sonst legen sich meine Feinde schon jetzt auf die Lauer. Komme ich aber unvermuthet, so haben sie keine Zeit zu überlegen, und nach Hamburg zu kommen. Du wirst nächstens erfahren wie aufsässig mir die Preußen sind, unter uns gesagt, ich übertreibe vielleicht die Sache, aber vorsichtig bin ich doch, und eben meine große Vorsicht wegen, kannst Du immer wegen meiner außer Sorge sein.

Ich bin in Sicherheit überall, bin leidenschaftslos, ruhig, — und bekomme einen dicken Bauch wie der Burgmüller. —*)

Kommt Zeit, kommt Rath! — Jetzt sind meine Verhältnisse so unklar daß ich nicht bestimmen kann, was ich in 6 Wochen thun will. Bis dahin aber hat sich manches vielleicht in der Welt verändert und ich selber hätte unterdessen wenigstens Zeit und Gelegenheit, etwas wie eine Reise zu Dir, mit Ruhe vornehmen zu können. —

Warte daher, mache mir den Kopf nicht wirre. — Hab' viel im Kopf. —

Meine Wohnung in der Stadt, wo ich ein Jahr die völligste Ruhe genossen, hatte ich behalten, und ich unglücklicher Mensch, bei meiner Rückkehr ist eine Familie mit entsetzlichem Spektakel und Kindergeschrei grade unter mir gezogen. —

---

*) Componist und Gesangslehrer seiner Schwester Charlotte in Düsseldorf.

Leb' wohl, melde mir was Max schreibt. Hab' große Arbeit im Kopfe, hätte ich nur Ruhe! — Gott weiß, ich würde wenig Spektakel machen, wenn ich nicht immer dazu gezwungen wär. — Schreib mir, liebes Lottchen. Sprich der Mutter Vernunft ein. Schreib mir nur immer genau, wie Mutter, Du, und die Kinder Euch befindet.

H. Heine.

Heines Brüder hatten gleichfalls Hamburg ver= lassen. Gustav, geb. 1803, nachdem er es erst als Landmann, dann als Kaufmann versucht hatte, war in österreichische Militärdienste getreten und brachte es bei der Cavallerie bis zum Oberlieutenant. Nach seiner Heirath mit Emma geb. Cahn, deren Ehe 3 Söhne und 2 Töchter entsprossen, quittirte er den Dienst, gründete in Wien, klein anfangend, das spätere offiziöse, viel verbreitete „Fremdenblatt", ward in den Freiherrnstand erhoben und starb den 15. November 1886 in Wien als mehrfacher Mil= lionär. —

Max, geb. 1805, war nach vollendeten medicinischen Studien in den russischen Staatsdienst getreten, nahm 1828 als Militärarzt am russischen Kaukasuskriege Theil, ward Arzt an einem Cadetten=Institut, geadelt, Hofrath und quittirte den Dienst mit der Titulatur eines Staatsraths, nach seiner Verheirathung mit der Wittwe des kaiserlichen Leibarztes Geheimrath von Arndt. — Er war bekannt als Verfasser mehrerer medicinischer Werke: 1844 Medicinisch-topographische Skizze von Petersburg, 1846 Geschichte der orientalischen Pest, 1848 Fragmente aus der Geschichte der Medicin in Rußland, 1851 Medicinisch-Historisches aus Rußland, 1853 Reisebriefe eines Arztes, — Verfasser mehrerer belletristischen Schriften: Skizze über Gretsch, die Wunder des Ladoga-Sees, Bilder aus der Türkei, Briefe aus Petersburg, Gedichte und 1868 Erinnerungen an H. Heine und seine Familie, starb den 6. November 1879 in Berlin.

———

Die vielen Plackereien der deutschen Censur, sowie die Beschlüsse des deutschen Bundestages, welche nicht allein Heines Schriften, sondern auch dasjenige, welches er später schreiben würde, verboten, traten hemmend seiner schriftstellerischen Thätigkeit entgegen. Schon 1832 hatte er in der „Revue des deux mondes" einige Aufsätze einrücken lassen, welche viel Beifall fanden, und er entschloß sich in Folge dessen, alle seine früheren Produktionen ins Französische zu übersetzen. In rasch aufsteigender Progression

erregte jedes seiner Bücher eine ungeahndete Aner=
kennung und Verständniß bei der französischen
Nation. —

Ein großes Uebel waren für Heine die poli=
tischen Flüchtlinge, welche damals Paris über=
schwemmten, zu deren Umsturztheorien er sich ab=
lehnend verhielt, und die, in Verbindung mit pariser
Correspondenten deutscher Zeitungen, durch unwahre
Klatschereien seinen Charakter verdächtigten. Daß
auch Börne sich diesem Treiben anschloß und in
seinen Briefen aus Paris, sowie im „Reformateur"
sich scharfe Angriffe gegen Heine erlaubte, ihn eines
zweideutigen Diplomatisirens und feigen Lavirens
zwischen den Parteien beschuldigte, verletzte ihn
schwer. Er sprach sich in seinen Briefen an ver=
schiedene Freunde in bitteren Worten über diese
unverschuldete Kränkung aus, hinzufügend, daß er
seine schriftstellerische Thätigkeit einer zeitraubenden
Zeitungspolemik nicht opfern wolle und daher vor=
läufig schweige. —

Nachdem die französischen Zustände, der 2. Theil
seiner Literaturgeschichte, der 2., 3. und 4. Theil des
Salons erschienen, veröffentlichte er 1840 sein Buch
über Börne. Sein Ingrimm über Börne war mit
den Jahren gewachsen, da dessen frühere Angriffe
ein gläubiges Echo bei seinen Neidern und Feinden

5*

gefunden hatten, und endlich erschien das längst ver-
kündete Werk. — Börne war inzwischen gestorben,
und auf den Vorwurf seiner Freunde, dasselbe nicht
zu Lebzeiten Börnes herausgegeben zu haben, sagte
Heine: „dann hätte man mir nachgesagt, mein Buch
hätte ihn umgebracht und ich hätte ihn zu Tode
geärgert." — Die Freundin Börnes, Frau Wohl,
über welche Heine mehrere Aeußerungen gemacht
hatte, worüber sie sich arg verletzt fühlte, ließ durch
ihre Freunde ein besonderes Büchlein zusammen-
stellen, worin alle gehässigen Aeußerungen Börnes
über Heine in den an sie gerichteten Privatbriefen
zusammengestellt, publizirt wurden. Ein Jahr war
verstrichen, Heine hatte die Sache schon vergessen, als
sich ein Herr Salomon Strauß als zweiter Gatte
der beleidigten Dame vorstellte und von ihm öffent-
liche Abbitte oder Genugthuung durch die Waffen
verlangte. —

Das Duell fand statt, Heine erhielt einen Streif-
schuß, welcher seine Hüfte leicht verletzte, — und
damit war der Ehre genug gethan; — aber noch
lange Zeit war Frankfurt die Quelle zahlloser No-
tizen, welche sein Privatleben verunglimpften und
in deutschen und französischen Zeitungen Aufnahme
fanden. —

Das Hineinziehen confessioneller Erörterungen

war für Heine um so peinlicher, da man ihm vor-
warf, daß sein unternommener Religionswechsel nicht
im Einklang mit seiner inneren Ueberzeugung stehe.
Sein Uebertritt zur evangelischen Religion hing wesent-
lich mit der Absicht zusammen, sich in Hamburg
als Jurist niederzulassen, welches damals in ganz
Deutschland nur den Angehörigen der christlichen
Kirche gestattet war. Er schrieb darüber an Moser:
„Daß man den Dichter herunter reißt, kann mich
wenig rühren; daß man aber auf meine Privatver-
hältnisse so derb anspielt, oder besser gesagt anprügelt,
ist mir sehr verdrießlich; so lange ich Jude war,
nannte man mich einen Hellenen, und kaum bin ich
getauft, so werde ich als Jude verschrien.“ —

Sein Buch über Börne sollte jedoch noch einen
größern Einfluß auf sein zukünftiges Leben ausüben; denn Heine, welcher mit einem schönen an-
muthigen Mädchen ein Verhältniß angeknüpft hatte,
mit dem er ein gemeinschaftliches Logis theilte, wollte
vor dem Duell, nicht wissend, wie es ausfallen würde,
ihre Zukunft für alle Fälle sichern und ließ sich mit
ihr gesetzlich trauen. — Die Einsegnung fand in der
Kirche St. Sulpice statt, und ein legitimes Bünd-
niß verband ihn mit seiner heißgeliebten, langjährigen
Lebensgefährtin. —

Seine Schwester erhielt Folgendes darüber:

21.

Theuere vielgeliebte Schwester.

Erst heute bin ich im Stande Dir officiell meine Vermählung anzuzeigen. Den 31. August heirathete ich Mathilde Creszentia Mirat, mit der ich mich schon länger als 6 Jahre täglich zanke. — Sie ist jedoch vom edelsten und reinsten Herzen, gut wie ein Engel, und ihre Aufführung war während den vielen Jahren unseres Zusammenlebens so untadel= haft, daß sie von allen Freunden und Bekannten, als ein Muster der Sittsamkeit gerühmt wurde. —

H. Heine.

Heine schrieb seinem Freunde Lewald bei der Anzeige der Heirath: „Dieses eheliche Duell, welches nicht aufhören wird, als bis einer von uns getödtet, ist gewiß gefährlicher, als der kurze Holmgang mit Salomon Strauß aus der Frankfurter Judengasse."

22.

Liebe gute Mutter!

Ich hoffe daß Dich diese Zeilen im besten Wohlsein antreffen, ich erwarte in großer Ungeduld

Nachrichten von Dir, wie Du Dich befindest, wie es
Lottchen geht, und wie es überhaupt in der Familie
aussieht. — Mit mir geht es seitdem etwas besser,
meine Augen sind wieder ganz gut, und nur meine
Gesichtslähmung, die aber durchaus nicht schmerzhaft, ist übrig. — Leider war meine Frau seit
10 Tagen krank, und erst in diesem Augenblick
wagt sie es wieder auszugehen. Auch herrschte hier
seitdem eine furchtbare Kälte, die noch nicht ganz
verschwunden. —

Ich lebe ruhig, besonnen und hoffend. Neues
fällt nicht vor — Gott lob! — Ich gehöre schon zu
den Menschen die zufrieden sind, wenn die Sachen
beim Alten bleiben. Jede Veränderung und der
Spektakel ist mir zuwider, — daran siehst Du
daß ich alt geworden bin. Seit etwa 6 Monat
fühle ich eine ungeheure Müdigkeit des Geistes, und
wie die alte 100jährige Veronika sagte: „Die Gedanken nehmen ab!" — Dieses ist aber ein vorüber-
gehender Zustand, ich weiß es wohl: eine Folge großer
Aufregung, wie ich denn leider seit 8 Jahren in einer
passionirten Gemüthsstimmung verbracht. —

Meine Frau führt sich Gottlob sehr gut auf.
Sie ist ein kreuzbraves, ehrliches, gutes Geschöpf,
ohne Falsch und Böswilligkeit. Leider ist ihr
Temperament sehr ungestüm, ihre Launen nicht

gleich, und sie irritirt mich manchmal mehr als mir heilsam ist. — Ich bin ihr noch immer mit tiefster Seele zugethan, sie ist noch immer mein innigstes Lebensbedürfniß, — aber das wird doch einmal aufhören, wie alle menschlichen Empfindungen mit der Zeit aufhören, und diesem Zeitpunkt sehe ich mit Grauen entgegen. Ich werde alsdann nur die Launenlast empfinden, ohne die erleichternde Sympathie. Zu andern Stunden quält mich die Angst vor der Hülfslosigkeit und Rathlosigkeit meiner Frau im Fall ich stürbe; denn sie ist unerfahren und rathlos wie ein 3jähriges Kind! — Du siehst liebe Mutter wie meine Nöthen im Grunde nur hypochondrische Grillen sind, zum größten Theil! — Für das Frühjahr habe ich bereits meinen Entschluß gefaßt, ich gehe auf's Land in der Nähe von Paris, und nicht in's Bad. — Obgleich meine Finanzen ziemlich geordnet, so ist dieses ihnen denoch zuträglicher, als das Reisen. Die Pyrenäenreise und die gleichzeitig eingetretenen Fatalitäten hatten mich für eine geraume Zeit ruinirt, und ich hatte Mühe wieder einigermaßen in's Gleise zu kommen. —

Und nun lebe wohl, und grüße mir Lottchen und seine Kätzchen. — Täglich spreche ich von Euch mit meiner Frau, die Euch so gerne einmal alle sehen möchte. —

Das Brautpaar lasse ich grüßen, auf wann ist
die Hochzeit bestimmt? —

Mein Haarseil im Nacken thut mir gut, und
schmerzt fast gar nicht.

Dein gehorsamer Sohn
H. Heine.

1842 in der Nacht vom 4. auf den 5. Mai
brach in Hamburg das große Feuer aus, welches
fast die halbe Stadt einäscherte, und auch die Wohnung seiner Mutter zerstörte. — Trotz der traurigen
Erfahrung von 1833, hatte Heine ihr zum zweiten-
mal zur Aufbewahrung eine Kiste mit Manuskripten
und Briefen geschickt, wo er sie, bei seinem häufigen
Wohnungswechsel, sicherer als in seinem Hause
hielt. — Seine Mutter wohnte auf dem Neuenwall,
welcher ein Opfer der Flammen wurde, und bei dieser
Katastrophe gingen des armen Dichters Papiere,
seine geistigen Schätze, verloren, die, wie er selber
sagte, für ihn unersetzlich wären. Er schrieb: „Diese
Manuskripte waren Produkte meiner ersten Jugend-
kraft, und nie werde ich sie wieder so niederschreiben
können. Ich wollte sie liegen lassen, um später,
wenn bei meiner geschwächten Gesundheit meine
Geistesfrische abnehmen sollte, von dem angehäuften
Capital in meinen alten Tagen zehren zu können."

Heines Schwester Charlotte versuchte mit eigner Lebensgefahr in die verlassene Wohnung ihrer Mutter zu bringen, um seine Papiere zu retten. — Es gelang ihr, mit dem Packet Manuskripten die Straße zu erreichen, aber dort hatte sich die Scene rasch verändert: das Feuer der gegenüber brennenden Häuser sandte einen Funken- und Aschenregen auf sie herab, und dichte Rauchwolken mit erstickendem Qualm umnachteten ihre Sinne. Von der sich rettenden Menge im Gedränge vorwärts geschoben, hielt sie krampfhaft die Papiere in ihren Händen, welche durch einen plötzlichen Stoß ihr entfielen. Ihre Sinne schwanden, und wäre auch sie verloren gewesen, wenn die Hinsinkende nicht mitleidigerweise durch einen Unbekannten der Gefahr entrissen worden wäre. —

23.

Paris, 13. Mai 1842.

Liebe gute Mutter und liebe Schwester!

Gestern Abend habe ich Euren Brief vom 7. erhalten, und habe dadurch wenigstens die letzte Nacht ruhig schlafen können, 24 Stunden lang bin ich ohne Kopf herumgegangen, seit ich die allarmirenden Nachrichten aus den Blättern erfahren habe. — Ich bewundere Dich liebes Lottchen! — Wie Du noch

so ruhig und besonnen schreiben konntest — beim
Anblick des entsetzlichen Feuers, — ich danke Dir
vom ganzen Herzen über die Beruhigung die Du
mir ertheilst. —

Meine Frau ist krank vor Schreck, nachdem sie
die Schreckensnachricht erfahren. — Ich hoffe daß
der Schreck und die Agitation Euch nicht nachträglich niederwirft. — Meine arme gute Mutter! Laß
Dich nur nicht aus Kummer über materielle Ver-
luste zu sehr agitiren. —

Gott ist ein guter Mann. Diesmal hat er sich auf
die guten Löschanstalten Hamburgs zu sehr verlassen.

Lebt wohl, meinen Schwager grüße ich freundschaftlich. — Hoffentlich habe ich heute gute Post. —

Euer getreuer
H. Heine.

24.

Paris, den 17. Mai 1842.

Liebste Mutter und liebe Schwester!

Euren Brief v. 9. habe ich richtig erhalten, und
danke Gott, daß wir so mit einem blauen Auge
davon gekommen sind. —

Daß die liebe Mutter abgebrannt, ist freilich
sehr betrübend, aber die Hauptsache war für uns
doch, daß Dein Haus liebes Lottchen unversehrt

blieb. Hoffentlich wirst Du durch das Unglück auf anderem Wege ebenfalls nicht viel verloren haben; beruhige mich hierüber, welches von Anfang an meine Hauptsorge war. — Dein Mann ist eine praktische thätige Natur, und kleine Verlüste wird er durch neugestachelte Arbeitsamkeit wieder bald er= setzen. — Hatte die Mutter ihre Sachen versichert, und wird da gezahlt werden? — Auch hierüber sagt mir ein Wort. — Ich bin noch ganz wie be= täubt von der verfluchten Geschichte; meine Kopf= nerven wurden plötzlich erschüttert, und vielleicht erst morgen oder übermorgen, werde ich wieder geistes= klar sein. —

Als man mich vorigen Freitag von allen Seiten um Nachrichten aus Hamburg befragte, zeigte ich einem Freunde Euren Brief vom 7. und der fand es höchst rührend, daß meine arme Mutter, während alles brennt, noch daran dachte mir den Brief zu frankiren. Wahrlich, es ist nicht meine Schuld, daß dieser Zug, wie ihr aus dem einliegenden Stück National ersehen werdet, zur Publizität kam, und schon mehrere Hauptblätter ihn mittheilten. Meine arme gute Mutter, die mir einige Sous Ausgabe ersparen will, während der Brand vor Eurer Thüre. — Wenigstens wird sie jetzt aus Depit ihre Briefe nicht mehr frankiren! —

Und nun lebt wohl und behaltet mich lieb. Die Kinder zu küssen. Schreibt mir bald und viel. Meine Frau läßt herzlich grüßen. Sie war sehr bestürzt als sie die Hamburger Nachrichten empfing, sie hat einen sehr schwachen Kopf, aber ein ganz vortreffliches Herz. — Daß Campe versichert war, und bezahlt bekommen wird, ist mir sehr wichtig. — Hab ihm heute geschrieben.

Euer getreuer

H. Heine.

25.

Monsieur Mr. Henri Heine,*)
agent de change

à Hambourg.

Paris, d. 16. Mai 1842.

Mein theurer Onkel!

Ich hoffe, daß die Schreckniſſe des entſetzlichen Unglücks welches Hamburg betraf, Sie nicht krank gemacht haben. Wie groß die Gemüthserschütterung sein mußte, kann ich mir leicht vorstellen, da ich sie

---

*) Das Original besitzt Frau Anna Hanau geb. Oswalt in Frankfurt a. M., Enkelin von Henry Heine.

sogar in der Ferne verspürte; ich habe bis auf diese
Stunde noch im Kopf eine sonderbare Betäubung
behalten. 24 Stunden lang war ich ohne alle Nach=
richten von Euch, als ich endlich von meiner lieben
Mutter und Schwester Brief erhielt. Lottchen schrieb
mit einer Besonnenheit und Ruhe, die eines Feld=
herrn würdig. — Hier in Paris hat das Unglück
große Sensazion gemacht und eine Theilnahme ge=
funden, die wahrhaft beschämend für diejenigen Ham=
burger, die vom Franzosenhaß noch nicht geheilt
sind, und ihn noch bis jetzt zur Schau trugen. Die
Franzosen sind das bravste Volk. —

Also trotz der vortrefflichen Löschanstalten, wo=
mit Ihr immer geprahlt, seid Ihr zur Hälfte ab=
gebrannt! welche Strecke von der Deichstraße bis
zu Onkels Heines Haus auf dem Jungfernstieg! —
Der Jungfernstieg abgebrannt mitsammt den Pavil=
lons! — Ich bin sehr begierig zu erfahren wie weit
die Assecuranzkompagnien ihre Verpflichtungen er=
füllen werden. —

Leben Sie wohl theurer Onkel, und grüßen Sie
mir herzlichst Tante Jette, die nicht wenig sich ge=
ängstigt haben wird, so wie auch Hermann und die
jungen Damen. — Meine Frau welche in diesem
Augenblick auf dem Lande ihrer Gesundheit wegen,
ist weinend hereingelaufen kommen, als sie das

Unglück vernahm; sie befindet sich übrigens ziemlich wohl. — Die Catastrophe von der Versailler Eisenbahn hat auch uns tief erschüttert, da manche Freunde von uns dadurch zu Grunde gingen. — Welches Elend! —

Ihr getreuer Neffe

H. Heine.

Heine schrieb gelegentlich des großen Hamburger Brandes: „Mein armes Hamburg liegt in Trümmern, und die Orte, die mir so wohl bekannt, mit welchen alle Erinnerungen meiner Jugend so innig verwachsen, sie sind ein rauchender Schutthaufen! Am meisten beklage ich den Verlust jenes Petrithurmes, — er war über die Kleinlichkeit seiner Umgebung so erhaben! Die Stadt wird bald wieder aufgebaut sein, mein altes, schiefwinklichtes schlabbriges Hamburg. Der Breitengiebel wo mein Schuster wohnte, und wo ich Austern aß bei Unbescheiden — ein Raub der Flammen! Der „Hamburger Korespondent" meldet zwar daß der „Dreckwall" sich bald wie ein Phönix aus der Asche erheben werde — aber ach, es wird doch der alte Dreckwall nicht mehr sein! Und das Rathhaus — wie oft ergötzte ich mich

an den Kaiserbildern, die, aus Hamburger Rauch-
fleisch gemeißelt, die Facade zierten! — Sind die
hoch und wohl gepuderten Perücken gerettet, die dort
den Häuptern der Republik ihr majestätisches Ansehn gaben? Der Himmel bewahre mich, in einen
Moment wie der jetzige an diese alten Perücken ein
Weniges zu zupfen. Im Gegentheil ich möchte bei
dieser Gelegenheit vielmehr bezeugen, daß die Regierung zu Hamburg immer die Regierten übertraf an
guten Willen für gesellschaftlichen Fortschritt. Das
Volk stand hier immer tiefer, als seine Stellver-
treter, worunter Männer von der bedeutendsten
Bildung und Vernünftigkeit. Aber es steht zu
hoffen, daß der große Brand auch die unteren
Intelligenzen ein bischen erleuchtet haben wird, und
die ganze hamburgische Bevölkerung jetzt einsieht,
daß der Zeitgeist, der ihr im Unglück seine Wohl-
that angedeihen ließ, späterhin nicht mehr durch klein-
lichen Krämersinn beleidigt werden darf. Namentlich die bürgerliche Gleichstellung der verschiedenen
Konfessionen*) wird gewiß nicht mehr in Hamburg
vertagt werden können. — Wir wollen das Beste
von der Zukunft erwarten; der Himmel schickt nicht
umsonst die großen Prüfungen. —

*) Geschah erst 1849.

26.

Paris, 23. Juni 1842.

Liebe gute Schwester!

Ich habe Dir noch zu danken, für Deine lieben niedlichen und geistreichen Briefe. —

Du bist eine ganz prächtige Person, — Du weißt ich mache selten Complimente, — aber Du, liebes Lottchen verdienst eine ganze Ladung Schmeichel= worte. — Schreib mir oft, Du weißt gar nicht wie sehr Du mich erheiterst und erquickst. — Du schreibst allerliebst. — Ich bin neugirig, ob Deine älteste Tochter Dir nachschlägt. Hat sie vielleicht das Sanfte von der Großmutter? —

Meine Frau läßt Dich grüßen. Die wird Dir gefallen, wenn Du sie siehst. Eine engelgute, grund= ehrliche Seele, durch und durch großmüthig und nobel, aber wild und launig, mitunter auch quäle= risch und zänkisch, — was jedoch immer noch er= träglich, da sie dabei sehr hübsch und graziös bleibt. —

Dieser Tage sah ich den jungen Holländer, der Dir Grüße von mir zurückbringt; er sieht garnicht gealtert aus. —

Grüße mir meinen Schwager. Die kleinen Puppen küsse ich herzlich. Nächstens mehr! —

Ich brauche jetzt die Wasserkur, — ob sie mir helfen wird weiß Gott! —

Dein treuer Bruder

H. Heine.

27.

Paris, 10. Aug. 1842.

Liebstes Lottchen.

Ich bin im Begriff ins Bad zu reisen, und bin mit den Vorbereitungen heute allzu sehr beschäftigt, als daß ich Dir einen langen Brief schreiben könnte, wie ich wohl wünschte, und wie Du es wohl verdienst. Dein letzter Brief war so liebenswürdig, und hat mir viel Vergnügen gemacht. — Dieser Tage war Armand Heine*) hier, den ich noch nicht kannte und der mir viel von Hamburg erzählen konnte. Er hat mir zu meiner Freude erzählt, daß Deine Kinder gut gerathen, und daß Deine älteste Tochter, Marie schlank und geistreich wie ihre Mutter geworden. Sie könnte mal die Feder ansetzen und ihrem Onkel schreiben. —

---

*) Armand Heine † 1883 ein Vetter des Dichters, gründete mit seinem Bruder Michel Heine das weltberühmte Bankhaus A. & M. Heine in Paris. Des letzteren Tochter Alice verwittwete Herzogin v. Richelieu, ist in zweiter Ehe mit dem Fürsten von Monaco verheirathet.

Ich gehe mit meiner Frau nach Boulogne sur mer, wohin Du mir poste restante schreiben kannst, wenn Du mich erfreuen willst. — Meine Frau befindet sich jetzt ziemlich wohl. Wir sprechen oft von Dir und sie kennt schon viele von unsern Familienstücken. Diesen Winter soll sie auch deutsch lernen. Du siehst wie ich sie bilde, und wie sie bald eine Zierde unserer Familie sein wird. — Sie zankt seit einiger Zeit sehr wenig, und wird sehr korpulent. Uebrigens ist sie die Seelengüte in Person und gewinnt alle Herzen. —

Grüße mir Deinen Mann, und küsse die lieben Kinder. —

Und nun lebe wohl und behalte lieb

Deinen treuen Bruder
H. Heine.

Mathilde lernte niemals deutsch und das Einzige, welches vom Unterricht in ihrem Gedächtniß zurückblieb, war die stehende Redensart, wenn ein Deutscher sich zum Besuch anmeldete: „Guten Tag mein Herr, nehmen sie Platz!“ — Dann brach sie in ein schallendes Gelächter aus, lief fort, den Besucher betroffen ob des sonderbaren Empfangs im Zimmer allein zurücklassend, bis er in das Krankenzimmer des Dichters geführt wurde.

6*

28.

Liebste Schwester!

Obgleich mein Kopf wie betäubt ist von starken Arbeiten, eile ich doch Dir meinen Glückwunsch zu senden. Wie soll ich Die Freude aussprechen die mich beim Empfang Deines lieben Briefes fast bestürzt machte; ich und meine liebe Frau, die den innigsten Antheil an Euch nimmt, wir haben eine sehr vergnügte Stunde genossen. — Sie läßt sich Euch alle dringendst empfehlen, und für das Portrait, das wir erhalten noch besonders danken; sie war außer sich vor Freude, als sie es empfing, und es paradirt seitdem in unserem Salon, wo es jedem gezeigt wird, und oft bewundert wird. — Du bist noch äußerlich und geistig so sehr jung, und verheirathest schon eine Tochter, und wirst also bald Großmutter werden! — Und die alte Gluck wird Urgroßmutter! — Hätte ich nur einen Augenblick mein armes Väterchen. Wie würde der sich gefreut haben! Das ist beständig mein Gedanke und das Glück macht mich traurig! — Ich lasse mich der Braut sehr ergebenst empfehlen, sowie auch dem Bräutigam. — Meinem Schwager danke ich herzlich, daß er mir gleich geschrieben hat, und ich gratulire ihm mit großer Freude. — Könnte ich nur auf einige

Tage bei Euch sein! — Welch ein Kummer! — Es ist aber jetzt nicht möglich. — Die Hoffnung, daß Marie nach Paris kommen wird, entzückt mich bis in tiefster Seele. Sie wird sich überzeugen, daß sie keinen gewöhnlichen Onkel hat, und daß ihre Tante hübsch und gut ist. — Meine Mutter grüße ich, und ich umarme Euch beide; werde dieser Tage an Mutter schreiben. Bin wie gesagt vom vielen Arbeiten sehr angegriffen. Hab in diesem Augenblick viel um die Ohren. Ich habe bis Ende Februar vollauf zu thun, die wichtigsten Geschäfte, und leider ist mein Kopf krank, und manchmal muß ich wider Willen feiern. —

Ich komme aber durch und dann will ich für mein Kopfübel etwas anhaltendes thun.

Dein getreuer Bruder
H. Heine.

H. Heine hatte seine Correspondenz für die allgemeine Zeitung, in den vermischten Schriften, unter dem Titel „Lutetia" gesammelt, in Buchform erscheinen lassen. Ein Geschichtsbuch der pariser Tagesereignisse der Regierungszeit Louis Philipps, die Periode des Bürgerkönigsthums, wo Politik, Kunst und Gesellschaftsleben in pikanter, amüsanter Form geschildert wurde. — Schon damals warnte Heine vor dem sich kühn erhebenden Socialismus, welchem, wenn nicht eine durchgreifende Reform der bestehenden Zustände erfolge, der Sieg der Zukunft gehöre. — „Die Propaganda des Kommunismus besitzt eine Sprache, die jedes Volk versteht; die Elemente dieser Universalsprache sind so einfach, wie der Hunger, wie der Neid, wie der Todt. Das lernt sich so leicht, und wird sich auflösen in eine Weltrevolution, der große Zweikampf der Besitzlosen mit der Aristokratie des Besitzes." —

1843 veröffentlichte H. Heine in Laubes Zeitung für die elegante Welt ein neues humoristisches Epos, den „Sommernachtstraum", welches jedoch erst später bei seinem Erscheinen in Buchform, 1847, allgemeines Verständniß und Anerkennung beim Publikum fand. —

29.

Monsieur Mr. Henri Heine,
agent de change
à Hamburg.

Paris, den 11. Febr. 1843.

Theurer Oheim!

Dieses sind die ersten Zeilen, die ich seit drei Wochen schreibe. Mein Augenübel war nämlich mit der größten Stärke wieder eingetreten, und erst heute fühle ich mich ein weniges erleichtert. Ich würde Ihnen, der Sie mehr als ich Gründe zur Betrübniß haben*), nicht von meinem eignen Leiden sprechen, wenn ich nicht die Ursache angeben müßte, warum Sie erst heute Brief von mir erhalten: die kummervolle Nachricht die Sie in Trauer versetzt, ist mir bereits vor 10 Tagen von meiner Mutter gemeldet worden, und ich kann Ihnen versichern, ich habe unterdessen oft und nicht ohne Thränen, an Sie gedacht! Der Himmel erhalte Sie und tröste Ihr liebes Herz. Meine Frau, die Ihnen die wehmüthigste Theilnahme widmet, läßt sich Ihnen empfehlen. —

Ich bitte Sie Tante Jetten zu versichern, daß ich in der Ferne ihre Betrübnisse mit empfunden. Grüßen Sie mir Emilie und Hermann, der immer ein braver Junge war. —

Ich kann Ihnen unmöglich sagen, theurer Onkel, wie mir das Herz beklemmt ist, daß ich, wenn so traurige Ereignisse eintreten, nicht mal nach Hamburg kommen kann! Aber seit ich verheirathet bin,

---

*) Condolenzschreiben gelegentlich des Hinscheidens seiner Tochter Mathilde im blühenden Alter von 17 Jahren. Das Original besitzt Herr Dr. H. Oswalt in Frankfurt a. M., Enkel von Henry Heine.

bin ich nicht mehr so mobil wie früher: ich kann meine Frau nicht hier (in Paris) allein lassen, und sie mitnehmen ist zu kostspielig und umständlich. Ich lebe hier übrigens ein sehr beglücktes häusliches Leben, genieße der kostbarsten Seelenruhe, und es fehlt mir nichts als Befreiung von meinem Augenübel, und der fatalen Kopfkrankheit, worin jenes Uebel eigentlich wurzelt. Dieser Tage habe mir ein Haarseil hinten im Halse setzen lassen, und hoffe dadurch Linderung. — Von Herzen wie gesagt, bin ich gesund, und ich esse soviel wie sechs Franzosen, ja beinah so viel als drei Hamburger. —

Und nun, leben Sie wohl, mein theurer Oheim, und erheiternde Stunden werden schon wiederkommen! Ich liebe Sie sehr,

Ihr gehorsamer Neffe

H. Heine.

30.

Paris, 21. Februar 1843.

Liebe gute Mutter!

Meine Saumseligkeit im Schreiben mußt Du entschuldigen. Leider ist mein Augenübel einige Zeit die Schuld gewesen, warum ich nicht schreibe. Erst seit etwa 10 Tagen kann ich wieder ordentlich sehen.

Diese temporäre Beläſtigung hatte mich diesmal ſehr
beängſtigt, da ſie jetzt mit einer Erſchlaffung der
Geſichtsmuskeln auf der rechten Seite des Geſichts,
(von der Kopfſpitze bis zum Kinn) verbunden war.
Aber mein Augenübel ſcheint doch nur ein vorüber=
gehendes Uebel zu ſein, das noch oft zu gewiſſen
Zeiten ſeine Aufwartung machen wird, und ebenſo
regelmäßig verſchwinden wird, die übriggebliebene
Geſichtsparaliſie, (die aber Gottlob nicht ſichtbar)
wird ſchon etwas langſamer vertrieben werden
können. Ich habe deswegen mir ein Haarſeil im
Nacken ſetzen laſſen. Sonſt befinde ich mich vom
Herzen geſund, ja geſünder als je. Mein Uebel
ſtört mich ſehr im Betreff meiner Arbeiten, denn ich
ſchone mich ganz außerordentlich. Ich habe eine
gute Leibeskonſtituzion, und hoffe noch lange auf
dieſer Welt mitzuſpringen. — Daß Du aber theure
Mutter krank warſt, beunruhigt mich nicht ſelten,
ſchreibe mir bald und viel. — Lottchen herzlich zu
grüßen. — Ich denke an ſie ſehr oft. — Madame
Holländer hat mir meine Nichte Marie ſehr gerühmt.
Wie die Holländer immer jung bleibt, und trotz
ihres zwanzigjährigen Aufenthalts in Hamburg nicht
das mindeſte von ihrer franzöſiſchen Liebenswürdig=
keit eingebüßt hat! Ich ſah ſie geſtern auf einem
Balle bei ihrem Vater, dem alten Worms, wohin

ich, nebenbei gesagt, nur meiner Frau wegen gegangen bin. Sie tanzt so gern, und verdient es, daß ich mich manchmal für sie sakrifizire. Sie hat mich auch in der letzten Zeit sehr gut gepflegt und von dieser Seite bin ich sehr glücklich. —

Du fragst mich über den Atta Troll, er mag von einem Emanzipazions=Juden ein bischen Färbung bekommen haben, doch hatte ich nur die Satyre, auf die menschlichen Liberalismus=Ideen überhaupt im Sinne, unter uns gesagt. — Du siehst ich stehe Dir Antwort. —

Und nun lebe wohl theure Mutter, und schreib mir viel und oft.

Dein getreuer Sohn
H. Heine.

31.

Paris, 22. März 1843.

Liebste Mutter!

Wenn Du alle meine Worte auf die Goldwage legst, kann ich Dir nicht mehr mit flüchtiger Unbe= fangenheit schreiben, wie ich zu thun pflege. Es müßte vielmehr für Dich eine Beruhigung sein, daß ich Dir Alles gleich melde, sogar eine gegenstands= lose Verstimmung. —

Als ich Dir zuletzt schrieb, lagen in meinem

Hause 2 Leichen; 2 Nachbaren waren am Typhus-
fieber gestorben, darunter ein junger 31jähriger
Mann, der Frau und Kinder hülflos zurückläßt. —
Meine Frau lag krank, und das Wetter war sehr
kalt. — Unter solchen Umständen schreibt man keine
lustigen Briefe. Heute ist das Wetter wunderschön,
schon seit 8 Tagen haben wir hier wie Frühling,
ich befinde mich dadurch ungemein aufgeheitert und
wohl, auch kann ich wieder schreiben; auch meine
Frau ist hergestellt und zankt Gottlob wieder in
voller Gesundheit. Ich hoffe nun, daß auch Du
ganz auf den Strumpf. —

Leb wohl und grüße mir lieb Lottchen und die Kinder.

Dein getreuer Sohn

H. Heine.

32.

Paris, 8. April 1843.

Liebste Schwester!

Meine Mutter schrieb mir jüngst, daß der
8. dieses Monats der Heirathstag sei, das ist heute,
und ich bin deßhalb in beständigen Gedanken bei
Euch. Ich erwarte mit Ungeduld Nachricht von
Dir, wie Alles hübsch abgegangen. Heute mußt
Du viel um die Ohren haben; seit dem denkwürdigen

Zollenspikertag*), hast Du keinen so großen Tag gehabt. — Ich gratulire Dir und umarme Dich herzlich, auch dem jungen Paare bitte ich Dich meine
tiefempfundenste Theilnahme und Liebe zu versichern.
Deinem Mann die heiterste Gratulazion und viele
freundschaftliche Grüße. Küß mir die Mutter, die
alte Gluck und Deine Kücken. Meine Frau läßt
Euch Allen das Liebste und Freudigste sagen. Ich
hoffe daß Ihr Euch wohl befindet. —

Uns geht es gut, nur daß mein armer Kopf sich
nicht bessert. —

— — — — — — — — — — — —

H. Heine.

33.

Paris, 23. Mai 1843.

Liebste Mutter!

Dein Schreiben vom 9. Mai habe ich richtig erhalten, und Dein Wohlsein daraus ersehen. Dein Brief von
vorig Jahr desselben Datums war minder erfreulich!

Ich kann den Brandschrecken nimmermehr ver-
gessen. Ich vergesse auch nicht wie groß meine liebe
Schwester sich bei dieser Gelegenheit zeigte! Welche
Heldin! Wellington ist ein Waschlappen dagegen! —

---

*) Ort der Hochzeitsfeier in den Vierlanden bei Hamburg
belegen.

Ich lasse mein liebes Lottchen herzlich grüßen, und danke ihr für ihre jüngste Mittheilungen über die Hochzeit meiner Nichte. — Meine Gratulation muß sie zu derselben Zeit empfangen haben. — Jetzt aber möchte ich wissen, wie es dem jungen Paare geht; mögen die Flitterwochen, mit der nachfolgenden Zeit, nie sehr kontrastiren! —

Bei mir hat sich in der Ehe noch garnichts verändert; im Gegentheil, meine Frau wird mit jedem Jahr vernünftiger und traitabler und ich habe meine Heirath noch nicht bereut. Das ist viel, in der jetzigen Zeit und in Paris, wo es schlechte Ehen wimmelt; die guten Ehen sind so rar, daß man sie in Spiritus setzen sollte. —

Mein Kopfübel ist noch immer dasselbe. Was ich diesen Sommer für Cur gebrauchen werde, weiß ich noch nicht, die Reisekosten sind zu groß, da ich doch meine Frau mitnehmen müßte; kann sie nicht allein in Paris lassen. Werde überhaupt nicht reisen. Vielleicht beziehe ich eine Wohnung in der Nähe von Paris, wo etwas Landluft, wenn es sich billig einrichten läßt. —

Wie sehr oft ich an Dich denke, davon hast Du keinen Begriff. Schreib mir nur oft und viel wie Du Dich befindest wie es Dir geht. —

Sobald Du Brief von Max empfängst, melde

es mir. Ich möchte wissen ob er meinen Brief er=
halten, den ich ihn jüngst über Riga geschickt, an
einen Freund, der ihn nach Petersburg an seine
Adresse, die ich nicht wußte, befördern sollte. —
Und nun leb wohl, küß mir Lottchen und die
lieben Kinder.

Dein getreuer Sohn

H. Heine.

34.

Paris, 18. Juni 1843.

Liebste gute Mutter!

Dein liebes Schreiben v. 5. ds., nebst den Ein=
lagen habe ich richtig vorige Woche erhalten, und
ich danke Dir für die innigen Beweise Deiner mütter=
lichen Liebe, die sich hier, wie bei jeder Gelegenheit
ausspricht. — Da es so viele schlechte Menschen
giebt, da ich für das viele Gute, das ich thue immer
so sehr undankbar behandelt werde, da überhaupt
manche Verstimmung auf mir lastet: so ist es gewiß
ein großer Trost für mich, eine so brave Mutter,
wie Du bist, zu besitzen, und insofern war mir
Deine liebreiche Fürsorge schon jetzt vom größten
Werthe. — Wem ich die Papiere aufzubewahren
gebe, weiß ich noch nicht. Ich glaube das beste ist,

ich bewahre sie selbst. Ich bin nämlich von Herzen
gesund und wohl, und mein Kopfübel ist von der
Art, daß ich alt und grau dabei werden kann.
Jedenfalls lebe ich so gemäßigt, daß mein Gesundheitszustand eher verbessert als verschlimmert wird.
— Sei deshalb ruhig — Ich hoffe daß auch Du
liebe Mutter, Dich wohl befindest. Schreibe mir in
dieser Beziehung nur oft wie es Dir geht. Der
Himmel erhalte uns alle! — Schreib mir wie es
dort aussieht. —

Da ich den Telegraphen*) nicht lese, so vergiß
nicht ihn für mich im Auge zu behalten. —
Onkel hat mir nebst einen freundlichen Brief
sein Portrait geschickt**), welches außerordentlich
ähnlich ist. Auch Carl hat mir sehr liebreich ge-

---

*) Der Telegraph, eine Zeitschrift von Carl Gutzkow,
ein Hauptgegner Heines.

**) Eine Lithographie Salomon Heines von Otto Speckter
in Hamburg.

Salomon Heine, geb. 19. Oct. 1767, † 23. Decbr. 1844,
verh. mit Betty, geb. Goldschmidt, geb. 1777, † 1837, deren
6 Kinder und Schwiegersöhne sämmtlich verstorben:

Friederike, verh. mit Moritz Oppenheimer,

Fanny, verh. mit Dr. med. Schröder,

Hermann, geb. 1804, starb unvermählt 1830 in Rom,

Amalie, verh. mit John Friedländer,

Carl, geb. 1810, † 1865, verh. mit Cecilie Furtado in Paris,

Therese, † 1880 in Ottensen, verh. mit Dr. Adolph Halle.

schrieben, so daß ich Gottlob mit der Familie jetzt im besten Einvernehmen stehe. —

Ich glaube Max thut am besten, daß er seine Briefe an mich durch Dich über Hamburg schickt, ich glaube direct ist hierher von St. Petersburg nicht sehr sicher. —

Schreib mir wie es Lottchen und dem jungen Ehepaar geht. — Ich denke noch bis zum 4. des nächsten Monats in Paris zu bleiben, und alsdann auf 6 Wochen oder 2 Monat nach einem Meerplatze, vielleicht wieder nach Boulogne zu gehen. Die Stille, Seeluft und auch Bäder, werden mir dort heilsam sein. — Mit meiner deutschen Schriftstellerei sieht es wegen Censurnergelungen sehr schlecht aus. — Wenn Du mir gleich schreibst erhalte ich Deinen Brief noch hier in Paris. — Meine Frau küßt Dich.

Dein treuer Sohn
H. Heine.

35.

Trouville, 5. August 1843.

Liebste gute Mutter!

Während 3 Wochen schleppte ich mich mit der Unschlüssigkeit herum wohin ich reisen würde. Endlich reiste ich hierher, wo ich seit 8 Tagen verweile, ebenfalls unschlüssig ob ich hier bleiben werde. Das ist der Grund weßhalb ich Dir nicht früher schrieb. Jetzt aber wo ich entschlossen bin eine gute Weile hier auszuhalten, melde ich Dir mein Wohlsein, und bitte Dich mich so bald als möglich, auch von dem Deinigen zu unterrichten. — Meine Adresse ist H. Heine à Trouville, Departement Calvados en France. — Schreibe mir nur bald wie es Euch allen geht. Ich und meine liebe Frau sind wohl, und die Seebäder bekommen mir dieses Jahr sehr gut.

Beständig sprechen wir von Dir und Du kannst Dir nicht vorstellen, wie eifrig meine Frau Dich zu sehen wünscht; denn ich erzähle ihr oft, wie viel Liebe Du mir immer erwiesen, und wie es wenig Mütter giebt gleich Dir. —

Meine Augen sind leider sehr schwach, wie immer des Sommers. — Lottchen und die Kücken zu küssen. Leb wohl alte Gluck. —

Dein Dich innigst liebender Sohn
H. Heine.

Ich bitte Dich frankire nicht Deine Briefe.

36.

Paris, den 18. Sept. 1843.

Liebe gute liebe Mutter!

Deinen Brief v. 18. Aug., den Du nach Trouville adressirt, hat man mir richtig nachgeschickt, und seitdem erhielt ich auch Deinen Brief v. 2. Sept. — Aus letzterem ersehe ich mit tiefem Kummer, daß es mit Onkel Heines Gesundheit nicht gut aussieht; ich bitte Dich mir nur immer recht bestimmt und ausführlich zu schreiben wie es ihm geht. Ich bin in dieser Beziehung wo nicht ganz ruhig, doch von dem festen Glauben, daß die Gesundheit dieses theuren Mannes einen eisernen Fonds hat, der zwar durch Erschütterung allmälig aufgerieben werden kann, aber zu unserer aller Freude noch lange Zeit dauern wird. Außer Tischexcesse hat Onkel nie etwas gegen seine Gesundheit verbrochen, und die eigentlichen Lebenskräfte sind nur durch Kummer manchmal angegriffen worden. Gott erhalte ihn! —

Und Du alte süße Katze, wie geht es Dir? Wenn Du stirbst ehe ich Dich wiedersehe, schieße ich mich todt. Merke Dir das für den Fall, daß Dir Anwandlungen kämen, Deine Dammthorwohnung gegen ein schlechteres Logis zu vertauschen! Merk Dir das, und Du wirst keine solche Thorheit begehen. —

Ich habe gestern einen Freund von Max hier gesprochen, den Gretsch aus Petersburg, der auch Dich kennt und mit so großer Vorliebe und Verehrung von Dir sprach, daß ich den ganzen Tag sehr melancholisch, mit einem weichgekochten Herzen herumging. —

Wäre es mir möglich, (aber es ist mir in diesem Augenblick fast nicht möglich), würde ich Dich doch noch dieses Jahr besuchen; nächstes Jahr geschieht es aber in jedem Falle. — Grüße mir Lottchen und die Kinder. —

Wie ich höre soll X.*) in Paris sein. Welches Glück für Paris, eine Entschädigung dafür daß die Königin von England nicht hierher gekommen! — Leb wohl, überhaupt bleib am Leben so lang als möglich, und merk Dir was ich gesagt habe.

Dein getreuer Sohn

H. Heine.

37.

Paris, 21. Sept. 1843.

Liebste Schwester!

Diese Zeilen erhälst Du durch Mlle A. de C. eine junge Person, die ebenso ausgezeichnet von Charakter, wie schwarz von Haut ist. Sie ist von afrikanischer Race, wird aber seit ihrer zartesten Kindheit in Paris erzogen, und zwar in derselben Pension, wo auch meine Frau mehrere Jahre zubrachte. Sie ist die intimste Freundin derselben, und Du kannst daraus schließen, daß ich sie ganz genau kenne, und sie Dir

---

*) Ein öfterer Tischgast seines Onkels Salomon, dessen Größenwahn Heines Spott oftmals erregte.

7*

mit eben so gutem Gewissen, wie herzlichster Wärme empfehlen kann. Ihr Vater ist ein reicher Kaufmann aus St. Thomas, der kürzlich eine Hamburgerin ge= heirathet hat, sich jetzt in Hamburg befindet, und um delikate Dinge mit ihm zu verhandeln, reist Mlle de C. — nach Hamburg in Gesellschaft ihres Bruders, eines ebenso schwarzen, wie guten jungen Menschen. —

Nimm sie gut auf, aus Liebe zu uns; Deine Schwägerin bittet Dich ebenfalls darum. Wo Du ihnen durch guten Rath und Vermittlung nützen kannst, wirst Du es gewiß thun. Es handelt sich darum auf ihren Vater zu influenziren, sie wird es Dir sogleich nicht gestehn wollen, denn sie ist von außerordentlich hochmüthigem Charakter, aber der junge Mann wird Dich schon von ihren Verhält= nissen unterrichten. — Ich habe sie auch an Cecilie Heine empfohlen. —

Ich erhalte keinen Brief von Euch, und wir leben deßhalb in der äußersten Angst. — Grüße mir Deinen Mann, und küsse die Kinder.

Ich umarme Dich herzlich

Dein getreuer Bruder

H. Heine.

Du bist so klug und hast ein so gutes Herz, daß ich nicht zweifle, Du wirst unserer Freundin von erfreulichstem Nutzen sein.

38.

Paris, 18. Oct. 1843.

Liebe gute theure Mutter!

Deinen letzten Brief habe ich richtig erhalten, und Deine Idee dem Max aufs Frühjahr ein Rendezvous in Hamburg zu geben, hat den Wunsch Dich einmal wieder zu sehen, sehr heftig in mir rege gemacht. Ich will Dich aber noch früher sehen als im Frühjahr, noch in diesem Jahr, und ehe Du Dich dessen versiehst, eines frühen Morgens stehe ich in Lebensgröße vor Dir. — Das ist aber ein großes Geheimniß, und Du darfst keiner Seele ein Wort davon sagen; denn ich reise nicht zu Wasser, sondern gradeswegs durch Deutschland, und· da ich auch hier Niemandem davon spreche, und auch schnell reisen werde, ist von der Regirung nichts zu fürchten. — Aber wie gesagt keiner Seele ein Wort davon; Onkel Heine werde ich es schreiben, aber nur einen Tag vor meiner Abreise, nicht früher, aus wichtigen Gründen. — Kann Lottchen schweigen, so kannst Du es ihr sagen. Meine Frau lasse ich hier in Paris, in der Pension wo sie früher war. Da ich nicht weiß, wann ich reise, so schreib mir nicht mehr hierher. — Künftige Woche mehr von

Deinem getreuen Sohn

H. Heine.

39.

Liebe gute Mutter!

Ich hoffe Dich in gutem Wohlsein anzutreffen, und will Dir heute wenig schreiben, da ich Dich ja doch in 10 bis 14 Tagen sehe, und Dir mündlich alles mögliche Liebe und Gute sagen kann. Ich bin im Begriff von hier abzureisen, vorerst nach Brüssel, von da gehe ich wahrscheinlich nach Amsterdam und von dort über Bremen nach Hamburg, wo ich bei Dir der besten Aufnahme mit Sicherheit entgegen sehe. Ich habe mich zu dieser Reise schnell ent= schlossen, solche Dinge muß man nicht lange auf= schieben. Das ist eben so schmerzlich wie unklug! —

Und so sehe ich Dich bald wieder theure Mutter. Erschrick nicht über mein verändertes Aussehn! — Von Unterwegs werde ich Dir noch schreiben.

Küß mir Lottchen und die Kinder, — werde Euch alle bald mündlich küssen. —

H. Heine.

40.

Liebe gute Mutter!

Du siehst meine Reise ist fast vollendet, ich bin vor einer Stunde gesund und wohl, aber sehr er= müdet von vielen Nachtreisen hier angekommen.

Wie ich nach Hamburg weiter reisen will, weiß ich noch nicht, da ich keine Nacht mehr durchfahren will, und der Postwagen nur diesen Abend abgeht. Ich komme also vielleicht erst übermorgenfrüh zu Dir, oder wo möglich morgen Abend sehr spät. — Küß mir Lottchen und die Kinder, die ich übermorgen selbst küssen werde.

Dein getreuer Sohn
H. Heine.

Bei seinen Reisen durch Deutschland mußte Heine die größte Vorsicht beobachten, da das Betreten der preußischen Staaten dem Dichter verboten, und an den Grenzorten harrten seiner die gemessensten Verhaftsbefehle, welche alljährlich erneuert wurden.

Nach 12 jähriger Abwesenheit trieb Heine die Sehnsucht, sein Vaterland wieder zu sehen und Mutter und Schwester umarmen zu können, nach Hamburg. Seinen 6 wöchentlichen Aufenthalt verbrachte er fast ausschließlich im engsten Familienkreis seiner Lieben, und war kaum zugänglich für die größere Zahl seiner dortigen Bekannten. Außerdem benutzte er seine Anwesenheit, um mit seinem Verleger Julius Campe einen Contract über die Herausgabe seiner sämmtlichen Werke abzuschließen;

und bedang sich eine jährlich steigernde Rente bis
1800 Mark Banco (ca. 3400 Frs.), welche nach
seinem Tode auf seine Frau lebenslänglich übergehen
solle. — Die Sorge für Mathildens Zukunft veranlaßte ihn, mit einer gewissen Ueberstürzung den
Verkauf abzuschließen, und bereute er es später oftmals, seinem Verleger gegenüber zu gefügig gewesen
zu sein. —

Im December trat Heine die Heimreise an, und
versprach im nächsten Jahre mit Mathilden, von
der er nicht genug lobenswerthes erzählen konnte,
seinen Besuch auf längere Zeit wiederholen zu
wollen. —

Wegen des eingetretenen Frostes mußte er die
Reise zu Lande wagen, und es ist rührend, wie
Heine seiner Mutter, welche darüber in großer Angst
schwebte, bei jedem Aufenthalt Nachricht zukommen
ließ. —

41.

Hanover, d. 9. Decbr. 1843.

Liebste gute Mutter!

Ich bin gestern Morgen gesund und wohl hier
angekommen. Einige Tage bleibe ich hier, Geschäfte
wegen; zu befürchten habe ich gar nichts. Das

Wetter ist wunderschön, und eben dieser Umstand verleitet mich, vielleicht noch ganz besonders hier die paar Tage zuzubringen. Ich bin glücklich und heiter gestimmt, und hoffe daß Du nicht zu betrübt jetzt bist. —

Küß und grüß mir Lottchen und seine Kinder. In etwa 10 Tagen bin ich in Paris und schreibe Dir gleich.

Dein getreuer Sohn

H. Heine.

42.

Cöln, d. 14. Decb. 1843.

Liebe gute Mutter!

Ich bin wie Du siehst nicht so lange in Hanover geblieben, als ich beabsichtigte. Jetzt bin ich in Cöln wo ich einen Tag verweile; übermorgen gehe ich per Eisenbahn nach Bruxelles, eine bequeme Eintagsfahrt, und von da ist es ein Katzensprung nach Paris. Die Reise ist also so gut wie abgemacht, und Du kannst jetzt ruhig schlafen. Ich bin von der nächtlichen Fahrt sehr ermüdet in diesem Augenblick, sonst aber heiter und ganz gesund. Das Wetter war wunderschön, und ich war in dieser Beziehung vom Himmel überaus begünstigt. —

Und nun lebe wohl, ich schreibe Dir erst in 8 Tagen. Grüß mir Lottchen und küß die Kinder. Meinen Schwager und Neffen ebenfalls herzliche Grüße. — Müde und eilig.

Dein getreuer Sohn

H. Heine.

43.

Bruxelles, d. 18. Decb. 1843.

Liebste Mutter!

Soeben bin ich hier gesund und wohl angekommen. Morgen in der Frühe reise ich nach Paris, wo ich übermorgenfrüh eintreffe; ich bin also gleichsam schon zu Hause, und dieser Brief mag Dir schon jetzt als Ankunftsanzeige dienen. — Sei also ruhig und laß mich zufrieden. Werde Dir erst in 6 oder 8 Tagen wieder schreiben können, denn sowie ich in Paris ankomme, bin ich gleich mit einem solchen Wulst von Geschäften überschüttet, daß ich nicht sobald zum schreiben kommen dürfte. Ich habe bisher wunderschönes Wetter gehabt. — Grüße mir Lottchen meine liebe Schwester und seine Kinder, alle meine Gedanken auf der Reise wanderten von Euch zu meiner Frau, und von meiner Frau wieder zu Euch. — Daß ich Euch nur

Alle gesund und glücklich künftiges Jahr wieder-
finde! Das ist meine einzige Sorge. —

Meine Feder schreibt nicht, aber ich bin wie
immer

Dein getreuer Sohn

H. Heine.

44.

Paris, 23. Janr. 1844.

Liebe gute Schwester!

Die Mutter hat mir die glückliche Entbindung
Deiner Tochter angezeigt, vor etwa 14 Tagen, aber
seitdem bin ich ohne Nachrichten über ihr Befinden,
was die Hauptsache ist, und muß Euch deßhalb der
Nachlässigkeit anklagen. Ich hoffe daß Marie sich
wohlbefindet, und ich auch noch dieser Tage darüber
beruhigende Nachrichten von Euch empfange. — Ich
und meine Frau wir befinden uns ziemlich wohl, und
sprechen beständig von Dir; ich kann ihr nicht genug erzählen, was Du für eine Pracht von Schwester
bist, und die Liebe womit ich von Dir spreche,
macht sie fast eifersüchtig. Wir leben still und eingezogen.

Meine Projekte für diesen Sommer, sind noch immer dieselben, und ich werde Dir seiner Zeit ausführlich darüber schreiben. —

Schreib mir nur viel und umständlich, damit ich das dortige lokale immer genau beurtheilen kann. Besonders über die Gesundheitszustände von Onkel gieb mir bestimmte Nachricht jedesmal. Ich hoffe daß Du Dich wohl befindest, und daß Du nicht zu viel ausstehst. — Mutter klagt etwas über ihr Befinden, ich hoffe es ist nichts.

Trotz meiner zunehmenden Gesichtslähmung arbeite ich viel. Vielleicht aber muß ich eines Tages die Feder zum Teufel werfen, und mich zum Garnichtsthun verdammt sehn! —

Meine Frau führt sich ziemlich gut auf, zankt nicht zu oft, bleibt aber immer eine Verbringerin. Mit Noth und Mühe komme ich aus, doch ich komme aus, und die Sorgen vergehn. — Könnte ich Dich süßer Engel nur manchmal sehen, Dich ansehn ohne zu sprechen! —

Lebe wohl und grüße mir die Sippschaft; Deinen Haushahn und die Putchen.

Dein weitläuftiger Bruder

H. Heine.

45.

Liebste Mutter!

In dem Briefe den ich an Lottchen geschrieben stand nichts, und ich weiß nicht warum Lottchen ihn Dir nicht sehen lassen wollte. — Ich kann Dir heut und vielleicht auch in den ersten 4 Wochen nicht viel schreiben, denn mein Augenübel ist wieder= gekommen, und ich muß meine Augen unterdessen sehr schonen. Der Arzt sagt mir daß ich diesmal länger als sonst warten muß, bis der Acces über ist, und ich die Augen wieder wie sonst gebrauchen kann.

Ich grüße Lottchen und die Kinder. — Schreibe bald Deinem

getreuen Sohn

H. Heine.

46.

Paris, d. 4. März 1844.

Liebe gute Mutter!

Du mußt mir immer aufs Wort glauben, denn ich sage Dir immer Alles. Deinen Brief erhielt ich so eben, und ersehe daraus, daß Du Dir unnöthige Gedanken und Sorgen machst. Meine Augen oder vielmehr das Auge woran ich litt, ist wieder geheilt, aber ich muß mich sehr schonen, und daher schreibe ich an Niemand, lese garnichts und pflege mich. Ich hoffe in einigen Tagen bin ich wieder ganz auf den Strumpf. — Ich sehne mich danach Euch alle wiederzusehen. Dieses soll diesen Sommer in jedem Fall geschehen. Und müßte ich auch nur wieder auf kurze Zeit nach Hamburg hingehen, und wieder meine Frau hierlassen.

H. Heine.

47.

Paris, 11. Juli 1844.

Liebe gute Schwester!

Gestern habe ich der lieben Mutter geschrieben, und ihr gemeldet, daß ich die Reise nach Hamburg per Land und zwar über Antwerpen machen werde. Jetzt also wird sie nicht mehr bei jedem Windzug zittern. —

Dir aber liebes Lottchen sage ich heute die Wahrheit, nämlich, daß ich nächste Woche d. 20. Juli mit dem Dampfschiff von Havre nach Hamburg abfahre, also den 22. oder 23. bei Euch anlange. Die Mutter braucht nichts zu wissen, bis ich gesund und wohl mit meiner Ehehälfte angelangt bin. —

Es ist die schönste Zeit zum Seereisen, und außer der Seekrankheit, ist auch nicht das geringste zu besorgen. — Jetzt aber liebes Lottchen, kommt die Frage des Logirens, und über diese, will ich Dir heute auf Bestimmteste sagen, was zu thun ist.

Ich bin dieses Jahr gar nicht in's Bad gereist, und meine Nerven sind so gereizt, daß ich gewiß krank werde, wenn ich nicht noch einige Zeit auf dem Lande frische Luft, oder am Meere Seeluft ein= athme, und zwar in der größten Seelenruhe. Könntest Du also liebes Lottchen, vor dem Dammthor noch eine Landwohnung für mich finden, wo ich den Aug. Sept. und Oct. zubringen könnte, so wäre mir das sehr recht. Ist es aber nicht möglich, so bleibe ich zuerst nur einige Tage in Hamburg, und reise gleich mit meiner Frau nach Helgoland, um dort einige Wochen in der Seeluft zu athmen, und wenn sie mir nicht schlecht bekommen, auch Bäder zu nehmen. — Ich habe es so nöthig. —

Sobald ich in Hamburg angekommen, steige ich wieder ab bei Hillert, obgleich ich voraussehe, daß seine neugebaute Stadt London gewiß für mich, der ich ein Greul gegen alles frische Bauwerk habe, nicht zuträglich sein wird. Aber ich bleibe ja doch nur wenige Tage dort und gehe dann aufs Land, wenn ich eine Landwohnung habe, oder nach Helgoland, wenn ich keine habe. Gehe ich nach Helgoland, so suchst Du mir unterdessen eine Wohnung in der Stadt, in Deiner Gegend, die ich bei meiner Rückkehr gleich beziehen kann. — Im Fall es Dich gar nicht genirt (aber nur in diesem Fall) wär es mir angenehm, wenn Du die paar Tage, die ich bei Hillert zubringe, meine Frau beherbergen könntest, nicht weil ich Geld sparen will, sondern weil es mir anständiger dünkt, daß meine Frau nicht im Wirthshaus abgestiegen. Jedenfalls werde ich Dir darüber nochmals schreiben. —

Wie wär es, wenn Du Dir ein Plaisirchen machtest und uns nach Helgoland begleitest? — Das wäre mir noch am angenehmsten. Kannst Du das möglich machen? Jedenfalls wäre es Dir sehr zuträglich. — — — — — — — —

— — — — — — — —

Da ich nur bis Mitte, spätestens Ende November dort bleibe, so werde ich nichts von Haushalt mitbringen, und ich muß daher die Wohnung auf dem Lande oder später die Stadtwohnung ganz möblirt, und allen nöthigen Geräthen miethen. Doch brauchte die Einrichtung nicht complet zu sein, da es mir ganz gleichgültig ist, allerlei Sachen und Geräth dort anzuschaffen, die ich doch immer später dort

gebrauchen, oder vielleicht gar mitnehmen kann. —
Ich habe nöthig: 2 Schlafzimmer, jedes mit einem
Bett, dann 1 Wohnzimmer, 1 Arbeitszimmer und
ein Stübchen für eine Magd. —

H. Heine.

48.

Paris, 13. Juli 1844.

Mein liebes Lottchen!

Ich bin bis am Hals mit Reisevorbereitungen
beschäftigt, gehe diese Tage, wie ich Dir geschrieben
von hier ab, und nächsten Sonnabend frühe, bin ich
mit meiner Frau auf dem Hamburger Dampfschiff
in Havre. In Bezug auf meinen Brief, den ich Dir
vorgestern schrieb, bemerke ich Dir nachträglich, daß
ich, nach reiflicher Ueberlegung mit meinem Arzt,
auf jedem Falle nach Helgoland in's Seebad gehe,
und also vor der Hand nur einige Tage in Hamburg
zubringe. Ich sehe daher, daß ich nur in Hamburg,
wenn ich von Helgoland dorthin zurückkehre, eine
Wohnung nöthig habe, und Du hast also nur für
eine solche, nicht für eine Landwohnung Dich zu
bemühen. Jedenfalls auch in Betreff dieser Stadtwohnung darfst Du nicht miethen, ehe ich sie gesehen, ich bin ja doch bald dort. Am liebsten wäre

mir die Esplanade, doch auch Deine Theaterstraße, etwas nahe beim Junfernstieg, würde mir genügen. Der neue Junfernstieg wäre mir eben so lieb. —

Der Mutter werde ich vielleicht nochmals vor meiner Abreise schreiben, aber nicht ihr sagen daß ich zu Wasser reise; ich will ihr nur sagen, daß sie mich zwischen dem 23. und 25. erwarten solle, da= mit sie sich nicht erschreckt. —

Meine Frau und ich sind schon im Gedanken in Hamburg, und wir sprechen beständig von Euch. — Wie freue ich mich darauf Dich und die Kinder wiederzusehen.

Das Wetter ist hübsch freundlich und kühl; ich reise in der schönsten Jahrzeit. Ich bitte Dich mach es möglich, daß Du und Marie mit uns nach Helgo= land gehen könnt. — Die Kosten sind sehr gering, und die Luft ist so köstlich und heilsam. —

Heute reist Furtado von hier nach Hamburg, um dort Cäcilie*) abzuholen, und mit ihr nach der Schweiz ins Bad Leuk zu reisen. —

_____

*) Cäcilie, geb. Furtado, Gemahlin von Carl Heine, in Paris domicilirend, bekannt wegen ihres Reichthums und vieler wohlthätigen Stiftungen in Frankreich. — Ihr Gatte, Carl Heine, geboren den 20. Januar 1810, starb den 4. Juli 1865 in Bagnères de Luchon, bei einem Spazier= ritt vom Schlag gerührt, und ward in Paris begraben. Die

Grüße mir Deinen Mann und küsse mir die Kinder auf Abschlag. —

Wie freue ich mich Dich und meine alte Mutter wieder zu sehn. —

Dein Bruder
H. Heine.

An einem herrlichen sonnigen Nachmittag, traf das Havre=Dampfboot etwas verspätet im hiesigen Hafen ein, und wir harrten alle schon lange an der Schiffsbrücke in erwartungsvoller Aufregung, Heines Frau, Mathilde, persönlich kennen zu lernen. — Endlich näherte sich das Schiff, und mein Onkel, welcher etwas stärker geworden, und dem äußerlich nichts krankhaftes anzusehen war, stieg, eine staatliche Dame in einfachem grauen Reisecostüm am Arme, an's Ufer. Mathilde war wirklich eine sehr schöne Frau von hoher Statur, etwas üppigen Formen, ein ovales liebliches Gesicht, umrahmt von kastanien= braunem Haar, volle rothe Lippen, schöne weiße Zähne zeigend, und große ausdrucksvolle Augen, welche in Erregung feurig blitzten. —

Ehe blieb kinderlos und adoptirten sie ein kleines Mädchen. Diese Adoptivtochter war mit dem General Ney, Fürst von Elchingen verheirathet, und frühzeitig verwittwet, vermählte sie sich in zweiter Ehe mit dem Herzog v. Rivoli.

Bald sollten wir diese schönen Augen blitzen sehen,
als nach freudiger Begrüßung mein Vater sie zum
Wagen führte, und ihr einen Kasten beim Einsteigen
reichte, den er mit schmerzhafter Bewegung fallen
ließ, da er sich heftig im Finger gebissen fühlte. —
Ein gellender Schrei entfuhr Mathilden, denn in
dem Kasten steckte Cocotte der Papagei, ihr Liebling,
den sie von Paris mitgebracht hatte. — „Mein Gott!
welche Unvorsichtigkeit, nachdem der arme Cocotte
erst so seekrank gewesen, ihn so zu erschrecken!" —
sprach sie im erregten Tone. —

Doch glücklicherweise hatte Cocotte keinen Schaden
erlitten, und freudig lächelnd glätteten sich die Züge
der schönen Frau. — „Mein Onkel näherte sich laut
lachend, und sagte: „Lieber Schwager, bald hätten Sie
Mathildens Gunst für ewig verloren, ich schrieb
doch, daß ich mit Familie, d. h. mit meiner Frau
und Papagei kommen würde, und Sie ignoriren
letztern gänzlich, bis er sich Ihnen beißend selber
vorstellt." — Cocotte war ein unbändig bosartiges
Thier, das, wenn es übler Laune war, wild zu
schnattern und zu schreien begann, was dem armen
Dichter bei seinen öfteren Kopfschmerzen höchst lästig
fiel. — Eines Tags stürzte Mathilde in die Stube,
als Cocotte einen Krampfanfall hatte; „Henri",
schluchzte sie, „Cocotte stirbt!" und Heine erwiederte

auf deutsch, Mathilden unverständlich, „Gott sei gedankt", aber das Dankgebet kam zu früh, denn der
Vogel erholte sich wieder. —

Während der ersten Tage ihres Aufenthalts
wohnte Heine mit seiner Frau in unserem Hause
in der großen Theaterstraße, und bezog in der
nächsten Woche ein elegantes Logis in einer ersten
Etage der Esplanade. — Die Mahlzeiten wurden
größtentheils bei uns eingenommen, und Mathilde,
welcher das Hamburger Essen vortrefflich mundete,
fühlte sich bald recht munter und heimisch; um-
somehr da wir alle französisch sprachen, und ihre
scherzhaften Einfälle Anklang fanden. —

Die erste Visite, welche Heine mit seiner Frau
machte, war bei seinem Onkel Salomon, dem Ma-
thilde gut gefiel, da Heine, mit großem Geschick den
Dolmetscher machend, den Umstand, daß sie kein
Deutsch verstand, zu umgehen wußte. — Der Alte
war nämlich ein guter wohlthätiger Herr, aber ein
arger Haustyrann und konnte es nicht leiden, daß
man sich in seiner Gegenwart in einer fremden
Sprache unterhielt, da er nur deutsch verstand. —
Und über sein Deutsch sagte Heine sehr bezeichnend:
Bei den officiellen Diners stand an einer Seite des
Tisches ein Diener für den Dativ, und am andern
Ende ein Diener für den Accusativ. — Einer seiner

Schwiegersöhne, welcher früher in England etablirt, dort schlechte Geschäfte gemacht, und gerne jede Gelegenheit benutzte, um Englisch zu sprechen, führte eines Tages während der Tafel mit der ihm gegenübersitzenden Gemahlin des englischen Consuls, einer Deutschen, eine laute englische Conversation. Der Alte, welcher die Dame zu Tische geführt, hörte eine Zeit lang ruhig zu, endlich runzelte er seine Stirne, und die Conversation unterbrechend sagte er: „Nicht wahr, mein Schwiegersohn spricht gut Englisch, aber ich habe dafür büßen müssen; denn die Erlernung dieser Sprache kostet mich ¹/₂ Million Mark."

Salomon Heine bewohnte im Sommer eine herrliche Villa in Ottensen, deren blumenreicher Garten terrassenförmig bis zum Strande der Elbe reichte, und am Mittwoch und Sonntag fanden dort die Familiendiners statt. — Am nächsten Sonntag holte die elegante Equipage des Onkels den Dichter und seine Frau, um auf dem Landsitze zu speisen, und Heine folgte nur ungerne der erhaltenen Einladung, da er wußte, daß Mathilde, sein munteres Naturkind, nur wenig zu den Plutokraten der dort versammelten Familie paßte. —

Das Verbot des Alten kennend, sich bei Tische in keiner fremden Sprache zu unterhalten, wurden nur einige französische Worte verstohlen geflüstert,

und die arme Mathilde mußte sich 2 Stunden
stumm verhalten und sich furchtbar langweilen. —
Beim Dessert passirte noch der unglückliche Zufall,
daß der Alte eine Weintraube, welche in seinem Treib=
haus gezogen, von seltner Größe mit fast pflaumen=
großen Beeren, zur allgemeinen Bewunderung als
Schaustück herumreichen ließ. — Als der Teller bei
Mathilde angelangte, nahm sie die Traube, da sie nicht
anders glaubte als daß dieselbe für sie bestimmt,
und ließ sie sich gut schmecken. — Nach einiger Zeit
fragte der Alte erregt, wo die Traube geblieben, und
als man sagte was geschehen, erwiederte Heine rasch
gefaßt: „Lieber Onkel, Ihre Traube war ein Wunder,
aber noch ein zweites Wunder hat sich ereignet, sie
ist verschwunden, ein Engel hat sie geholt." — Der
Alte lachte, und die Traube war vergessen; denn
er liebte es, wenn sein Neffe derartige Impromptus
machte. Ein andermal sagte Heine von einem Wechsel=
makler, welcher zuweilen Tischgast bei seinem Onkel
war, der in seinen Jugendjahren eine Universität
besucht hatte, ziemlich bornirt war und viel auf
gutes Essen hielt: „Schade, daß seine Gelehrsamkeit
nur bis zum Halse gekommen ist!" —

Mathilde war froh, als sie wieder zu Hause an=
gelangt, und erklärte ihrem Gatten, die langweilige,
steife Gesellschaft des Onkels nicht wieder besuchen

zu wollen. — Heine kannte sein Trotzköpfchen und war in großer Verlegenheit, da ihm an der Gunst seines Onkels viel gelegen war, und erwiederte: da= gegen gebe es nur ein Mittel, wieder ohne ihn nach Paris zurück zu kehren. — Da Mathilde auf ihrem Entschluß bestand, war ihr Gatte genöthigt, unter dem Vorwand, daß ihre Mutter erkrankt sei, sie nach ihrer früheren Pension bei Mad. Darte nach Paris zu schicken; und nach 14 tägigem Aufenthalt nahm Mathilde, in Thränen gebadet, von uns Abschied. —

Heine blieb in Hamburg und vollendete sein Buch „Deutschland ein Wintermärchen", ein humo= ristes Epos, worin seine vorjährigen Reiseeindrücke geschildert wurden, welches mit den „neuen Ge= dichten" im September noch während seines hiesigen Aufenthalts erschien. Die scharfe satyrische Geiselung der damaligen unerträglichen Zustände seines Vater= landes erregte bei Manchen Aerger und Verstimmung, jedoch bei der Mehrzahl hohe Bewunderung seines geistreichen, unverwüstlichen Humors. In Preußen war der Verkauf des Buches sofort strenge verboten, eine unverhoffte Reklame, die den geheimen Absatz fabelhaft steigerte.

Seinem Onkel Salomon bereitete das Winter= märchen ein solches Vergnügen, daß er seinem Neffen ein namhaftes Geldgeschenk machte und ihm versprach,

Mathilde Heine.

daß die jährliche Rente, welche er bezog, auch nach seinem Ableben auf seine Frau übergehen sollte. —

Heine nahm seine Mahlzeiten gewöhnlich im Hause meiner Eltern ein, und blieb dort oft die Abende im fröhlichen Geplauder bei einer Tasse Thee. Meine Schwester Anna*), sein Liebling, bereitete denselben und hatte vorzugsweise viel von seinen Pikanterien zu erdulden.

Fast jedesmal neckte er: „Ist das auch eine Tasse Thee, als wenn Du sie für Dich selber bestimmt hättest, oder ist es Camillenthee?" — Dieser sich wiederholenden Neckerei müde, reichte sie dem Onkel eines Tages eine Tasse wirklichen Camillenthee, welche er schaudernd vom Munde setzte, ausrufend: „Ver! das Backfischchen hat sich gerächt!"

Heines Lieblingsaufenthalt war der Pavillon am Alsterbassin, wo er fast täglich verkehrte und mit seinen Freunden Dr. Wille, Julius Campe, Dr. Fuchs, Michelis, Dr. Carl Toepfer, Professor Zimmermann und dem Maler Kizero plaudernd verweilte. —

Manchmal war es mir vergönnt, ihn begleiten zu dürfen, und dann saß er entweder wortkarg, träumerisch in die sich kräuselnden Wellen der Alster blickend, mit den Augen einen vorüberziehenden Schwan verfolgend, oder gesprächig mit vortreffliche

_____
*) Frau Anna Italiener, geb. Embden in London.

Anweisungen gebend, welche Bücher ich für meine
Lektüre wählen sollte. Er warnte mich vor zu
vielem Zeitungslesen, da weniger davon im Ge=
dächtniß bliebe, als selbst von einem nur mittel=
mäßigen Buche. Für Jean Paul habe er eine hohe
Werthschätzung, und müsse ich seine Werke langsam
und aufmerksam lesen, was für mein ganzes Leben
Früchte tragen würde. Auch könne er mir nicht
genug empfehlen, in Ermangelung des so wenig ver=
tretenen komischen deutschen Romans mich mit
Charles Dickens Werken vertraut zu machen. —
Das schöne Zusammensein nahm für uns alle
ein zu frühes Ende, denn Heines französischer Ver=
leger verlangte dringend seine Anwesenheit in Paris,
und nach zärtlichem Abschied kehrte er Anfangs
October mit dem Dampfschiff über Amsterdam nach
Paris zurück. —

49.

Amsterdam, 11. Octbr. 1844.

Liebste Mutter!

Amsterdam wo wir diesen Morgen ankommen
sollten, sind wir erst diesen Nachmittag um 7 Uhr
angekommen. — Ich habe jedoch eine sehr glückliche
Reise gehabt, und bin garnicht krank gewesen.
Noch diesen Abend reise ich nach Haag, und bin in

2 bis 3 Tagen in Paris, wo ich Dir nicht gleich schreiben werde, da jetzt die Reise nur ein Kinder= spiel. Ich hoffe daß diese wenigen, und in der größten Hast geschriebenen Zeilen, noch diesen Abend abgehen. — Jedenfalls mußt Du Dich in Betreff meiner längst beruhigt haben, da Du selbst sehen konntest, wie schön das Wetter war und wie still. — Ich schreibe diese Zeilen auf der Bank des Eisen= bahnbüreau und mit einer seekranken Feder. —

Ich umarme Lottchen. Alle zu grüßen.

Dein getreuer Sohn

H. Heine.

50.

Paris, d. 17. Octbr. 1844.

Meine liebe gute Mutter!

Den Brief, den ich Dir bei meiner Ankunft in Amsterdam geschrieben, wirst Du hoffentlich er= halten haben. Der Rest meiner Reise war ebenfalls durch das schönste Wetter begünstigt, und ich bin gestern Abend im besten Wohlsein bei meiner lieben Frau in Paris angekommen. Ich fand sie frisch und gesund, und hat sie sich mit musterhaften Ge= horsam, ganz wie ich es vorgeschrieben, aufgeführt. Wir sind beide noch wie betäubt von der Freude

des Wiedersehens! Wir sehen uns mit großen Augen
an, lachen, umarmen uns, sprechen von Euch, lachen
wieder und der Papagey schreit dazwischen wie toll.
Wie froh bin ich meine beiden Vögel wieder zu
haben. Du siehst liebe Mutter, ich bin glücklich wie
es nur ein Mensch sein kann, da nichts auf der
Welt vollkommen ist; mir fehlt jetzt nur ein gesunder
Kopf und die Nähe meiner guten Mutter, und meines
guten Lottchens. In einigen Tagen werde ich Euch
noch mehr entbehren, jetzt erfüllt mich noch zu sehr
das Freudegefühl der Rückkehr.

Sage an Lottchen, daß sie mir nur bald schreibt
(Faubourg Poissonnière No. 46) ich werde ihr erst
später schreiben, da ich ihr noch nichts mitzutheilen
habe, und sie meine glückliche Ankunft aus diesem
Brief erfährt. Ich grüße die ganze Klicke, die Putchen,
den Jung, und ganz besondere Empfehlungen in
meinem und meiner Frau Namen sind an meinen
Schwager zu bestellen, welchem meine Frau für seine
artige Aufmerksamkeit ihren verbindlichsten Dank
sagen läßt.

Schreibt mir nur bald wie sich Onkel Heine befindet, Euch habe ich Alle in so gutem Wohlsein
verlassen, daß ich letzteres voraussetze.

Eine große Masse Arbeit harret meiner hier in
diesem Augenblick, und trotz meines bösen Kopfübels

muß ich die nächsten Monate mich sehr anstrengen.
Aber ich bin froh und munter. — Meiner Frau
habe ich ein wunderprächtiges Stammbuch gekauft,
ein Album wie sie es längst gewünscht. Sie ver=
spricht Euch bald zu schreiben. — Gott erhalte Euch
unterdessen und Ihr werdet lange leben.

Ich umarme Dich, liebe Mutter — hat
Jette Mittwoch Nacht oft nach dem Wind sehen
müssen?

H. Heine.

51.

Paris, 24. Octbr. 1844.

Liebe gute Mutter!

Von meiner Kiste sehe und höre ich nichts, und
doch habe ich die Bücher nöthig die darin sind. Ich
bitte mir nur gleich zu schreiben, wann und wie die
Kiste abgegangen. Ich befinde mich Gottlob ganz
wohl, auch meine Frau ist wohl. Lottchen und die
Kinder zu küssen. — Wir sprechen hier beständig
von Euch. — Lottchen wird mir hoffentlich bald
schreiben.

Dein getreuer Sohn

H. Heine.

52.

Liebe gute Mutter!

Meine Augen waren wieder schlecht, sind aber hergestellt, und um sie zu schonen schreibe ich wenig. Sonst befinden ich und meine Frau uns sehr gut. Wir sind glücklich und heitern Gemüthes. Deinen jüngsten Brief habe ich erhalten. Onkels Krankheit betrübt mich über alle Begriffe, schreibt mir nur alles gleich und oft. — Deinen Brief habe ich erhalten; ich weiß nicht, was das für ein Gedicht ist, wovon Du sprichst, betrifft es mich, so schicke es mir unter Kreuzcouvert. An Lottchen bitte ich die Einlage zuzustellen. —

Es ist spät und sehr dunkel und meine Feder ist viel schlechter, als mein Herz.

H. Heine.

53.

Paris, 28. Novbr 1844.

Meine liebe gute Schwester!

Ich danke Dir für Deinen Brief vom 18. Ich hätte Dir längst und viel geschrieben. Aber leider war mein Augenübel so fatal gesteigert, daß ich nur mit der größten Anstrengung schreiben konnte, und zu sagen hatte ich Dir nichts von dringender Wichtigkeit. Mein Auge, welches ganz geschlossen war während 3 Wochen, ist jetzt wieder auf, aber ist noch sehr schwach, doch scheint das Uebel periodisch zu sein, und ich werde gewiß von Zeit zu Zeit ganz davon befreit sein. Im Uebrigen befinde ich mich ganz wohl, habe guten Appetit, bin sehr ruhig und lebe angenehm in meiner Häuslichkeit. Die Verbringerin ist wie immer ein gutes Kind, brav, heiter, nur mitunter einige Launen. Wir sprechen beständig von Euch. Und ich kann Dir nicht sagen, wie viel meine Frau auf Euch alle hält, besonders auf Mutter, die wirklich eine prachtgute Frau ist. Küß sie mir nur recht in meinem, und meiner Frau Namen. Auch Deine Kinder zu küssen und Deinem Mann die herzlichsten Grüße. —

Was Du mir von Onkel*) schreibst ist überaus traurig. Du kannst Dir meinen Kummer vorstellen. Du mußt mich über seinen Zustand, bei Leibe nicht ohne Nachricht lassen; ich erwarte wöchentlich ein Bülletin von Dir; ich bitte Dich, unterlasse nicht mich so oft als möglich, die traurigen oder erfreu-

---

*) Salomon Heine.

lichen Nachrichten wissen zu lassen; es ist mir über alle Begriffe wichtig. Das hab ich mir nicht vor= gestellt, und ich habe davon viel Herzleid. —

Mein Augenübel, das mich schon gleich hier be= fiel, ist Schuld daß ich an Max nicht, wie ich be= absichtigte, einen ausführlichen Bericht geschrieben; ich wollte ihm in einer nothwendig vorsichtig abge= faßten Weise, Alles mittheilen, und so geschah es daß ich garnichts schrieb. Jetzt aber tritt der Fall ein, wo Du verpflichtet bist, ihm schnell und bestimmt den Zustand unseres armen Onkels zu melden, sag ihm die Wahrheit. Ist Hoffnung da, daß er nicht zu spät kommt, die Pflichten der kindlichen An= hänglichkeit zu erfüllen, so wird er jetzt vielleicht eher als sonst dorthin eilen. — Ich bitte Dich schreib ihm daher gleich, und halte auch ihn au courant jenes theuren Gesundheitszustandes. —

Und nun leb wohl. — Sobald meine Augen es erlauben, schreibe ich mehr. —

Dazu ist es heute auch so dunkel. Ein scheuß= licher ekelhafter Monat! —

Ich erwarte mit Spannung Deinen nächsten Brief. — Alle zu grüßen. —

Dein treuer Bruder

H. Heine.

54.

Paris, d. 23. Decbr. 1844.

Liebes Kind!

Einligend einen Brief an Mutter, dessen In=
halt auch für Dich ist! Ich beläftige Dich nachträg=
lich mit einer Commiffion für Onkel Henri. Ich
hatte demselben einen Wechsel von 1000 Mark Banco
auf Campe geschickt, mit der Bitte ihn zu discou=
tiren. Mein guter Onkel Henri schickt mir nun gestern
den Betrag, bemerkt mir aber, daß Campe den
Wechsel noch nicht angenommen, und zwar nicht
dazu abgeneigt sei, aber erst Antwort von mir auf
seinen jüngsten Brief erwarte. Es ist nämlich
seitdem zwischen uns eine Differenz entstanden, die
hoffentlich nur ein Mißverständniß zum Grunde
hat, welches ich in meiner Antwort aufklärte. Da
ich ihm aber bei dieser Gelegenheit sehr stark die
Wahrheit gesagt, so ist es möglich, daß er meinen
Wechsel nicht acceptirt. Sage daher an Onkel
Henri, daß ich ihm herzlich danke für sein Ver=
traun, daß ich aber unter obigen Umständen, die
von ihm erhaltene Tratte auf Fould, mir nicht
eher auszahlen laffe, bis ich durch Dich die Nach=
richt erhalten, daß mein Wechsel von Campe acceptirt
sei. Ist dies nicht der Fall, so schicke ich meinem

Onkel Henri seine Anweisung zurück. — Sage
Mutter nichts davon. — Mit Campe werde mich
mehr vorsehn, obgleich ich bisher keinen Disput mit
ihm hatte. —
    Von Onkel Heine hat meine Frau ein Weihe-
nachtsgeschenk erhalten. — — — -- — —
— — -- — — — — — —

H. Heine.

Am 23. December 1844 starb Salomon Heine,
und versetzte die Todesnachricht den Dichter, bei
seinem nervösen Temperament, in große Aufregung. —

Salomon Heine, 1767 in Hannover geboren, kam
mittellos nach Hamburg, etablirte sich nach seiner
kaufmännischen Ausbildung als Wechselmakler, gründete das s. Z. weltberühmte Bankhaus und starb
als vielfacher Millionär, wegen seiner vielen Wohl-
thätigkeitswerke allgemein aufrichtig bedauert. —
Seinehervorragendsten Stiftungen sind: die Hermann
Heine-Vorschußanstalt, zum Andenken seines 1830
in Rom verstorbenen Sohnes, und das Hamburger
Israelitische Krankenhaus, zur Erinnerung seiner
Gattin Betty geb. Goldschmidt.

55.

Paris, 29. Decbr. 1844.

Liebe gute Schwester!

Gestern Abend spät erhielt ich Deinen Brief.
Du kannst Dir leicht vorstellen, welche schreckliche
Nacht ich verbracht habe. Das Gehirn zittert mir
im Kopf. Ich kann noch keine zwei Gedanken zu=
sammen fassen. Obgleich ich auf den Fall gefaßt
war, erschüttert er mich doch so tief, wie mich seit
dem Tode meines Vaters noch nichts bewegt. Ich
wundere mich, daß Du bei aller Deiner Betrübniß
mir gleich schreiben konntest.

Du weinst, ich habe aber bis jetzt keine Thräne
vergießen können. Den Vortheil habt ihr Weiber,
daß ihr leichter weinen könnt. Auch meine Frau
weint, sie ist dreimal diese Nacht zu mir gekommen.
Du hast recht, daß die Zeit allein hier trösten kann.
Wie muß Therese*) die gute Frau leiden! — Und
Carl, der arme Junge, wie viel muß der ausge-

---

*) Therese, die jüngste Tochter Salomon Heines, † 1880,
war ebenso wenig wie ihre ältere frühverstorbene Schwester,
Frau Amalie Friedländer, eine unglückliche Jugendliebe
Heinrich Heines. Einzelne Citate seiner Dichtungen mögen
wohl auf Amalie Bezug haben, welche schön und geist=
reich, bei gegenseitigem Verständniß, vom Dichter hoch ver=
ehrt wurde.

standen haben! Ehe ich nicht gefaßt und ruhig bin, will ich den armen Kindern nicht schreiben. O Gott welch ein Kummer. —

Unser guter Onkel Henry, wie muß der angegriffen sein. Sag ihm alles Liebe. — Zu condoliren steht mir noch nicht der Kopf. Die Feder zittert mir in der Hand. Dazu sind meine Augen wieder in dem schrecklichsten Zustand. — Wenn ich nur weinen könnte! —

Noch gestern schrieb ich ihm, obgleich ich das Unglück wohl ahnte. Gebe mir nur recht viele Details über seine letzten Augenblicke. Dieser Mann spielt eine große Rolle in meiner Lebensgeschichte, und soll unvergeßlich geschildert werden. Welch ein Herz! Welch ein Kopf! — Ueber seine letzten Verfügungen bin ich längst ohne Besorgniß; er hat mir selbst genug davon gesagt, oder deutlich angedeutet. — Ich gäbe meinen letzten Schilling darum, wenn ich ihn nur 5 Jahre, oder auch nur 3 Jahre länger hätte behalten können; ja die Hälfte meiner übrigen Lebensjahre, würde ich darum geben. Und wie liebenswürdig behandelte er meine arme Mutter. — Mir sagte er viel hartes, er hat diesen Sommer mir in der Aufregung sogar einen Schlag mit dem Stock gegeben. — Ach Gott! Wie gern bekäme ich wieder meine Schläge. — Könnte ich nur weinen!

Ich erwarte mit Angst den Jammerbrief von
Mutter, die, wie ich sie kenne sobald nicht beruhigt
sein wird, und alle alten Wunden aufreißt. — Schreib
mir nur gleich wie sich Carl befindet; sowie auch
Therese, die bei all ihrer Standhaftigkeit doch ein
zartes Wesen ist, und schon so viel geduldet. Ihr
Vater war ihr Alles, und ist sie ihm im ganzen
Wesen so ähnlich. Lebe wohl, und schreibe mir
gleich. — Ich habe Dir nichts zu sagen, bin heute
nur ein matter Waschlappen. — Ich war beständig
auf diesen Fall gefaßt, und habe mir alles tröstliche
schon längst vorgesagt, und doch trifft mich das
Unglück, als wenn es ganz unerwartet, ganz unmöglich gewesen wäre. Ja ich weiß daß es wahr
ist, daß ich ihn verloren habe, aber ich kann es doch
nicht glauben. —

Grüß mir Deinen Mann. Küsse mir die lieben
Kinder. — Möchte ihnen etwas heiteres sagen, aber
heute vergeht mir der Spaß.

Dein Bruder

H. Heine.

Die plötzliche Nachricht des Todes seines Onkels
Salomon, und daß im Testament nicht, wie bei
Lebzeiten versprochen, eine Fortzahlung der jährlichen

Rente erwähnt war, wirkte niederschmetternd auf die Gesundheit Heines. — Sein einziger Sohn Carl, nach more judaico der Haupterbe, verweigerte deren Fortzahlung und hatte gleichfalls die Einbehaltung des kleinen Legats von 8000 Mark Banco beordert, welches ihm laut Testamentsbestimmung rechtlich zukam, da Heine drohte, gerichtlich sein Recht erkämpfen zu wollen. —

Als man Heine zuredete, die Sache nicht auf's Aeußerste zu treiben und die Differenz mit seinem Vetter durch Vermittelungsversuche beizulegen, schrieb er: „Ich kenne Carl Heine besser, der ist ebenso starrköpfig wie verschlossen. — Auf dem Wege der Ambition kann man ihm nicht beikommen, denn er ist in dieser Beziehung das Gegentheil des Vaters, der der öffentlichen Meinung wie ein Höfling schmeichelte; und ist es meinem Vetter ganz gleichgültig, was die Leute reden. — Er hat nur drei Leidenschaften: die Weiber, Cigarren und Ruhe. — Die beiden Ersteren kann ich ihm nicht nehmen, — aber seine Ruhe, und dazu dient mir eben der Prozeß." — Beide waren Hitzköpfe, und erst 2 Jahre später, nach vielen Bemühungen seiner Schwester Charlotte und verschiedener Freunde, fand eine Verständigung mit Carl Heine statt. Eine Rente von 4000 Frs. halbjährlich praenumerando zu zahlen, ward bewilligt, welche nach dem Ableben des Dichters zur Hälfte auf seine Wittwe übergehen solle. —

Carl Heine war ein jähzorniger, aber herzens= guter Mann, und des Dichters Klagen über dessen Knickerei war ungerecht. Als sich Heines Krankheit verschlimmerte, und die Verpflegung große Unkosten verursachte, erhöhte Carl Heine freiwillig die Pension auf 8000 Frs., und Mathilde bekam als Wittwe, nicht, wie stipulirt, die halbe Rente, sondern bis an ihr Lebensende jährlich 5000 Frs. ausgezahlt, wohl in Erinnerung daß, als die Cholera 1832 in Paris wüthete, und Carl Heine daran lebens= gefährlich erkrankt war, er nur durch die aufopfernde Pflege seines Vetters seine Gesundheit wieder er= langte. —

H. Heines Krankheit war durch die fortwährende Aufregung sehr gefährlich geworden, eine Wasser= kur hatte ihn jedoch gerettet; und eine gänzliche Genesung erhoffend, hatte er auf Verordnung seines Arztes eine Landwohnung bezogen. —

56.

Paris, 24. Juni 1845.

Meine liebe gute Mutter!

Seit etwa 14 Tagen lebe ich zu Montmorency, komme sehr selten zur Stadt. Gestern Abend hier angelangt höre ich, daß mir ein deutscher Brief nach Montmorency nachgeschickt worden, und ich vermuthe, daß der Brief von Dir ist, morgen werde ich ihn erhalten, und ist es nöthig, so werde ich ihn nachträglich beantworten, wo nicht so begnüge Dich mit der Nachricht, daß wir uns wohl befinden. Ich habe in Montmorency ein kleines Landhaus mit einem hübschen Garten, ein wahres Paradies en miniature. — Meine Frau führt sich sehr liebenswürdig auf, und amüsirt sich mit den Blumen. — Mein Papagei spricht etwas zu viel. — Mein linkes Auge ist immer noch zu. — Ich brauche Schwefelbäder die mir gut bekommen. — Ich kann mit meiner heutigen Feder fast garnicht schreiben; ich will Dich aber nicht allzulange ohne Brief lassen. — Ich hoffe, daß Du und Lottchen Euch wohl befindet. Geh nur viel spaziren. — Wir sprechen beständig von Euch, und Du hast keinen Begriff davon wie meine Frau Dich liebt. — Schreib mir nur bald wie es Dir geht. — Ich thue sehr wenig, schreibe garnichts. —

Lebe wohl und behalte lieb

Deinen getreuen Sohn

H. Heine.

57

Paris, 31. Octbr. 1845.

Liebe theure Mutter!

Du bist wieder sehr saumselig mit Schreiben.
Dein Stillschweigen beängstigt mich noch mehr in
einer Jahreszeit, wo das Wetter schon verstimmend
ist. Ich hoffe Du und Lottchen befindet Euch wohl.
Mir geht es wie gewöhnlich. Vorgefallen ist seitdem nichts Erhebliches. Meine Frau befindet sich
wohl, ja ich hoffe ihr Uebel hat sich ganz verloren.
Wir leben still, einträchtig und gut, sind viel zu
Haus, und denken an Euch in langen Winterabend-
gesprächen. —

Hoffentlich rutscht dieses Jahr ruhig vorüber,
ohne neue Stöße, es war ein schlechtes Jahr. —

Grüße mir herzlich die liebe Schwester; ich
habe ihr nichts zu sagen, sonst würde ich ihr
schreiben. Sie aber soll mich doch nicht ohne Brief
lassen. —

Meine Frau läßt Euch grüßen; sie ist in diesem
Augenblick beschäftigt mit dem Säumen meiner Bett-
tücher; ihre Liebhaberei ist Leinewand. —

Dein getreuer Sohn

H. Heine.

58.

Liebste gute Mutter!

Dein jüngstes Schreiben habe ich etwa vor 14 Tagen richtig erhalten, und Euer Wohlsein daraus ersehen. — Ich wundere mich nicht wenig über die Nachricht, daß Deine Gesellschafterin Jette unter die Haube kommt, und Dich verläßt. Ich bin in großer Sorge bis ich von Dir erfahren, daß sie gut ersetzt worden. Ich hoffe, daß sonst nichts mißliches vorgefallen und daß Lottchen sich wohl befindet. — Mir geht es wie gewöhnlich, mein Uebel zieht sich mehr nach den untern Theilen des Gesichts, nach meinem Munde. Doch von Herzen bin ich frisch und gesund, ich will dieses Jahr eine Badereise machen, und also wieder et= was Ernstliches zu meiner gänzlichen Wiederher= stellung thun. —

Ich arbeite fast garnichts, das ist gewiß das Beste was ich thun kann. Ich reise wahrscheinlich Mitte des nächsten Monats.

Meine Frau befindet sich ziemlich wohl, nur seit 2 Tagen flöten ein bischen die Grunzvögelchen. Ich bin ausgezogen und wohne jetzt auf derselben Straße etwas besser. Meine Adresse ist 41 Faubourg

Poissonnière. — Schreib mir bald, damit der Brief mich noch in Paris findet. —

Meine Frau läßt zärtlich grüßen.

Dein getreuer Sohn

H. Heine.

59.

Paris, 26. Decbr. 1846.

Liebe gute Mutter!

Wir stehen am Ende des alten Jahrs welches ebenso wenig wie das vergangene taugte. Möge das neue Jahr sich besser aufführen! Jedenfalls gratulire ich Dir, und unserem lieben Lottchen zu diesem Jahreswechsel. Auch meine Frau läßt Euch das liebste sagen und wünschen. Wir umarmen Euch mit innigster Zärtlichkeit. — Meine Frau befindet sich jetzt ganz wohl, und auch mit mir geht es besser. Ich esse und trinke mit gutem Apetit, und habe alle Aerzte abgeschafft. — Wir leben ruhig und in bester Eintracht. — Sprechen beständig von Euch. —

Anbei ein Brief, den ich bitte an Campe zu schicken. —

— — — — — — — — — —

H. Heine.

60.

Liebe gute Pracht=Mutter!

Dein und Lottchens jüngsten Briefe, worin die
Beantwortung meiner Anfrage bei Campe, habe ich
richtig erhalten, und ich danke Dir herzlich liebes
Lottchen für die rasche Förderung. Ich habe jetzt
Mittel gefunden wie ich gleich Antwort von Euch
haben kann, nämlich durch eine Commission. — Ich
hoffe Ihr befindet Euch alle sehr wohl. Hier ist
wieder eine grimmige Kälte eingetreten, die mir
eben nicht sehr zuträglich ist. Ich befinde mich je=
doch ziemlich wohl, mein Zustand bessert sich peu
à peu, und ich sehe einem angenehmen Frühling
und Sommer entgegen. Nur meine armen Augen
sind sehr leidend, oder vielmehr die Augenlider zieht
die krampfhafte Lähmung immer tiefer herab, so daß
ich jetzt sehr schlecht sehe; die Augen selbst sind
gesund. —

Mit Carl Heine bin ich ganz auf's Reine, ja,
ich bin sogar sehr mit ihm zufrieden! Nicht bloß
daß er mir die Pension, ganz wie ich sie früher
von seinem Vater bezogen, bis an mein Lebensende
auszahlt, sondern er hat mir noch außerdem das

feierliche Versprechen ertheilt, daß nach meinem Tode, (Gott erhalte mich!) die Hälfte der Summe nämlich 2400 Frs., als lebenslängliche Pension auf meine mich überlebende Frau übergehen solle. — Das ist mir lieber, als wenn er mir eine große Summe geschenkt hätte. Zwar ist es noch eine große Frage, ob sie mich überlebt, aber sie ist so verwöhnt und unerfahren, daß ich nicht genug für sie sorgen kann. Wäre sie klüger, würde ich mich minder mit ihrer Zukunft beschäftigt haben, und auch hier siehst Du wie die Dummheit eine glückliche Gottesgabe ist, denn Andre müssen für sie sorgen. Meine Geschäfte gehen übrigens gut. Ich meine nicht die der Börse, von denen ich mich mit einem blauen Auge zurückgezogen. —

Von Dir und dem lieben Lottchen und den Kindern sprechen wir hier beständig. Gott erhalte Euch! —

Schöne Grüße an meinen Schwager Moritz, besonders von meiner Frau, die einen Narren an ihm gefressen hat. — Carl war verwundert mit welchem Enthusiasmus meine Frau von Moritz sprach, auch er lobt ihn. —

Und nun lebt wohl und behaltet mich lieb

H. Heine.

61.

Paris, 27. März 1847.

Liebe gute Mutter!

Das wunderschönste Wetter begünstigt uns hier seit einigen Tagen, aber es ist doch zu schwühl um gesund zu sein, die ganze Welt ist mehr oder weniger unpäßlich, und ich für meine Person leide noch immer an den Augen. Du kannst Dir nicht vorstellen wie unangenehm das ist, daß ich nicht lesen darf, und auch, wegen der schrecklichen Gas= lichter nicht in's Theater gehen kann; sitze die Abende immer en tête à tête mit meiner Frau, die mir jetzt andere Amüsements ersetzen muß. Ich habe eine wunderschöne Landwohnung in Montmorency gemiethet, kostet auch wunderschönes Geld, 1000 Frs. für die Saison, und im Mai werde ich also hinaus ziehen, und mich der völligsten nervenstärkendsten Ruhe ergeben. —

Und wie geht es Euch? Schreibt mir nur viel. Auch Lottchen danke ich für jede Zeile die sie mir schreibt. —

Den Atta Troll habe in französischer Sprache herausgegeben, und er macht ungeheures Glück. —

Lebt wohl, ich will jetzt im schönen Wetter spaziren gehen.   Euer liebend getreuer

H. Heine.

Heine schreibt in der französischen Vorrede: „Der Atta Troll entstand 1841 zu einer Zeit als die sogenannte politische Dichtkunst blühte. Die Opposition verkaufte ihr Leder und ward Poesie. Die Musen bekamen die strenge Weisung, sich ferner nicht mehr müßig und leichtfertig umherzutreiben, sondern in vaterländischen Dienst zu treten, etwa als Marketenderinnen der Freiheit, oder als Wäscherinnen der christlich-germanischen Nationalität. Bei den ewigen Göttern! damals galt es die unveräußerlichen Rechte des Geistes zu vertreten, zumal in der Poesie. Wie eine solche Vertretung das große Geschäft meines Lebens war, so habe ich sie am allerwenigsten im vorliegenden Gedicht außer Augen gelassen, und sowohl Tonart als Stoff desselben, war ein Protest gegen die Plebiscita der Tagestribünen. — Und in der That, schon die ersten Fragmente, die vom Atta Troll gedruckt wurden, erregten die Galle meiner Charakterhelden, meiner Römer, die mich nicht bloß der literarischen, sondern auch der gesellschaftlichen Reaktion, ja sogar der Verhöhnung heiligster Menschheits-Ideen beschuldigten. Was den ästhetischen Werth meines Poems betrifft, so gab ich ihn gern Preis, und schrieb dasselbe zu meiner eignen Lust und Freude in der grillenhaften Traumweise jener romantischen Schule, wo ich meine

angenehmſten Jugendjahre verlebt habe. In dieſer
Beziehung iſt mein Gedicht vielleicht verwerflich.
Aber Du lügſt, Brutus, du lügſt, Caſſius, und auch
du lügſt, Aſinius, wenn ihr behauptet, mein Spott
träfe jene Ideen, die eine koſtbare Errungenſchaft
der Menſchheit ſind und für die ich ſelber ſo viel
geſtritten und gelitten habe. Nein, eben weil dem
Dichter jene Ideen in herrlichſter Klarheit und
Größe beſtändig vorſchweben, ergreift ihn deſto un-
widerſtehlicher die Lachluſt, wenn er ſieht, wie roh,
plump und täppiſch von der beſchränkten Zeitgenoſſen-
ſchaft jene Ideen aufgefaßt werden können. Er
ſcherzt dann gleichſam über ihre temporelle Bären-
haut. Es giebt Spiegel, welche ſo verſchoben ge-
ſchliffen ſind, daß ſelbſt ein Apoll ſich darin als
eine Karikatur abſpiegeln muß, und uns zum
Lachen reizt. Wir lachen aber alsdann nur über
das Zerrbild, nicht über den Gott.“ —

62.

Paris, d. 19. April 1847.

Liebſte gute Mutter!

Deinen Brief v. 13. habe ich erhalten, und mit
Freuden daraus erſehen, daß Ihr Euch wohl befindet, ſo wie auch daß Madame Guſtav gekalbt

hat. Ich lasse ihn durch Euch gratuliren. Er hat von jeher nur Mädchen machen können, das ist keine Kunst, und wenn ich das gewollt hätte, so könnte ich jetzt Vater von 9 Töchtern sein, so gut wie Apollo, der die 9 Musen erzeugte. — Von Gustav höre ich aus Wien nur Gutes, es soll ihm ganz vorzüglich gehn. Früher hörte ich schon mit großer Verwunderung, daß er sehr ökonomisch wirth= schafte, (ich dachte freilich an den Commissionär). Grüße ihn mir herzlich, ich denke oft an ihn, und noch gestern Nacht fiel mir ein, wie er einst als kleiner Junge betheuerte, daß er seine Mutter lieber habe als seine Katze, ja, daß er sie mehr liebe als 6 Katzen. —

Mein liebes Lottchen umarme ich brüderlich, sowie die Kinder. Ich befinde mich heiter und wohl; klage aber gegen die ganze Welt, und wenn Du etwa hörst, daß ich in's Gras beiße, so sei über= zeugt, daß ich nur in einen guten Kuchen beiße. — Mit meinen Augen ist leider noch nichts geändert, es ist Krampf der auch den Mund affizirt, und wahrscheinlich schwindet das durch die nervenstillende Landluft und Landruhe. Doctoren will ich garnicht mehr an mich lassen. Ich sehe alle diejenigen, welche diesen Winter gestorben sind, haben einen Arzt gehabt.

Ich bin in diesem Augenblick, wo ich mich schon zum Hinausziehen aufs Land vorbereite, mit der Ordnung meiner Papiere beschäftigt. Diesmal gehe ich alle meine Briefe wieder durch, und verbrenne alle, worin nur das geringste Verfängliche, besonders in Familienbeziehung, steht. — So habe ich leider von Dir einen Theil Briefe, und von Lottchen fast alle dem Feuer übergeben müssen; was mir sehr weh that, denn ich liebe Euch mehr als — 6 Katzen. —

Ich habe den Atta Troll in französischer Sprache herausgegeben wie Ihr wißt, und freue mich über den außerordentlichen Beifall den er findet. — Grüß mir Max wenn Du ihm schreibst; und bitte ich Dich schicke mir noch einmal seine Petersburger Adresse; habe sie verlegt, und will mir die Mühe sparen sie aufzusuchen. —

Soeben kommt meine Frau zu mir, (sie wohnt nämlich 6 Zimmer entfernt von meinem Arbeitszimmer), und ohne daß ich es ihr sage, merkt sie daß ich Euch schreibe, und läßt Euch mit vielen Küssen und Zärtlichkeiten grüßen. — Auch diese Katze liebe ich mehr als 6 andere Katzen. — Meinen Schwager läßt sie noch ganz besonders grüßen, und bei dieser Gelegenheit füge ich ebenfalls einige Grüße für Moritz bei. Du hast keinen Begriff davon liebes

Lottchen, wie sehr vortheilhaft meine Frau von
Deinem Mann eingenommen ist. — Auch Ludwig
läßt sie grüßen, meinen Herrn Neffen. —

Euer getreuer
H. Heine.

63.

Paris, 8. Mai 1847.

Liebste gute Mutter!

Ich glaubte eine Gelegenheit zu haben etwas
nach Hamburg zu schicken, und bereitete zu diesem
Zwecke ein Kästchen, worin 2 seidene Kleider, ein
schwarzes Kleid für Dich, und violetartiges hell-
farbiges Kleid für mein liebes Lottchen, da aber
die Gelegenheit ausblieb, gab ich das Kästchen direct
auf den Postweg, damit es Dir ja per Havre zu-
komme. — Obgleich ich Ordre gegeben in Havre zu
frankiren, (hier kann man nicht direct bis Hamburg
frankiren) so weiß ich doch nicht ob es geschehen,
und Du hast vielleicht liebe Mutter schweres Porto
zu zahlen. — Sage mir ob dieses der Fall ist. —
Ich und meine Frau wir haben die Kleider selbst
ausgesucht, und meine Frau hat sich dabei wie ein
Kind gefreut, und hofft daß Lottchen ihren Geschmack

10*

billige. Daß ich auf Deine Billigung in keinem Fall gerechnet, versteht sich von selbst, und ich bin zufrieden, wenn Du mit mir nicht darüber zankst. —

Wir grüßen und küssen Euch

Getreu und liebend

H. Heine.

64.

Montmorency, 7. Juni 1847.

Liebste gute Mutter!

Deinen und Lottchens lieben Brief worin der Empfang meines Kistchens angezeigt, habe ich seiner Zeit richtig hier erhalten, denn schon seit 3 Wochen lebe ich hier, in meiner wunderschönen Landwohnung, wo ich das angenehmste und behaglichste Dasein ge= nieße. — Ein großer Garten, beinah ein Park, wo hohe Bäume, und worin die Nachtigohls, wie der alte Nathan David aus Copenhagen sagt, so wunder= schön singen. Und dabei thue ich nichts und pflege nur meine Gesundheit. — Du siehst daß Du wegen meiner nicht in Sorgen zu sein brauchst. Meine Frau ist dabei so lustig wie eine Meerkatze, erheitert

mir die Stunden, wo ich betrübt, und führt sich
sogar sehr gut auf. — Wäre nicht mein Augenübel,
das mir alle Lektüre zu entsagen gebietet, würde
ich nichts entbehren, als etwa meine Mutter und
Schwester, aber wir sprechen von Euch beständig mit
innigster Liebe. —

Zu London kommt in diesem Augenblick ein
Ballet von mir zur Aufführung, auf dem Theater
der Königin von England. Da es mir von dem
Director bereits bezahlt ist (und mit einer enorm
großen Summe) so erwarte ich ganz ohne Unruhe
den Erfolg, ist dieser ein glänzender, wie zu erwarten steht, so erblüht mir in England eine neue
Geldhülfsquelle, wie ich dergleichen nie in Deutschland, und auch nicht in Frankreich bis jetzt gefunden. — Mein liebes Lottchen küsse ich, nebst den
Kindern, herzlich. —

Meine Frau die liebenswürdige Verbringerin,
läßt Euch alle, und hauptsächlich meinen Schwager,
recht herzlich grüßen. —

Mein Papagei schreit in diesem Augenblick, als
wenn er ebenfalls Grüße nach Hamburg zu bestellen
habe. —

Euer

H. Heine.

65.

Liebste gute brave Mutter!

Ich weiß nicht warum, aber seit einigen Tagen quält mich beständig der Gedanke, daß Du unpäßlich sein möchtest, und ich gestehe Dir, ich wünsche ich hätte schon Brief von Dir. Laß mich daher nicht lange auf Nachricht von Dir warten. — Seit ich an den Augen so sehr leide, schreibe ich mit schön geschnittenen Federspulen, (die der Teufel holen soll); denn unter 20 ist kaum eine gute. —

Meine gute Katze läßt Euch herzlich grüßen. Sie ist glücklich eine Landwohnung mit einem so schönen großen Garten zu haben, wo sie von Morgens früh bis Abends spät, sich mit Begießen, Früchte sammeln, Pflanzen und Pflücken beschäftigt; trägt einen großen braunen Strohhut, und ist die harmloseste Liebenswürdigkeit in Person. —

Mein liebes Lottchen küsse ich — aber schreibt, schreibt, schreibt!

Euer

H. Heine.

66.

Montmorency, 27. Juli 1847.

Liebste gute Mutter!

Wenn ich Dir jetzt wenig schreibe, so geschieht es einestheils weil ich Dir wirklich nichts erhebliches mitzutheilen habe, anderseits weil ich, seitdem ich auf dem Lande lebe, so faul bin, daß ich vor Dinte und Feder einen wahren Abscheu empfinde. Ich befinde mich leiblich wohl, doch mein Augenübel ist halsstarrig. Ich darf fast garnichts lesen, und das Schreiben ist mir ebenfalls nicht sonderlich heilsam. —

Diesen Winter werde ich mir in Paris einen Vorleser anschaffen, der mir zugleich als Sekretär dienen soll. Wenn Du daher alsdann mal einen Brief von mir erhälst, der nicht eigenhändig geschrieben ist, so erschrick nicht; ich sage es Dir 6 Monat voraus. Ich will hoffen, daß Du in Deinem jüngsten Brief (den Du direct hierher adressirt), die Wahrheit gesagt hast, und Dich wohl befindest; Du hast keinen Begriff davon wie sehr ich manchmal mich ängstige, wenn ich an Euch denke. Ich gehe selten nach Paris, und lebe hier still und friedsam in meiner Ländlichkeit, ich pflege mich mit Gewissenhaftigkeit. — Seit 2 Tagen ist ein schändlich schlechtes Regenwetter, und bei meiner Frau zwitschern die Grunzvögelchen; sie liebt Dich und Lottchen unaussprechlich, und wir sprechen beständig von Euch. Sie führt sich sehr gut auf bis auf die kleine Launenhaftigkeit, und die große Verbringerei. — Immerhin da ich keine Kinder habe, verbringt sie im Grunde nur ihr eignes Geld, da ich ihr weniger hinterlassen werde, als wenn sie sparsam wäre! —

Mein liebes Lottchen, und die Kinder grüße ich herzlich. Ach, hätte ich nur heute ein Graupensüppchen, wie man sie bei Lottchen bekommt, oder einen Auflauf wie Anna ihn liebt! — Lebt wohl, und schreibt mir hierher nach Montmorency direct unter der angegebenen Adresse. —

Es gießt der Regen wie mit Eimern vom Himmel.

Euer getreuer

H. Heine.

67.

Montmorency, d. 21. Sept. 1847.

Liebste gute Mutter!

Deinen lieben Brief v. 3. ds. habe ich richtig erhalten, und mit Freude Euer Wohlsein daraus ersehen. Mit mir geht es wie gewöhnlich. — Ich erhalte jetzt aus Deutschland mehrere Glückwunsch-

briefe worin mir zu meiner gänzlichen Gesundheits=
herstellung gratulirt wird, worauf sich das bezieht
weiß ich nicht, da ich seit Monaten nichts las. —
Ich melde Dir heute, daß ich in 3 Tagen Mont=
morency wieder verlasse, wegen der herannahenden
feuchten und frostigen Jahreszeit. Ich beziehe vor=
läufig wieder meine alte Wohnung (Faubourg
Poissonaire 41), wohin Du auch Deine Briefe
adressiren sollst. Aber Anfangs October bekomme
ich eine neue Wohnung, und werde es Dir melden,
sobald ich glücklich eingezogen. — Welch ein Gezippel
und Gezappel um das bischen Leben nur einiger=
maßen erträglich zu machen. — Meine Frau läßt
grüßen, ist sehr beschäftigt. Sie und der Papagei
zanken den ganzen Tag, — doch ich habe beide
nöthig. — Meine Augen sind immer leidend, und
kann nicht lesen. — Schreibt mir nur viel und oft,
aber ich sage es Dir voraus, kann nicht viel schreiben.

Mein lieb, lieb Lottchen grüß ich herzlich, und
soll mir seine Kinder sämmtlich küssen. Für meinen
Neffen hat, außer den Grüßen an die ganze Sipp=
schaft, meine Frau noch Extragrüße mir auf's Herz
gebunden. — Auch für meinen Schwager Moritz
die freundlichsten Grüße. —

Euer getreuer
H. Heine.

68.

Liebe gute Mutter!

Ich wohne jetzt: 21 Ter., rue de la Victoire,
— das ist die Hauptsache die ich Dir heute zu
melden habe. —

Denk Dir d. 21. vorg. Mts. verließ ich Mont=
morency, und bezog wieder mein altes Logis, und
dieses mußte ich vor 14 Tagen wieder verlassen, und
das Neue beziehn. — Also 2mal umgezogen! — Welche
Last für meine arme Frau. — Mitten in dieser
Noth verließ mich meine Magd, und meine Frau
mußte 10 Tage lang die Geschäfte derselben ver=
sehen! Auch ist sie jetzt wie zerschlagen, und ich bin
deßhalb sehr traurig. Sonst aber geht es uns gut.
Meine Augen noch immer in leidenden Zustand.
Deinen Brief worin die Einlage von Christiani,
habe richtig erhalten, Christianis Augenleiden hatte
eine ganz andere Quelle. Ich werde diesen Winter
schon was besseres versuchen.

Lebt wohl. — Liebes Lottchen ich küsse Dich,
und Dich liebe Mutter küsse ich doppelt. —

Dein gehorsamer Sohn

H. Heine.

69.

Liebste gute Mutter!

Dein und Lottchens Schreiben v. 11. ds. habe ich richtig erhalten, und mit großem Kummer daraus ersehn, daß Du krank gewesen, und vielleicht noch nicht hergestellt bist. — Das Schrecklichste bei dem Getrenntsein ist, daß man sich in der Ferne die Leiden unserer Lieben immer größer vorstellt als in der Nähe, wo schon ihr bloßer Anblick tröstend wirkt. Ich bitte Dich, liebste Mutter schreib mir gleich, oder laß mir gleich schreiben wie es mit Dir aussieht, die strengste Wahrheit, denn ich kann alles vertragen, nur nicht die Ungewißheit. — Ich begreife nicht daß mein verzögertes Schreiben Dich beunruhigen konnte; ich hatte Dich ja lange vorher darauf vorbereitet, daß ich in dieser Zeit alle möglichen Gezippels und Gezappels auf den Hals bekäme. —

Meine neue Wohnung ist schöner aber kleiner als die Vorige; bis jetzt bin ich damit zufrieden (Rue de la Victoire 21 Ter.).

Dir liebes Lottchen meinen herzlichsten Dank für die letzten 2 Briefe, schreib mir nur viel, besonders in Bezug auf die Familie, da ich hier garnichts erfahre. Dein Plan mich hier zu besuchen, entzückt mich, meine Frau ist ebenfalls außer sich

vor Freude. — Heute jedoch will ich Dir in dieser
Beziehung wenig schreiben, da ich heute mehr als
gewöhnlich an meinen armen Augen leide. Ich will
Dir aber nächstens mal über die Ausführung Deines
Projektes ausführlich schreiben. Kannst Du im Winter
nicht reisen? — Sag mir doch, liebes Lottchen Deine
jetzige Adresse, da ich wahrscheinlich jemanden einen
Recommandazionsbrief an Dich zu geben habe, und
nie die Adresse weiß. —

Deinen Mann sowie die Kinder und meinen
Herrn Neffen zu grüßen. — Meine Frau läßt küssen
in blanco. — Lebt wohl und behaltet mich lieb. —
Wenn nur meine alte Mausel wieder gesund ist! —

H. Heine.

70.

Paris, 4. Decbr. 1847.

Liebe gute Mutter!

Aus Deinem jüngsten Brief ersehe ich mit Freude,
daß Du auf der Besserung und ich hoffe daß Du
mir die Wahrheit gesagt hast. Was meine Gesundheit betrifft, so leide ich noch immer an meinen
Augen, aber im Uebrigen befinde ich mich besser als
gewöhnlich. Ja, ich bin von Herzen seit 2 Jahren
noch nicht so frisch und gesund gewesen, wie seit

14 Tagen; das kommt von einem Kräutertrank, den
ich als Cur jetzt trinke, und der mich nach der Be=
theuerung meines Arztes radikal herstellen soll, so
daß ich einem guten Winter entgegen sehe. Sobald
meine Cur vollendet, erzähle ich Dir mehr davon.
(Ich habe eine Feder mit der ich nicht schreiben
kann, auch keine andere heute schneiden kann, — da
es schon sehr dunkel ist, und meine Wohnung leider
nicht sehr hell, — letztere ist überhaupt nicht nach
meinen Wünschen, da ich, zumal heute, beständig
klopfen höre. —

Wenn ich nicht irre muß dieser Tage Dein Ge=
burtstag sein, und ich sage Dir mit herzlicher Liebe
meinen Glückwunsch. Da ich nicht weiß ob ich Dir
noch vor Neujahr schreibe, gratulire ich Dir bei
dieser Gelegenheit doppelt. — Was soll ich Dir
zum Weihnacht schenken? Einen Cristallleuchter für
Deinen Salon, oder einen türkischen Teppich? —
Ich habe gestern einen gesehn der nur 6000 Frs.
kostet. — Meine Frau hat mir bereits mein Weih=
nachtsgeschenk gekauft, (für ihr erspartes Geld) näm=
lich einen prächtigen — Nachtstuhl, der wirklich so
prächtig ist, daß sich die Göttin Hammonia desselben
nicht zu schämen brauchte. — Ich vertausche ihn
nicht gegen den Thron des Königs von Preußen,
und sitze darauf ruhig und sicher. — — — —

Mein liebes Lottchen küsse ich, sowie auch die
Kinder. — Schreib mir bald mein gut lieb alt
Mausel.

Euer getreuer

H. Heine.

71.

Paris, 29. Decbr. 1847.

Liebste gute Mutter!

Ich schreibe Dir noch immer unter den verdrieß=
lichsten äußren Hindernissen, nämlich in meiner
Wohnung wird beständig geklopft und es raucht.
Auch werde ich ausziehn sobald ich eine neue Woh=
nung gefunden. —

Meine Cur schlägt gut an, aber meine Augen
sind noch immer leidend, deßhalb kann ich wenig
schreiben. Wiesbaden kann mir nicht helfen. Mit
Christianis Heilung dort hat es seine eigne Be=
wandniß. Der hat in Wiesbaden gespielt, und als
er dort all sein Geld verspielt hatte, gingen ihm plötz=
lich die Augen auf!! —

Meine liebe Frau läßt Dir, und meiner lieben
Schwester zum neuen Jahr gratuliren. Wir wünschen
Euch Glück und Segen! —

Schreib mir nur bald, ich bin sehr traurig, wenn

ich einige Wochen ohne Brief von Euch bin. —
Das alte scheidende Jahr war ein schlechtes! — Der
Teufel hol es! —

Schreib! Schreib! bald! bald! —

Dein gehorsamer Sohn
H. Heine.

72.

Paris, 19. Janr. 1848.

Liebe gute Mutter!

Euer jüngstes Schreiben, den Glückwunsch zum
neuen Jahr enthaltend, habe ich richtig erhalten,
und ich hoffe, daß die Nachricht Eures Wohlseins
eine Wahrheit ist. — Was mich betrifft so befinde
ich mich wohler als gewöhnlich, sehr viel wohler,
und wenn meine Cur auf die Augen noch nicht so
schleunig gewirkt, als ich wohl wünsche, so hat sie
mich doch von mehren Leiden, wie Unterleibsbe-
schwerden, Kopfweh, und dergleichen schon befreit.
In einigen Tagen werde ich wohl wieder ausziehen;
unter meinem Schlafzimmer hat mein infamer
Hauswirth, gegen Recht und Uebereinkunft, seine
Pferde einquartirt, welche die ganze Nacht stampfen,
— und mir den Schlaf rauben. Den ganzen Tag

verbringe ich außer dem Hause wegen des Klopfens.
Ich schreibe in Eile, ehe ich ausgehe, und es ist
dunkel noch um 9 Uhr. Meine arme Frau war
gestern sehr krank. — Was ich ausstehe! — Soeben
läßt mich meine Frau rufen, sie hat eine gute Nacht
verbracht, und ich hoffe sie wird bald wieder flügge.
Gestern hatte sie einen Nervenakzes, und das Glas
Wasser das man ihr zur Erfrischung hinhielt, zerbiß
sie krampfhaft mit den Zähnen, und man mußte
ihr die Glasscherben aus dem Munde reißen. —
Denke Dir meinen Schreck! — Ich hoffe es ist ihr
kein Splitter zurückgeblieben. Nichts als Schrecken
und Unangenehmes! — Was ich ausstehe! — An
einem Fädchen hängt oft das menschliche Leben! —

In englischen Blättern hat man mich wieder
todt gesagt, und mein frühes Hinscheiden sehr bedauert. — In deutschen Blättern bin ich wenigstens
dreiviertel todt. — Ich bin jetzt an dergleichen gewöhnt. —

Dich liebes Lottchen küsse ich, und bitte Dich
mir viel, auch über die liebe Mutter zu schreiben.
— Sobald ich eine neue Wohnung beziehe, meld ich
Euch die neue Adresse. —

Euer getreuer

H. Heine.

73.

Liebe gute Mutter!

Ich will Dir bloß flüchtig anzeigen, daß ich in einigen Tagen meine neue Wohnung beziehe, und meine Adresse ist: Rue de Berlin No. 9 à Paris. Schreib mir also bald. — Meine liebe Frau ist wieder ganz hergestellt, und zankt nach wie vor. — Wir leben sehr einträchtig in der Hauptsache, aber in den Details quält sie mich. Namentlich muß ich von ihrer Reinlichkeitsliebe viel ausstehn, und da mahnt sie mich nicht selten an scheel Hannchen, die mich zur Verzweiflung brachte mit dem Schrubben.

Von Dir liebes Lottchen erwarte ich einen großen Brief, und unterdessen küsse ich Dich und Deine Küken. — Ich befinde mich noch immer sehr wohl, doch meine eigentliche Cur ist vor der Hand durch den großen Schreck, und den vielen Hauslärm, neutralisirt worden.

Ich liebe Dich unaussprechlich, meine liebe gute Mutter! —

H. Heine.

Heine verheimlichte seinen wahren Gesundheitszustand seiner alten Mutter, die unleserliche Schrift mit schlechten Federn entschuldigend, und schilderte

seine schweren Leiden als ein vorübergehendes Un=
wohlsein. — Der Wundertrank des Dr. Sichel hatte
nicht die versprochene Wirkung, ebensowenig die Kalt=
wassercur des Dr. Wertheim. Dr. Gruby, ein Ungar,
nahm Heine jetzt als Arzt an und bezog auf dessen
Anrathen die Privatheilanstalt seines Freundes Faul=
trier. Fürchterliche Krämpfe, im Kopfe anfangend,
den ganzen Körper bis zu den Füßen durchwüthend,
machten große Dosen Morphium nöthig, um nur
vorübergehende Linderung zu schaffen. — Mitten in
diesen schweren Leiden brach 1848 plötzlich die
Februar = Revolution aus. Heine nicht minder
überrascht, als die ganze übrige Welt, sagte zu
Louis Philipps Sturz: „Für alte Leute ist das
Kriegsglück selten, Louis Philipp riß aus in der
ersten Verwirrung der Schlacht, und so kamen wir
in die Republik, ohne zu wissen wie uns geschah." —
Heine blieb bei seinem Freunde Faultrier bis Ende
März, und bezog dann im Mai ziemlich gekräftigt
eine Landwohnung in Passy.

74.

Paris, 30. März 1848.
Liebste gute Mutter!
Eben weil es jetzt so stürmisch in der Welt, und
hier besonders tribulant hergeht, kann ich Dir wenig

schreiben. Der Spektakel hat mich physisch und
moralisch sehr heruntergebracht. Ich bin so ent-
muthigt wie ich es noch nie war. Will jetzt ganz
ruhig leben, und mich um nichts mehr bekümmern.
Mitten in der Krisis meiner Cur ging der Lärm
los, und nicht blos Geld, sondern auch Gesundheit
habe ich eingebüßt. — Sollten sich hier die Sachen,
wie ich fürchte, noch düsterer gestalten, so gehe ich
fort, mit meiner Frau, oder auch allein. Bin sehr
verdrießlich. — In Deutschland muß es auch nicht
angenehm zugehen, und dahin hab ich auch kein
großes Begehr. — Meine Frau befindet sich wohl.
Wir leben still, und von der Welt abgesondert.
Ich will mich in keinem Fall hervorstellen. Dennoch
werde ich von den hiesigen Deutschen viel verläumdet.
Sie schreien darüber daß ich von der vorigen Regierung Geld bekommen, als mein Name auf der
Pensionsliste gefunden. —

Das Wetter ist wunderschön, und ich gehe viel
spaziren. Meine Haushaltung geht ihren ruhigen
Stiefel fort. Meine Frau führt sich gut auf.
Führte sie sich nicht gut auf, so würde ich
ihr jetzt die Freiheit geben, wie alle Könige
ihren Völkern; sie würde dann schon sehen
was bei der Freiheit herauskommt. — Du hast
keinen Begriff davon, welche Misère jetzt hier herrscht.

— Die ganze Welt wird frei und bankrott. —
Leb wohl!

Schreib mir nur viel liebe Mutter. Auch Du
liebes Lottchen. Rechnet aber nicht viel auf Nachrichten von mir; setzte gar zu ungern die Feder an.
Fürchte das Schreiben. Um meine Adresse noch be-
stimmter zu machen, so schreibt: An H. Heine chez
Mr. Faultrier, 84 Rue de Lourcine à Paris.

So lasse ich alle meine Briefe jetzt adressiren,
denn ich traue meinen Hausportier nicht. Hat die
Familie viel Geld verloren? — Schreib mir nur
viel, lieb Lottchen und küsse die Kinder. Meine Frau
grüßt herzlich.

H. Heine.

Die Februar-Revolution belebte Heine Anfangs
mit neuem jugendlichen Enthusiasmus, und er seufzte:
„Welch' ein Unglück solche Revolution in meinem
Zustande zu erleben! Ich hätte todt oder gesund sein
müssen!" — Sein Bericht an die Allgemeine Zeitung
über die drei großen Februartage begann: „Der
Kopf war mir ganz betäubt, beständig Getrommel,
Schießen und Marseillaise. Letztere, das unaufhör-
liche Lied, sprengte mir fast das Gehirn und ach!
das staatsgefährlichste Gedankengesindel, das ich dort

seit Jahren eingekerkert hielt, brach wieder hervor!" — Aber schon aus dem Schreiben an seine Mutter ersieht man, daß der revolutionäre Chaos, welcher das nervöse Leiden des Dichters verschlimmerte, bald einen Umschwung seiner freudigen Gefühle bewirkte; und dieser Unmuth steigerte sich, als die „Allgemeine Zeitung", auf einen Artikel des französischen Flugblatts „Revue Retrospective" sich berufend, Heines Gesinnung arg verdächtigte. —

Die Publikationen aus den Archiven der vorigen Regierung unter Guizots Ministerium ergaben, daß mehrere Personen von der gestürzten Regierung Unterstützungspensionen genossen, darunter auch H. Heine, aus derselben Casse, aus welcher der Exkönig von Schweden Gustavson, der Fürst Godoy, der berühmte Geschichtsschreiber Augustin Thierry, viele politische Flüchtlinge und Künstler unterstützt wurden. Von Deutschen Dr. Weil, Redakteur der Stuttgarter Zeitung, Legationsrath Schmieder und Baron von Klindworth. —

Auch in neuster Zeit wiederholten sich die damaligen Beschuldigungen, welchen H. Heine mit einer öffentlichen Erklärung in der Augsburger „Allgemeinen Zeitung" entgegentrat, und da sie nicht jedem bekannt ist, folgt dieselbe in unverkürzter Fassung.

Erklärung:

„Die Revue Retrospective erfreut seit einiger
Zeit die republikanische Welt mit der Publikation
von Papieren aus den Archiven der vorigen Regie=
rung, und unter Anderem veröffentlichte sie auch die
Rechnungen des Ministeriums der auswärtigen An=
gelegenheiten während der Geschäftsführung Guizot's.
Der Umstand, daß der Name des Unterzeichneten
hier mit namhafter Summe aufgeführt war, lieferte
einen weiten Spielraum für Verdächtigungen der
gehäßigsten Art, und perfide Zusammenstellung, wo=
zu keinerlei Berechtigung durch die „Revue Retrospective“ vorlag, diente einem Korrespondenten der
„Allgemeinen Zeitung“ zur Folie einer Anklage,
die unumwunden dahin lautet, als habe das Mini=
sterium Guizot für bestimmte Summen meine Feder
erkauft, um seine Regierungsakte zu vertheidigen.
Die Redaktion der „Allgemeinen Zeitung“ begleitet
jene Korrespondenz mit der Note, worin sie viel=
mehr die Meinung ausspricht, daß ich nicht für das,
was ich schrieb, jene Unterstützung empfangen haben
möge, „sondern für das, was ich nicht schrieb.“
Die Redaktion der „Allgemeinen Zeitung“ die seit
20 Jahren nicht sowohl durch das, was sie von
mir druckte, als vielmehr durch das, was sie nicht
druckte, hinlänglich Gelegenheit hatte zu merken, daß

ich nicht der servile Schriftsteller bin, der sich sein
Stillschweigen bezahlen läßt — besagte Redaktion
hätte mich wohl mit jener levis nota verschonen
können. Nicht dem Korrespondenzartikel, sondern
der Redaktionsnote widme ich diese Zeilen, worin
ich mich so bestimmt als möglich über mein Verhältniß zum Guizotschen Ministerium erklären will.
Höhere Interessen bestimmen mich dazu, nicht die
kleinen Interessen der persönlichen Sicherheit, nicht
einmal die der Ehre. Meine Ehre ist nicht in der
Hand des ersten, besten Zeitungskorrespondenten;
nicht das erste, beste Tageblatt ist ihr Tribunal;
nur vor den Assisen der Literaturgeschichte kann ich
gerichtet werden. Dann auch will ich nicht zugeben,
daß Großmuth als Furcht interpretiert und verun-
glimpft werde. Nein die Unterstützung, welche ich
von dem Ministerium Guizot empfing, war kein
Tribut, sie war eben nur eine Unterstützung, sie
war — ich nenne die Sache bei ihrem Namen —
das große Almosen, welches das französische Volk
an so viele Tausende von Fremden spendete, die sich
durch ihren Eifer für die Sache der Revolution in
ihrer Heimat mehr oder weniger glorreich kompro-
mittiert hatten, und an dem gastlichen Herde Frank-
reichs eine Freistätte suchten. Ich nahm solche
Hilfsgelder in Anspruch kurz nach jener Zeit, als

die bedauerlichen Bundestagsdekrete erschienen, die
mich, als den Chorführer eines sogenannten jungen
Deutschlands, auch financiell zu verderben suchten,
indem sie nicht bloß meine vorhandene Schriften,
sondern auch Alles, was späterhin aus meiner
Feder fließen würde, im Voraus mit Interdikt be-
legten, und mich solchermaßen meines Vermögens
und meiner Erwerbsmittel beraubten, ohne Urtheil
und Recht. Daß mir die Auszahlung der verlangten
Hilfsgelder auf die Kasse des Ministeriums der
äußern Angelegenheiten, und zwar auf die Pensions-
fonds angewiesen wurde, die keiner öffentlichen Kon-
trolle ausgesetzt, hatte zunächst seinen Grund in dem
Umstand, daß die andern Kassen dermalen zu sehr
belastet gewesen. Vielleicht auch wollte die französische Regierung nicht ostensibel einen Mann unter-
stützen, der den deutschen Gesandtschaften immer ein
Dorn im Auge war, und dessen Ausweisung bei
mancher Gelegenheit reklamirt worden. Wie dringend
meine königlich preußischen Freunde mit solchen
Reklamationen die französische Regierung behelligten,
ist manniglich bekannt. Herr Guizot verweigerte
jedoch hartnäckig meine Ausweisung und zahlte mir
jeden Monat meine Pension, regelmäßig, ohne
Unterbrechung. Nie begehrte er dafür von mir den
geringsten Dienst. Als ich ihm, bald nachdem er das

Portefeuille der auswärtigen Angelegenheiten über-
nommen, meine Aufwartung machte und ihm dafür
dankte, daß er mir trotz meiner radikalen Farbe die
Fortsetzung meiner Pension notificiren ließ, antwortete
er mit melancholischer Güte: „Ich bin nicht der
Mann, der einem deutschen Dichter, welcher im Exil
lebt, ein Stück Brot verweigern könnte." Diese
Worte sagte mir Herr Guizot im November 1840,
und es war das erste und zugleich das letzte Mal
in meinem Leben, daß ich die Ehre hatte ihn zu
sprechen. Ich habe der Redaktion der „Revue
Retrospective" die Beweise geliefert, welche die
Wahrheit der obigen Erläuterungen beurkunden,
und aus den authentischen Quellen, die ihr zugänglich
sind, mag sie jetzt, wie es französischer Loyauté ziemt,
sich über die Bedeutung und den Ursprung der in
Rede stehenden Pension aussprechen.

Paris, den 15. Mai 1848.

H. Heine.

75.

Passy, d. 27. Mai 1848.

Liebe gute Mutter!

Seit 3 Tagen bewohne ich ein Gartenhaus in
Passy, eine halbe Stunde ist dieser Ort von Paris

entfernt. Ob ich es mit dieser Wohnung gut ge=
troffen, ob nicht neue Störungen mir auch hier
das Leben verleiden werden, das weiß ich nicht.
Bis jetzt hat mich das Unglück immer verfolgt in
jeder Wohnungsveränderung. Vor der Hand geht
es mir noch leidlich. Ich schreibe Dir diese Zeilen
im Freien, unter einer grünen Laube, wo die
Sonnenlichter mir auf's Papier spielen, was sehr
hübsch ist, aber mir das Schreiben sehr erschwert;
mein Augenübel, überhaupt meine Gesichtsmuskel=
lähmung ist momentan in seiner unausstehlichsten
Blüthe, und meine arme Frau muß deswegen viel
von meiner Verdrießlichkeit erdulden. Doch soeben
haben wir, auf demselben Tisch wo ich dieses schreibe,
sehr gut mit einander gefrühstückt, und uns unserer
häuslichen Ruhe, auch der schönen Spargel und
Erdbeeren, die wir hatten, sehr erfreut!

Wie geht es Euch? Wie geht es Dir liebes
Lottchen in dieser schrecklichen Zeit? Habt Ihr auch
Zucker genug, damit die Erdbeeren weich liegen
können, und warm zugedeckt werden? —

Dieses Jahr ist kein Zuckerjahr, und es geht der
ganzen Welt sehr bitter. —

Ich bekümmere mich um nichts, und eben meine
Kränklichkeit schützt mich vielleicht jetzt vor Todes=
gefahren, denen ich ausgesetzt wäre, wenn ich

mich toll und gesund in die Tageskämpfe stürzen
könnte. —

Von Gustav und seiner Frau Gemahlin habe ich
Brief gehabt, er behauptet ein glücklicher Familien-
vater zu sein, und sich des größten häuslichen Glücks
zu erfreuen. — — —

Meine Adresse ist jetzt: 64 grande Rue à Passy,
près de Paris. — Schreibt mir nur bald und viel.
— Ich schließe und küsse Euch, sowie auch die
Kinder. —

Die Sonnenlichter blenden mich zu sehr in diesem
Augenblick. — Der Papagei schreit, und meine Frau
läßt grüßen.

Euer getreuer

H. Heine.

76.

Passy, 10. Juni 1848.

Liebste Schwester!

Meine Frau wünscht, daß ich Dich über meinen
wahren Gesundheitszustand, nicht in allzugroßer
Täuschung, die der Mutter wegen nöthig war,
länger erhielt, damit wenn ich sterbe, Du Dich nicht
zu sehr erschrickst. Letzteres aber, liebes Kind, wird
hoffentlich nicht so bald geschehen, und ich kann mich

ein Dutzend Jahre noch hinschleppen wie ich bin,
leider Gottes. Bin seit 14 Tagen so gelähmt, daß
ich wie ein Kind getragen werden muß, meine Beine
sind wie Baumwolle. Meine Augen entsetzlich schlecht.
Von Herzen aber bin ich wohl, und mein Hirn und
Magen sind gesund. Werde gut gepflegt und es
fehlt mir garnichts zur Bestreitung großer Krank=
heitskosten; — — — Meine Frau führt sich gut
auf, und wir wohnen sehr angenehm. Sterbe ich in
diesem Zustand, so ist mein Ende doch noch besser, als
das von 1000 Anderen. Nun weißt Du woran Du
bist. — Gern hätte ich Euch diesen Sommer besucht,
vielleicht sehe ich Euch nächstes Frühjahr, oder Du
kommst vielleicht nächstes Jahr hierher. Dieses Jahr
bin ich im Grunde froh Dich nicht hier sehen zu können,
wegen des Weltrevoluziongepolters, das Ihr dort
gewiß in eben so hohen Grade, wie wir hier zu er=
tragen habt. Ja, wir leben in einem miserablen
Moment, und ich wünsche wohl und heiter, und
nicht, auf einige kranke Augenblicke, ein Wiedersehen
mit Dir zu genießen. Werde ich aber besser werden?
Das weiß Gott, der alles zum Besten lenkt. —
Schreib mir oft und viel, wie es dort aussieht bei
der Familie. — Der Mutter wollen wir nach wie
vor meine Krankheit verheimlichen. — — — —

Schattenküsse, Schattenliebe,
Schattenleben wunderbar,
Glaubst Du, Schwester, Alles bliebe
Unverändert ewig wahr? —

Was wir lieblich, fest besessen,
Schwindet hin wie Träumerein,
Und die Herzen die vergessen,
Und die Augen schlafen ein.

H. Heine.

Für Heines nervösen Zustand war Ruhe nothwendig, denn das geräuschvolle Treiben in Paris,
wo Volksmassen singend und lärmend die Straßen
durchzogen, versetzte ihn in fieberhafte Aufregung,
und machten den dortigen Aufenthalt unerträglich.
Er bezog eine Landwohnung in abgeschiedner Ruhe
und gesunder Luft, hoffend dadurch eine Linderung
seiner Leiden zu erlangen. Leider trat diese Wirkung nicht ein, und hatte sich des Dichters Gesundheit in Passy statt zu bessern, eher verschlimmert.
Er schrieb darüber:

77.

Liebste Schwester!

Der Zustand meiner Augen ist so ziemlich, daß
ich jeden Brief, den ich eigenhändig schreibe, mit
einem Tag der heftigsten Schmerzen erkaufe, und da
Du um diesen Preis gewiß keinen Brief von mir
haben willst, so werde ich mich heute und auch
künftig einer fremden Feder bedienen, um Dir Nachricht über meine Gesundheit zu ertheilen. Diese hat
sich keineswegs verbessert, doch Gefahr ist nicht vorhanden, und das traurige dabei ist eben, daß ich
am Leben bleibe. Du brauchst Dich also nicht um
mich zu ängstigen, aber Mitleid verdiene ich im
höchsten Grade. — Ich habe die martervollsten
Krämpfe manchmal zu ertragen, und bin dabei wie
ein gefesselter Mensch. Seit 2 Monaten habe ich
den Gebrauch meiner Füße und Beine ganz verloren, und muß auf einem Sessel hin und hergerollt
werden. Ich bin ein armer paralitischer Mensch
geworden, der Euch sehr zur Last fallen würde,
wenn ich bei Euch wäre. Jedoch trage ich mich
mit dem Gedanken nächstes Jahr zu Euch zu kommen,
und wir haben unterdessen die Zeit alles auf meine
Bequemlichkeit bezügliche zu verabreden. Dieses
Jahr ist es nicht möglich, ich habe hier tausenderlei

Dinge zu ordnen, da die Revoluzion und mein
plötzliches Lähmungsunglück alle meine weltliche An=
gelegenheiten in die grenzenloseste Verwirrung ge=
bracht haben. Ich hoffe daß es besser gehen wird,
und trage mittlerweil mein Schicksal mit Geduld. —
Meine Frau verliert den Kopf und ist manchmal
wie verrückt. —

An Max habe ich noch nicht geschrieben, soll
aber bald geschehen. —

Grüß mir Deinen Mann und küsse mir meine
lieben Nichten. Ludwig laß ich herzlich grüßen und
für seine liebreiche Theilnahme danken.

Dein Dich liebender Bruder
H. Heine.

78.

Paris, 11. Sept. 1848.

Liebes gutes Mutterchen!

Dies sind seit 5 Wochen die ersten eigenhändigen
Zeilen die ich schreibe. Meiner Augen wegen ent=
halte ich mich dessen gänzlich, und auch Du mußt
nächstens zufrieden sein, wenn ich Dir durch meinen
Sekretär schreibe, ich leide soviel bei jedem Brief,

daß Du im Grunde froh sein solltest, daß ich mich
nicht Deinetwegen in Schmerzenskosten versetze. Daß
auch mein rechter Arm an Krämpfen, wie sie Läh=
mungen vorausgehen, leidet, habe ich Dir längst ge=
schrieben. — Sonst geht es wie gewöhnlich; das
Geld, dieses feige Geld, das sich aus Furcht vor
der Republik verkrochen, kommt wieder zum Vor=
schein. — Ich gehe garnicht nach der Stadt, und
bekümmere mich um nichts als um meine Gesund=
heit. — Ich hoffe daß Du und Lottchen, so auch
die lieben Kinder Euch wohl befindet! Wir lieben
Dich unaussprechlich. Ich bleibe wohl noch 4 Wochen
hier; das Wetter ist wunderschön.

Dein getreuer Sohn
H. Heine.

79.

Paris, 19. Octbr. 1848.

Liebe Mutter und liebste Schwester!

Soeben erhalte ich Euren Brief, woraus ich mit
Freuden Euer Wohlsein ersehen habe. Was mich
betrifft, so ist mein Zustand noch immer derselbe,
oder doch nur sehr wenig gebessert. Meine Krämpfe
haben etwas nachgelassen, aber meine Augen sind

noch immer spottschlecht, obgleich ich sie unsäglich
schone, gar nicht lese, und sogar Euch nicht eigenhändig schreibe. Briefe jedoch, liebes Lottchen, lese
ich immer mit eignen Augen, was ich Dir wegen
Deiner Anfrage besonders bemerke. — Ju Betreff
der Cholera braucht Ihr Euch für mich ebenfalls
nicht sehr zu ängstigen; diese alte Bestie, ist übrigens
nicht mehr so furchtbar wie ehemals. Schrecklicher
sind die Dinge in Wien, und unser armer Gustav
mag wohl einige Angst ausgestanden haben. —
Schreibt mir wie es ihm gegangen. — Ich stehe
nicht mit ihm in directem Briefwechsel. — Meine
Frau befindet sich wohl, und läßt Euch herzlich
grüßen. — Wir sprachen beständig von Euch und
besonders von der Mutter können wir nicht genug
Erfreuliches und Angenehmes reden. Die Hauptsache die ich Euch heute zu melden habe, ist, daß
ich mit meiner neuen Wohnung noch immer sehr
zufrieden bin, und das Opfer, das ich der Veränderung gebracht habe, keineswegs bereue. — Wir leben
ruhig, still und sicher vor dem Schuß. — Grüßt mir,
und küßt mir die jugendliche Sippschaft, und bleibt
liebevoll zugethan

Eurem getreuen

H. Heine.

80.

Liebste gute Mutter!

Obgleich mir das Schreiben verboten ist, kann ich doch nicht umhin Dir eigenhändig zum neuen Jahr zu gratuliren. — Gott erhalte Dich, und schenke Dir noch viele und glückliche Lebensjahre. Auch Dir gratulire ich liebes Lottchen. — Ein Neujahrskringel wie wir in Düsseldorf des Morgens aßen, beim Kaffe, der aus 3 Bohnen und 3 Pfund Cigorien bestand. Von Zucker keine Idee! — Erinnerst Du Dich noch der großen Kanne, die wie ein Blumentopf oder eine römische Vase aussah? — War von sehr schönem schwarzen Blech. —

Lebt wohl und behaltet lieb

Euren getreuen

H. Heine.

81.

Paris, d. 29. März 1849.

Liebes Lottchen!*)

Dein Brief hat mich tief erschüttert, und ich habe seitdem geweint und wieder geweint, so daß

---

*) Beim Tode ihrer jüngsten Tochter.

ich heute fast gar nicht sehen kann. Nur ein Wort
zum Trost: Sterben ist kein Unglück, aber jahrelanges
Leiden, ehe man es dahin bringt zu sterben. —
Jahrelanges Leiden — glücklich sind die welche schnell
fertig werden: Per acquit wie mein Väterchen sagte,
und man dreht sich herum und schläft ein, und Alles
ist bezahlt. — Ich bin in diesem Augenblick zu
leidend, als daß ich Deinem Mann besonders kondo=
liren könnte; ich drücke ihm schweigend die Hand. —
Und Du armes starkes Herz, wieviel hast Du aus=
stehn müssen! Gott erhalte Dich liebe gute Schwester.
— Du meine gute Mutter wirst noch einige Zeit
auf Brief von mir warten müssen, und ich kann
Dich heute nur flüchtig umarmen. —

Küsse für mich mein Lottchen und die Kinder.
— Meine Frau befindet sich wohl, ich bin noch in
demselben traurigen Zustand. —

Euer getreuer
H. Heine.

82.

Paris, 21. April 1849.

Liebe gute Mutter!

Ich hoffte von einem Tage zum andern auf
Besserung, und bin sehr verdrießlich, daß ich Dir

über meinen Gesundheitszustand nichts Erfreuliches zu melden habe. Mit meinen Augen scheint es sich zu bessern, aber nun leide ich auch wieder an Krämpfen im rechten Arm, und an derselben Hand, was mir das Schreiben noch bitter verleidet. Meine Frau läßt herzlich grüßen; — der Heimgang unseres armen Nichtchens hat uns außerordentlich betrübt, und ich, der ich jetzt so leicht zu erschüttern, bin durch diese Nachricht 8 Tage krank geworden — ein Krankheit in der Krankheit! Was man aussteht! Und wie viel müßt ihr dort gelitten haben und noch leiden! — Gott erhalte Dich und mein Lottchen. — Ich hoffe daß Du Dich wohl befindest, sage mir die Wahrheit. —

Lebt wohl und behaltet lieb

Euren getreuen

H. Heine.

83.

Paris, 14. Juni 1849.

Liebste gute Mutter!

Ich beschwöre Dich mir bald zu schreiben, ich kann nicht begreifen warum ich so lange ohne Brief von Dir bin. Hier leben wir in Angst und Trübsal. Die Cholera wüthet entsetzlich. Die Menschen

fallen wie die Fliegen. Auch meine Frau ist krank,
und ich habe fast den Kopf verloren. — Befinde
mich selbst noch immer hundeschlecht, aber alle chro=
nischen Kranken verschont die Cholera, wahrscheinlich
weil sie immer regelmäßig leben. Küß mir Lottchen
und die Kinder. Meine Frau läßt herzlich grüßen.
Ich hoffe daß Ihr Euch wohl befindet. — Krank=
heit ist das schrecklichste Leid; der Tod ist das
wenigste, das erträglichste

Dein Dich ewig liebender
getreuer Sohn
H. Heine.

84.

Paris, d. 7. Aug. 1849.

Liebe gute Schwester!

Dein jüngster Brief hat mich sehr betrübt, ich
konnte mir wohl denken, wie sehr Du von den
dortigen Unruhen, wegen der Situazion Deiner
Wohnung zu leiden haben mochtest. Ich fürchte
Du bist öfter bettlägerig als ich weiß; ich bitte sage
mir die Wahrheit. Wir leben in einem Momente
wo man nicht viel freudiges sich mitzutheilen hat,
und uns nur darin eine Tröstung erwächst, daß
dieses Unglück so groß ist wie wir wissen, und uns

die Imaginazion nicht durch Ungewißheit quält. Mir
geht es wie gewöhnlich, meine Augen entsetzlich
leidend, und ich werde von Betrübniß und dem
Gefühl der Hoffnungslosigkeit verzehrt. Deßhalb
schreibe ich Dir selten und wenig; aber ich denke
fast immer an Dich, und es vergeht keine Nacht, wo
ich Dir nicht eine Portion Thränen widme. — Mit
meiner Frau geht es auch wie gewöhnlich; ein Engel
der manchmal sehr vertenfelte Launen hat, und die
süßeste Verbringerin die je auf dieser Welt ihren
Mann gequält und beglückt. —

Mein liebes Lottchen küsse ich tausendmal.

Dein getreuer Sohn
H. Heine.

85.

Paris, 19. Aug. 1849.

Liebes gutes Mutterchen!

Aus den Zeitungen ersehe ich mit Schrecken,
wie wüst es wieder bei Euch aussieht, und wie
meine Freunde die Preußen in Hamburg wirth=
schaften. Wäre ich dort, sie würden mich gewiß
bei dieser Gelegenheit packen. — Bei uns ist alles
still, auch in meiner Haushaltung. Meine Frau

befindet sich Gottlob wieder wohl, und sucht mir
meine traurige Existenz so viel als möglich zu erheitern. Sie ist ein gutes Kind, und wenn sie mir
Kummer macht, so ist es nicht ihre Schuld, sondern
die ihrer Krankheit. Gott erhalte sie, sowie Euch
alle; die liebe Schwester und die Kinder herzlich zu
grüßen und zu küssen.

Du liebe Mutter warst immer eine brave gottes-
fürchtige Frau, von wahrhaftiger Frömmigkeit, und
auch um Deinetwillen wird der liebe Gott uns immer
beistehen. —

Dein getreuer Sohn
H. Heine.

86.

Paris, 24. Octbr. 1849.

Liebe gute Mutter!

Soeben erhalte ich Deinen lieben Brief, wenn
Du wüßtest wie ungern ich schreibe, würdest Du
nicht oft Brief von mir verlangen, erstens sehe ich
wieder sehr schlecht seit einigen Tagen und dann
habe ich wirklich nicht viel Ergötzliches mitzutheilen.
Meine Augen soll der Teufel holen, und all das
Quacksalben hilft mir wenig. — Nur Dir liebe
Mutter schreibe ich eigenhändig, das Diktiren geht

hier nicht an, da man sich doch wohl etwas vertrau-
liches entschlüpfen läßt. —

Ich gratulire Dir für Dein Wiener Enkelchen:
Gottlob, daß ich aus dieser Fruchtbarkeit wenigstens
ersehe, daß Gustav sich wohl befindet. Auch sehe
ich, daß er seine Frau nicht betrügt! —

Heute sehe ich garnichts! Deßhalb schreibe ich
Dir dieser Tage, und Du erhälst diese Zeilen nur
um daraus mein Wohlsein zu ersehen. —

Lottchen zu küssen. —

Dein getreuer Sohn
H. Heine.

Das Diktiren war Heine höchst unbequem, und
es dauerte lange bis er sich daran gewöhnen konnte.
Er sagte darüber: „Ich schrieb bisher immer alles
selbst und ich glaube, daß es im Deutschen namentlich mit dem Diktiren von Prosa ein mißliches Ding
ist. Der Schriftsteller hat nicht bloß den Tonfall,
sondern auch den architektonischen Bau seiner Peri-
oden in Betracht zu ziehen. Unsere Sprache ist
für das Auge mit berechnet, sie ist plastisch, und
beim Reime entscheidet nicht nur der Klang sondern
auch die Schreibart. Sonderbar genug drückt sich
der Unterschied, welcher darin zwischen dem Deutschen

und dem Französischen herrscht, sogar in der wört=
lichen Bezeichnung der Sache aus. Der Deutsche
nennt sein Verständniß „Einsicht“, der Franzose
„entendement“. Der Deutsche muß nach meiner
Meinung sehen, plastisch vor sich haben, was er
sprachlich schafft. Verse, die man im Kopf fertig
macht, kann man noch eher dictiren als Prosa; und
ich könnte auch das nicht, ich würde auch so noch
vieles ändern.“ — Heine schrieb, sobald sein Gesund=
heitszustand es erlaubte, seine Manuskripte auf große
Foliobogen mit Bleistift in großen Buchstaben, und
nur seine Briefe wurden von ihm dictirt. —

87.

Paris, 21. Janr. 1850.

Liebste gute Mutter!

Dein und des lieben Lottchens Brief mit Neu=
jahrswünschen habe ich richtig empfangen. Ich hoffe
Ihr habt dieses Jahr angenehm angetreten. Gebe
der Himmel, daß es sich ruhig und ohne Schreck=
nisse endige. Bei mir hat dieses neue Jahr noch
gar keinen Charakter angenommen, und es dröhnelt
sich hin, blöde und melankolisch wie das Vorige.
Auch nicht die geringste Veränderung in meinem

Gesundheitszustande; meine Augen schone ich noch
immer, aber ohne Resultat. Wenn ich sie nicht
schonte eben wie meinen Augapfel, so wäre ich jetzt
blind, was doch das größte Uebel ist, wovor einen
der liebe Gott bewahre. — Ich schreibe Dir daher
noch immer nicht eigenhändig, was doch so kein
großer Unterschied ist, da ich jetzt doch nie mehr in
Briefen meine Gedanken ausspreche. — Meine Frau
leidet noch immer an den Folgen ihres Leichtsinns;
sie kann nämlich noch immer nicht gehen, fängt aber
doch jetzt schon an auf einem Bein, wie ein Frosch
im Zimmer umher zu hüpfen. Sie läßt Euch mit
innigster Zärtlichkeit grüßen, wie Ihr denn überhaupt unsere beständige Unterhaltung seid. Meine
Frau trägt ihr Mißgeschick, mit weniger Ungeduld
als ich erwartete; die bösen Augenblicke der Miß-
laune vergütet sie wieder durch so unendlich viel
Liebenswürdigkeit in anderen Augenblicken, daß ich
bei diesem Geschäft noch immer meine Rechnung
finde. — Ich bitte Euch mir recht bald zu schreiben
und auch von Dir erwarte ich einen langen Brief,
über Dich und meine Lieben, die ganze heilige
Familie. — Ich hoffe daß Du von Deinem Unfall
jetzt ganz hergestellt bist. Der Hansnarr von Wihl
kommt zuweilen zu mir, und ermangelt nie, mich
in einer oder der andern Weise zu amüsiren. Man

muß sich freilich vor ihm in Acht nehmen; aber
freilich vor welchen Menschen müßte man sich nicht
auch in Acht nehmen. — Ueber die Absurdität in
deutschen Blättern über meine sogenannte Bekehrung,
will ich mich nicht aussprechen. — Es ist hier der=
selbe Fall, wie bei allen mich betreffenden Zeitungs=
nachrichten. — Und nun liebe Mutter leb wohl.
Der liebe Gott erhalte Dich, bewahre Dich vor
Schmerzen und Augenübel, schone Deine liebe Ge=
sundheit, und wenn Dir die Dinge auch manchmal
nicht zu Wunsche gehen, so tröste Dich mit dem
Gedanken, daß wenige Frauen von ihren Kindern
geliebt und verehrt worden sind, wie Du es bist,
und wie Du es wahrlich zu sein verdienst, Du meine
liebe, brave, rechtschaffene und treue Mutter. Was
sind die Andern in Vergleich mit Dir. —

Man soll den Boden küssen den Dein Fuß be=
treten hat. —

Der Winter ist unendlich rauh, wenn Du nur
warm hast in Deinem dünnen wacklichen Häuschen
am Dammthor. — Ich laß mir nichts abgehen,
und brenne zur Heizung ganze Wälder. — Werde
überhaupt gut gepflegt.

Dein treuer Sohn

H. Heine.

In vorstehendem Briefe nennt Heine es eine Absurdität, wenn deutsche Blätter von seiner Bekehrung sprechen, und doch war, ohne daß er es vielleicht damals selber wußte, ein religiöser Umschwung in seiner Denkungsart eingetreten. Heine, welcher im Hause seiner Eltern in der israelitischen Glaubenslehre groß gezogen, ward von denselben ohne ritualen Zwang zur strengen Gottesverehrung angehalten und ging 1825 zum lutherischen Glauben über. Seine philosophischen Studien, welche ihn zeitlebens beschäftigten, setzten ihn über die Formen aller positiven Religionen hinweg.

Vorübergehend gelangte er durch die neue Lehre des Saint Simonismus zu einem poetischen Pantheismus.

Wenn er auch später immerhin Freidenker blieb, so flößte ihm schließlich doch der Atheismus Abscheu ein, und durch die langen Leiden des Krankenlagers hart geprüft, kehrte er wieder zum reinen formlosen Deismus zurück. —

88.

Paris, 15. März 1850.

Liebste Mutter!

Den Brief, worin Du mir den Empfang des Wechsels angezeigt, habe ich richtig empfangen, ja

ich wiederhole Dir mein Versprechen, daß ich, wenn
eine momentane Verlegenheit eintreten sollte, Dich
gleich in Kenntniß setzen werde, um über die zurück=
geschickte Summe, die in Deinen Händen sicherer ist
als in den meinigen, verfügen zu können; ich habe
Dir, glaube ich, schon gesagt, daß meine Finanzen
im Ganzen hinlänglich geordnet sind, daß nur mo=
mentane Verlegenheiten eintreten können, die nicht
peinigend, sondern nur verdrießlich sind, und das
nächste Trimester immer das Deficit der vorherge=
gangenen ganz regelmäßig und ruhig ausfüllt. —
Die Kosten meiner Krankheit sind sehr groß, nicht
weil ich viel Doctor und Apotheker nöthig habe,
sondern weil ich mich durch Geldopfer gegen viele
schädliche Influenzen zu bewahren habe.*) An meiner
Krankheit selbst aber ist das allerschlimmste, daß
man so lange dabei am Leben bleibt, was Dir frei=
lich, liebe Mutter, nicht das schlimmste dünkt, ich
aber, der ich so viel physisch leiden muß, und alle Hoff=
nung der Genesung verliere, ich beneide die Menschen
die von akuten Krankheiten rasch fortgerafft werden.
Das fatale beim Sterben besteht nur darin, daß
wir unsere Lieben dadurch in Kummer versetzen.

---

*) Die vielen Geldunterstützungen, welche Heine den
dortigen deutschen Flüchtlingen gewährte.

Wie gerne verließ ich die Welt, dächte ich nicht an
die Rathlosigkeit meiner Verbringerin, an den Gram
der alten Schachtel, die am Damnthor wohnt, und
an die Thränen meiner Schwester. Ich danke ihr
für ihre letzten lieben Mittheilungen. Mein liebes
Lottchen macht mir immer die größte Freude, wenn
ich Briefe von ihr erhalte. Nur müßt Ihr von
mir nicht oft Antwort erwarten, denn es macht
mir zu viel Leidwesen, daß ich Euch nur betrübende
oder traurige Briefe schreiben, und sogar nur durch
dritte Hand schreiben kann. —

Meinen Neffen lasse ich herzlich danken für
seinen freundschaftlichen Brief, den ich mit Vergnügen, aber doch nur mit Mühe gelesen, er soll
mir oft schreiben, aber mit schwarzer Dinte, und
leserlichen Schriftzügen. Ich bin begierig von Euch
zu erfahren in welcher Weise der junge Mensch sich
herausfindet, und was von ihm zu erwarten steht.
Mein Ännchen und Lenchen*) grüße ich, und küsse
ich. Wie oft denke ich an mein liebes Ännchen, an
mein süßes Kind, an den süßen Auflauf, den sie
so gut zu verfertigen weiß! Hätte ich mein Ännchen
hier, nebst einer solchen wohl gerathenen Mehlspeise.
Hernach tränke ich eine gute Tasse Thee, aber nicht
vom ersten Aufguß, sondern eine von den letzteren

*) Frau Helene Hirsch, geb. Embden in Berlin.

Tassen, die sie für sich reservierte. — Meine Frau
die wieder ausgeht, und sich wohl befindet, läßt Euch
grüßen.

Und nun lebt wohl, haltet lieb

Euren getreuen
H. Heine.

89.

Meine liebe gute Mutter
und vielgeliebte Schwester!

Ich habe mit Freude den Brief erhalten, woraus
ich Euer Wohlsein ersehe, und zugleich mehr liebende
Theilnahme finde, als ich wohl verdienen mag, und
als mir zu Zeiten sogar passend sein dürfte. Wie
kann ich alles Dieses vergelten? — Und wie kann
ich Eure liebenden Wünsche, beständig über meinen
Zustand benachrichtigt zu werden, in diesem Zustande
befriedigen, wo mir jede äußere Kommunikation, wenn
sie in deutscher Sprache gemacht werden muß, noch
besonders erschwert wird? — Ich habe nämlich nicht
mehr den Beistand eines Deutschen, der seit 12 Jahre
meine Schreibseligkeiten besorgte, und da ich einen
Franzosen, der ihn ersetzt, kein Deutsch diktiren kann,
so steht mir nicht alle Tage eine deutsche Feder zu
Gebote, um mich mit Euch zu unterhalten. Wenn

Ihr daher in noch unregelmäßigeren Intervallen Briefe von mir erhaltet, so könnt Ihr es jenem Umstande zuschreiben und mich von jedem Vorwurfe einer lieblosen Säumniß lossprechen. — Es fällt hier übrigens nichts vor was besonders merkwürdig wäre. — Ich befinde mich vom Herzen etwas besser, ich leide etwas weniger, aber ich fürchte, die Krankheit selber geht ihren ruhigen, aber doch fatalen Schneckengang immer vorwärts. Ich enthalte mich fast aller Medizin. Meine Frau befindet sich ganz wohl, sie wird sehr dick, und läßt Euch liebevoll grüßen. — Carl kommt zuweilen zu mir, war 4 mal in einem Monat bei mir, scheint aber jetzt im Begriff zu sein abzureisen. Ich berühre Nichts, was ihn verletzen könnte. Er hat ein gutes Herz; aber von seinem Herzen bis zur Tasche geht keine Eisenbahn. Ich beklage mich nicht, und lasse die Dinge jetzt immer gehen, wie sie von selbst wollen. —

Dir liebes Lottchen danke ich herzlich für Deinen gütigen Diensteifer, aber ich beziehe mich in dieser Hinsicht auf das, was ich der lieben Mutter schon längst mitgetheilt habe. Ist es Euch nicht möglich mir deutsche Bücher hierher zu schicken aus der dortigen Leihbibliothek, und zwar mittels des Dampfbootes, welches sie auch zurück bringen könnte? —

Ich möchte mir manchmal etwas Deutsches vor=
lesen lassen, und da ich aus der Buchhandlung hier,
nie das erhalte was ich verlange, und auch keine
Leihbibliothek hier ist, so muß ich auf einen Aus=
weg bedacht sein. In einem solchen Falle könntet
Ihr mir einen Katalog von dort per Kreuzcouvert
herschicken. —

Ich gehe nicht aufs Land, aber ich werde
dennoch, und zwar morgen schon, etwas sehr
Idyllisches unternehmen: Ich werde nämlich jetzt
Eselsmilch trinken. — Mein Arzt hat es mir ver=
ordnet, und wenn es mir heilsam ist, so will ich
gerne bei Eseln meine Zuflucht nehmen. — An
Gustav hätte ich längst geschrieben, wenn ich nicht
seine Adresse wieder verloren hätte. Ich werde ihm
aber nächstens schreiben, um etwas in Wien für
mich zu besorgen, meldet mir daher noch einmal
seine Adresse. — Von Max habe ich den liebe=
vollsten Brief erhalten. — Der Gedanke mich mit
meinem Haushalt nach Hamburg zu transportiren,
taucht manchmal in mir auf, und wenn ich sicher
bin, daß dieser Transport, und das damit ver=
bundene Gezippel und Gezappel meinen armen
Körper nicht zu sehr gefährdet, so dürfte er wohl
am Ende in Ausführung kommen. Ich habe leider
viel um die Ohren, und obgleich sie mich sehr

anstrengen, so kann ich mich doch nicht aller Ge=
schäfte, und aller literarischen Beschäftigungen ent=
schlagen. — Schreibt mir bald und viel. — Kann
Ludwig einmal auf einige Tage von Hamburg
abkommen, ohne daß dadurch etwas in seinen Ge=
schäften vernachlässigt wird, so wäre die jetzige Kürze
und Wohlfeilheit der Eisenbahnreise füglich zu be=
nutzen, um ihn einmal hierher nach Paris zu
schicken, wo ich ihn mit der größten Freude sehen,
und durch mündliche Mittheilungen und Aufträge,
auch sehr ersprießlich für meine intimsten Angelegen=
heiten gebrauchen könnte. In 8 Tagen wäre alles
abgemacht, und der Jung hätte keine Zeit gehabt
Paris zu genau kennen zu lernen. —

Und nun lebt wohl, behaltet mich lieb, schreibt
mir viel, besonders Familienangelegenheiten, und
entschuldigt mich, wenn ich mit Antworten lange
warten lasse. Meinen Neffen Ludwig grüße ich
herzlich, so wie Alle übrigen. — Ich wünsche ein=
mal einen Brief, und zwar ein eigenes Handschreiben
von meiner lieben Nichte Anna zu erhalten. Sie
braucht sich garnicht zu geniren, und kann schreiben
was ihr in den Kopf kommt. Ich habe jetzt eine
gute Köchin, aber einen ordentlichen Auflauf mit
Confitüren kann man in Frankreich nicht machen
wie bei Euch im Norden. — Gott gebe Dir liebes

Lottchen, viel Glück und Segen zu Deinem neuen Hause.

Euer getreuer

H. Heine.

90.

Paris, 15. Juni 1850.

Liebste Mutter!

Dein lieber Brief nebst Zuschrift von Lottchen und Annchen habe ich richtig erhalten, und ich würde Euch bereits früher geschrieben haben, wenn nicht die Schwierigkeit, die ich in meinem vorigen Brief gemeldet, bei meiner deutschen Korrespondenz stattfände. Außerdem ist nichts vorgefallen, und was meine Krankheit betrifft, so verstimmt es mich sehr, wenn ich Dir liebe Mutter, mein altes Klagelied, mit der alten betrübten Variation vorsingen soll, ich wiederhole dir nur: Das Schlimmste bei dieser Krankheit ist, daß man dabei nur entsetzlich leidet, aber nicht so schnell stirbt; Du kannst Dich darauf verlassen, daß ich Dir jede Verschlimmerung nicht verschweigen würde. Wenn ich Dir nicht schreibe, so brauchst Du Dir gar keine anderen Gedanken zu machen, als daß es mir entweder an einer vertrauten Feder fehlt, oder daß ich mir nicht durch traurige Mittheilungen meine schon hinlänglich betrübte Stimmung

13*

noch mehr verdüstern will. Ich denke aber beständig
an Dich, dessen sei überzeugt. In Wahrheit gesagt:
ich möchte Dich gern überleben, um Dir den Kummer
der Nachricht meines Abscheidens zu ersparen, und
das ist vielleicht noch das Hauptinteresse, das ich
an dem Leben nehme. Wenn ich Dich einmal
nicht mehr habe, so werde ich dem Tode mit weit
leichterem Herzen entgegen sterben. Lottchen hat
seine Kinder und seinen Mann, und was meine
Frau betrifft, so hat sie ein zu glückliches Naturell,
als daß sie mich nicht am Ende entbehren könnte.
— Siehst Du, wie recht ich habe, nicht oft zu
schreiben, nur melancholische Leichenbitterbriefe. Ich
bin ein sehr spaßloser trauriger Narr geworden. —

Ich danke Dir liebe Schwester, daß Du im
Betreff der Bücher meinen hingeworfnen Wunsch
beachtet hast; ich habe Dir aber gesagt, daß Du
mir einen Katalog unter Kreuzkouvert durch die
Briefpost schicken solltest, eine solche Zusendung
hätte höchstens 8 Schilling gekostet, statt dessen hat
mir der Buchhändler Jovien seinen Katalog in
einem Paket über Havre zugeschickt, und dem besagten Pakete 3 andere Bücher hinzugefügt, die für
mich nicht das geringste Interesse haben. Ich schicke
ihm dieselben dieser Tage durch Carl Heine zurück,
welcher sie mitnimmt, und mir dadurch eine Aus-

gabe von 7 Frcs. erspart, denn soviel kostete das
Paket, da die Spitzbuben von Spediteurs in Havre
für die paar Bücher ebenso viel Commission und
Spesen rechnen, wie für eine große Kiste, denn die
Fracht selbst, besonders von Havre hierher, ist sehr
unbedeutend. Ich will aber gerne eine solche Summe
für Sendungen von Bücher zahlen, deren Lektüre
für mich Interesse hat, und wenn ich keine Retour=
gelegenheit finde, so werde ich sie auf meine Kosten
schnell zurückspediren. Damit ich aber dieses nicht
zu oft zu wiederholen brauche, so muß ich bitten,
daß mir wenigstens ein Dutzend Bücher auf einmal
geschickt werden, und daß mir nichts geschickt wird,
was ich nicht bestimmt verlangt habe. Unter den
Büchern welche ich zu lesen wünsche gehören die
Schriften von Dickens (Boz), namentlich dessen Pick=
wicker und seine Reisen in America und Italien;
Humphreis Wanduhr von demselben Verfasser, so=
wie auch dessen Grillchen auf dem Herde, habe ich
gelesen. Dann wünsche ich aus dem Russischen
übersetzte Schriften von Gogol. Auch wünsche ich
einen Roman von L. Storch zu lesen, welcher im
Katalog betitelt ist: Der Stern Jacobs, eine Messiade.
Ist dieses Buch nicht vorräthig, so wünsche ich von
dem Verfasser beifolgende Nummern zu lesen. Auch
von Tieck habe ich manche Novelle nicht gelesen, und

bitte um bezeichnete Nummern. — Sieh mal zu
liebes Lottchen ob in der Leihbibliothek nicht die
Kronwächter von Arnim 1 und 2ter Theil, welcher
letztere Band erst vor einigen Jahren herausgekommen. Nun genug! — Von diesen Büchern
wird sich wohl etwas finden, woraus man mir so
bald als möglich eine hübsche Sendung machen
kann, aber ich bitte Dich, laß sie bald abgehen, da
ich im Sommer öfter Gelegenheit finde, ohne Kosten
die Bücher zurück zu schicken. — Meine liebe Nichte
Anna lasse ich für ihren Brief herzlich danken, ich
würde mich unendlich freuen sie mal wiederzusehen,
da mir alle Leute so viel hübsches und liebliches
von ihr sagen. Wenn sie wie ihre Mutter und
Großmutter wird, so mag sich der Mann gratuliren,
der sie mal aufsackt, besonders wenn sie auch das
Sanfte von Beiden haben wird.

Euer liebend getreuer

H. Heine.

91.

Paris, 18. Juni 1850.

Liebste gute Mutter!

Ich hoffe daß Dich diese Zeilen in gutem Befinden antreffen, und ich meinerseits befinde mich

seit 2 Tagen viel besser als gewöhnlich, wie denn
bei Nervenkrankheiten, wie die meinige eine ist, der
Zustand so abwechselt, daß man heute verzagt und
übermorgen wieder jubelt, und nie recht weiß woran
man mit seiner Gesundheit ist. Dieser Mangel an
Stabilität ist der Grund, warum ich Dir nie Details
über mein Leiden gebe, die sich gewiß immer geändert haben, sobald Du meinen Brief erhalten hast.
Carl Heine ist im Begriff abzureisen, und durch
ihn schicke ich die Bücher des Leihbibliothekars nach
Hamburg zurück. Ich habe in meinem letzten Brief
vergessen zu bemerken, daß ich von den Werken des
Boz (Dickens) auch das Werk desselben, welches
„Weihnachtsgeschichte" betitelt ist, kenne, und daß
man mir also solches nicht zu schicken braucht. Auch
vergaß ich zu bemerken daß Herr Jovien meine
Adresse unrichtig angegeben hat, und deshalb sein
Paket mich lange suchen mußte. — Lottchen muß
daher demselben die richtige Adresse aufgeben zur
Beförderung seiner Büchersendung, die ich sobald
als möglich erwarte. Hier ist alles still. Meine
Frau befindet sich wohl, wird aber leider täglich
korpulenter. Sie wiegt schon 180 Pfund. — Sie
läßt Euch alle herzlich grüßen und hört nie auf
von Euch zu sprechen. —
Diesen Morgen besuchte mich der weltberühmte

Dichter Wihl, welcher mir auftrug meiner Mutter und meiner Schwester seine Grüße mitzutheilen. Seine Eitelkeit abgerechnet, die ihn der schlimmsten Dinge fähig machen könnte, und gewiß auch zu manchem Bösen verleitet hat, ist er doch ein sehr guter Mensch.

Ich bin noch nicht dazu gekommen an Gustav zu schreiben, da mir wie Du weißt, jede briefliche Mittheilung in deutscher Sprache so sehr erschwert wird, ich will ihm aber doch nächstens schreiben, da ich einige Aufträge in meinem Interesse für ihn habe, und von seiner Zuneigung zu mir überzeugt bin. Dich mein liebes Lottchen, sowie auch meine lieben Nichten und meinen lieben Neffen, grüße ich herzlich. —

Sage mir doch liebes Lottchen, warum ich von Campe keinen Brief bekomme. — Meine Tratten werden richtig von ihm ausgezahlt, jedesmal wenn ich meine Semesterpension auf ihn trassire, aber auf alle meine Briefe erhalte ich keine Antwort. Was will er? — Was kocht er? — Zum Glück habe ich gar kein Bedürfniß jetzt etwas herauszugeben, sonst würde mich dieses Stillschweigen, welches mich zwänge mit andern Buchhändlern in Verbindung zu treten, in einige Verlegenheit setzen. Aber das kann er doch nicht wissen, und

diese Antwortlosigkeit von seiner Seite ist unverantwortlich. — Suche in dieser Beziehung etwas
zu erfahren, mein liebes Lottchen, und schreibe mir
überhaupt so viel als möglich.

Euer getreuer
H. Heine.

92.

Paris, d. 25. Juli 1850.

Liebste Mutter!

Mein letzter Brief hat sich mit dem Eurigen
gekreuzt und es ist wahrscheinlich, das solches diesmal wieder passirt. Ich hoffe daß Ihr Euch wohl
befindet, was die Hauptsache ist. Ich meinerseits,
ich befinde mich so ziemlich, und wenn auch meine
Krankheit noch immer nicht in Abnahme ist, so will
es mir doch scheinen, als ob meine Kräfte zunehmen,
und es giebt Tage wo ich wenige Schmerzen habe,
und mit weitfliegenden Gesundheitsprojekten meiner
Phantasie freien Lauf lasse. Ich arbeite wenig, aber
mein Geist war nie aufgeweckter, thätiger und
rüstiger wie jetzt. Mit meinen Augen geht es noch
immer schlecht. Ich habe wieder versucht zu schreiben,
was mir aber schlecht bekam. Um nicht so viel zu

flecksen schreibe ich manchmal mit der Bleifeder, was aber sehr erschwerlich. —

Mein liebes Lottchen grüße ich herzlich, und danke für die gemachten Mittheilungen. Die Bücher habe ich erhalten, doch will es mir mit dieser Sendung nicht recht glücken, denn einen Theils habe ich erhalten, was mir doch nicht so recht gefiel, und was für mich das Gewünschte war, andern Theils erhielt ich, weil ich mich vielleicht nicht richtig ausgedrückt, das was mir schon bekannt war. Nun ist meine Sorge Gelegenheit zu finden, die Bücher wieder bald zurückzuschicken. — Ich möchte wissen, ob die Kosten geringer wären, wenn ich mir die Bücher durch die Eisenbahn direct von Hamburg kommen lasse, und Ludwig soll sich erkundigen, ob man überhaupt Pakete direct hierher mit der Eisenbahn schicken kann, und wieviel Porto für eine gewisse Anzahl Pfunde gezahlt werden muß. Soviel weiß ich, daß die Pakete von Cöln mit der Eisenbahn hierher kommen nur spottwenig Porto kosten.

Meine Frau läßt herzlich grüßen, wir sprechen Tag und Nacht von Euch, am meisten die Nacht, denn wir gehen nie früher als 12 oder 1 Uhr zu Bette. Wir leben still, und in der größten Eintracht, und nie war meine Frau raisonabler wie eben jetzt. Und dennoch haben hiesige Teutsche das

Gerücht verbreitet, ich sei aus Unfrieden von meiner Frau geschieden. Ihr habt keinen Begriff davon welches Ungeziefer, das den Namen Deutsche führt hier herumkriecht. Die Personage vor welcher mich Lottchen warnt, ist noch ein Edelstein in Vergleichung mit der Laus, von der Campe über mich Nachricht zu haben vorgiebt, und die er Ferdinand W. nennt: Ein Elender dem ich seit 15 Jahren beständig Wohlthaten erwiesen, und der doch am Ende solche Gemeinheiten verübte, daß ich ihn schimpflich vor die Thüre setzen mußte. —

Ich wiederhole Dir, liebe Mutter, daß es mir etwas besser geht, ich bin vielleicht wie alle Kranken etwas ungerecht, und will es mir nicht eingestehn, daß ich mich noch 24 Prozent besser als früher befinde. —

Und nun lebt wohl, schreibt mir bald, und viel, und behaltet lieb

Euren getreuen
H. Heine.

93.

Paris, 3. Aug. 1850.

Liebste gute Mutter!

Ich hoffe, daß Du Dich wohl befindest, und daß ich bald Briefe von Dir erhalten werde, worin ich

diese Hoffnung bestätigt sehe. Ich eile Dir heute
noch vor Abgang der Post zu melden, daß ich Dir
ein Paket Bücher durch die Diligence zuschicke, und
Dich bitte dieselben unverzüglich dem Leihbibliothekar
Jovien zukommen zu lassen, nebst der beiliegenden
Notiz, woraus er ersieht, welche Bücher er mir un=
verzüglich per Diligence zuschicken soll. Ich sage
ausdrücklich per Diligence, nichts durch das Ham=
burger Dampfboot, welches wie ich heute entdecke
mehr kosten würde. Ich habe nämlich das heutige
Paket nur bis Aachen frankiren können, und denke
Dir das Porto bis dahin kostet nur 2 Frs. Ich
bitte Dich daher mir zu sagen, wieviel Du für das
Paket von Aachen bis Hamburg zu zahlen hattest,
nicht sowohl um Dir das Geld bei Gelegenheit
zurück zu erstatten, als auch überhaupt zu wissen,
wie viel das Porto zu Lande ist, im Gegensatz zur
Dampffähre. Ich bitte Dich auch nicht zu vergessen
den Buchhändler wissen zu lassen, daß er die Bücher
unverzüglich absende.

Mein liebes Lottchen grüße ich herzlich, und
hoffe daß mir meine liebe Schwester bald schreibt
und viel schreibt. — Ich lebe sehr isolirt und er=
führe sonst nichts von Hamburg.

In meiner Gesundheit hat sich keine Veränderung
begeben; ich ertrage ruhig mein Geschick, und er=

freue mich des schönsten häuslichen Friedens, sowie auch der Kirschkuchen, die meine Köchin ganz vorzüglich zu backen versteht. Meine Köchin ist ein Genie, und unter den Namen „deutsche Nudeln" fabricirt sie ein Gericht, welches eigentlich der jüdische Schalet ist, und den ich mit Vergnügen esse. Das ist die größte Neuigkeit, die ich dir mitzutheilen habe. Leb wohl und behalte mich lieb

Dein getreuer Sohn
H. Heine.

94.

Paris, 26. Sept. 1850.

Liebe gute Mutter und meine vielgeliebte
Schwester!

Seit meinem letzten Brief ist mir nicht viel Erfreuliches passirt, meine Gesundheit ist dieselbe, aber meine häuslichen Verhältnisse, haben sich wie ich vorausgesehen viel verstimmter gestaltet. Das junge Mädchen von dem ich Euch geschrieben, ist ernsthaft krank geworden, und da ich nicht das Herz hatte sie von mir zu geben, so habe ich jetzt in meiner Wohnung 2 Kranke. Sie ist seit 6 Wochen bettlägerig, wird sich sobald nicht erholen können, und der Arzt verspricht nichts Gutes für die Zukunft. Die Krankheit besteht in schlechtem

Blut, sie ist verloren, und von dieser Seite steht mir noch viel unangenehmes bevor. Auf der einen Seite verliert meine Frau ihr Faktotum, und eine nothwendige Begleiterin beim Ausgehen, und ich verliere meine Pflegerin und Vorleserin im Französischen, die zu jeder Stunde mir zu Gebote stand. Zum Vorlesen im Französischen habe ich jetzt nur des Abends Jemanden, und ich war in die Nothwendigkeit versetzt, eine garde malade anzunehmen, welche mich durch ihre Saumseligkeit sehr ennuirt, viel frißt, von schwarzer Couleur ist, und — mir dennoch 150 Frs. monatlich, also 5 Frs. täglich kostet. Meine Frau ist dadurch wie leicht begreiflich, nicht immer guter Laune, und unter diesen Umständen werdet Ihr leicht einsehen, daß ich mich oft nach Euch sehne. Ich darf aber jetzt noch nicht an eine Uebersiedlung nach Hamburg denken, wenigstens nicht eher, bis mein Gesundheitszustand etwas mehr Festigkeit gewonnen; ich verstehe darunter, daß die Krämpfe, woran ich jetzt sehr leide, vorher aufhören müssen. — Meine Krankheit, wie ich Euch immer gesagt habe, ist eine schmerzhaft nervöse, und da wird jede Bewegung unleidlich. Durch einen Transport nach Hamburg könnte ich meinen Körper in Gefahr setzen, und es ist auch nicht sicher, ob das dortige Klima mir jetzt zusagen würde.

Ihr seht wie schonend und berechnend ich zu
Werke gehe, und wie es nicht meine Schuld sein
wird, wenn der Leibesbankerott eintritt, ehe
wenigstens Du meine liebe Mutter gedeckt bist. —
Wir sprechen hier beständig von Euch, und meine
Frau, das kann ich Euch versichern, spart nichts
an meiner Pflege. Sie läßt Euch herzlich grüßen,
sowie auch die jüngere Generation. — Meinen
Neffen Ludwig lasse ich wissen, daß mir sein Vetter
Drucker einen sehr netten Brief geschrieben, und
einen Katalog geschickt hat, es ist aber in diesem
Katalog noch weniger zu finden, als in den ham=
burgischen, und ich weiß noch nicht, ob ich davon
Gebrauch machen kann. — Ich werde mich vor der
Hand an Hamburg halten, muß aber bitten, mich
nicht mehr so lange mit der Versendung von Bücher
warten zu lassen. Das hat ja eine Ewigkeit ge=
dauert, ehe die letzte Sendung kam. Ich habe gestern
die letzte Sendung per Messagerie zurückgeschickt,
und wieder an die liebe Mutter in Hamburg
adressirt. Du hast diesmal noch größeres Porto zu
bezahlen als letzthin, da ich auch nicht einmal bis
zur Grenze frankiren konnte. — Ein Dummkopf
dem ich die Besorgung des Pakets übertragen, hat
mir nicht einmal einen postlichen Empfangsschein
darüber zurückgebracht, und du mußt mir daher

gleich anzeigen, ob die Bücher richtig angekommen sind. Ich weiß nicht ob Du noch das frühere Verzeichniß von Büchern, daß ich dir letzthin schickte besitzt; zur größeren Sicherheit will ich dir beiliegend noch einmal die Bücher aufzeichnen, die ich zu haben wünsche. Vorzüglich aber sorge dafür, daß das Paket gleich abgeschickt wird, und daß ich nicht mehr so lange zu warten habe, auch sorgt dafür, daß die richtige Hausnummer auf die Adresse gesetzt wird, sowie auch eine kleine Werthangabe. —

Ich danke Euch für Euren letzten Brief, und Dir besonders liebes Lottchen, danke ich für die Mittheilungen und Erheiterungen. —

Ist außer der Jowin'schen Leihbibliothek, nicht eine andere gute Leihbibliothek in Hamburg, in diesem Fall schickt mir einen Katalog derselben unter Kreuzcouvert. —

Euer getreuer

H. Heine.

95.

Paris, 23. Novbr. 1850.

Liebste gute Mutter!

Ich hoffe, daß du Dich wohl befindest, und daß der schrecklich herannahende Winter Dich wenig er-

erschüttern möge, bei jeder Zunahme der rauhen
Witterung, denke ich beständig an Dich, an Deinen
lieben schwachen Körper, an das jämmerliche morsche
Dach Deiner alten Dammthorwohnung, an jeden
Windstoß den Du dort spüren mußt, und mein
Herz wird oft tiefer beängstigt, als Du Dir vor=
stellst. Du thätest also gut mir in jetziger Zeit oft
zu schreiben. Was mich betrifft, so ist in meinem
Zustande keine Veränderung eingetreten; ich hoffe
immer daß es besser gehen wird, und diese Hoffnung
wird jeden Morgen zur Lügnerin. Was soll ich
thun? — Ich muß das Leben nehmen, wie es Gott
giebt. — Ich lasse an meiner Pflege nichts fehlen,
und meine Frau ist froh wenn sie den letzten Sous
für meine Krankheitspflege, und die Erleichterung
meines Zustandes ausgeben kann. — In Betreff des
Mädchens hatte ich einen schweren Stand mit ihr,
bis ich sie bewog, die arme Person in's Hospital
zu geben, wo sie jetzt wirklich ist, und sich schon
merklich besser befindet. Hätte ich dieses schon vor
4 Monaten gethan, so wäre ich nicht blos eine be=
deutende Summe reicher, sondern ich wäre auch den
kostspieligen Mißverhältnissen entgangen, aus denen
ich mich jetzt nur mit Mühe herausreißen kann; ich
spreche in Beziehung auf meine Domestiken. Manche
alte Wirrnisse in meinen Finanzen scheinen sich auf=

zuhellen, und ich habe die Aussicht, von Manchem schon aufgegebenen, einen Theil endlich zu retten. Was mich am meisten verdrießt ist, daß ich nicht im Stande bin, einen Sous zu verdienen, in einer Zeit wo ich so vieles thuen könnte. — Noch einmal kein Wort von Campe, dessen Stillschweigen darauf berechnet zu sein scheint, den Moment zu erwarten, wo ich auf dem letzten Loche blase, mich für einen Apfel und ein Stück Brod ganz gebunden hingeben müßte; er irrt sich! — An Gustav habe ich unlängst geschrieben, ihn mit einigen literarischen Aufträgen belastet. —

Obgleich mir mein liebes Lottchen schreibt, daß das Kistchen mit Bücher schon am 2. Octob. hierher, von Hamburg abgeschickt worden sei, so habe ich doch dasselbe bis heute nicht erhalten, und bitte Lottchen die darauf bezüglichen Untersuchungen zu machen. Ich gestehe, daß ich darüber nicht wenig verdrießlich bin. —

Und nun lebt wohl: ich küsse Euch alle treulich und herzlich.

H. Heine.

In Heines paralytischem Zustande war keine Besserung eingetreten und die Extremitäten seines Körpers blieben bewegungslos.

Des Morgens ward er von seinem Bette, nach einem lauwarmen Bade, vorsichtig auf eine mit weichen Decken gepolsterte Chaise longue getragen; denn seinem leidenden Körper verursachte der geringste Druck und jede rasche Bewegung die heftigsten Schmerzen. Seinem Arzt rief er einst zu, als er beim Transport gegenwärtig war: „Da sehen Sie, wie man mich in Paris verehrt und auf Händen trägt." —

Des Nachts mußte eine Wärterin in seiner Nähe schlafen, und auf seine Anordnung war das Schlafzimmer seiner Gattin möglichst weit von dem seinigen entfernt, um ihre nächtliche Ruhe zu schonen. —

Die Einrichtung seiner Wohnung war diejenige eines behäbigen Bürgerhauses, und fehlten die extravaganten Ausschmückungen des modernen Luxus. Sein Schlafzimmer, stets geräumig und luftig, machte trotz seiner Einfachheit einen anheimelnden Eindruck; außer den unentbehrlichen Gegenständen einige Sessel für die Besucher neben seinem Bette, und vis à vis demselben ein Schreibtisch mit einer Unzahl von Papieren, Zeitungen und Büchern bedeckt. Das Empfangszimmer war mit rothen Sammtmöbeln garnirt, die Wände schmückten ein Portrait seiner Frau, ein Oelbild seiner Schwester, eine Lithographie Salomon Heines und ein kleines Bücher-

14*

borb, größtentheils mit seinen eigenen Werken im
schmucklosen Einband. — In der Mitte des Zimmers
ein Tisch mit Albums, Büchern und Bildern, und
auf dem Kamin eine bronzene Pendule zwischen
zwei porzellanenen Vasen, jederzeit mit frischen Blumen
geschmückt. —

Des Vormittags nahm Heine ein kräftiges Früh=
stück ein, bestehend aus leicht gebratenem Fleisch,
Früchten und einem mit Wasser gemischten Glas
Bordeauxwein. — Nach einer kurzen Pause begann
er zu arbeiten, dictirte seinem Sekretär oder ließ
sich vorlesen. In den Nachmittagsstunden empfing
der Dichter, falls sein Zustand es erlaubte, Besuche
von Freunden, Fremden und auch eleganten Damen
der höheren Kreise, deren Anwesenheit, wenn sie
jung und schön waren, ihn stets aufheiterte. — Die
Frauen nannte Heine „die große Nation, die Be=
herrscher der Welt!" — Um 6 Uhr ward das Diner
eingenommen, welches einfach, aber sehr kräftig be=
reitet, immer Abwechslung bieten mußte und meist
mit gutem Appetit verzehrt wurde. — Seine Frau
hatte ihre liebe Noth, seinen gastronomischen An=
sprüchen zu genügen; denn Heine war ein großer
Gourmand, der einst nach einem üppigen Mahle
bei Vefour sagte: „Dieses Diner war so gut, daß
es verdient hätte, knieend eingenommen zu werden." —

Auch Mathilde liebte es, im Restaurant zu speisen, und um solches zu ermöglichen, nahm sie mehrfach zu folgender List ihre Zuflucht. Ihrem Gatten war der Genuß von Hammelfleisch zuwider, und fragte er, wenn er mit gutem Appetit und guter Laune nach Hause kam, was es zu essen gäbe, erwiederte sie Hammelbraten. Sogleich nahm er seinen Hut und sagte: Komm Mathilde, wir wollen bei Vefour speisen. — Traf man unterwegs gute Bekannte, so wurden sie eingeladen mitzukommen, und da Champagner von Mathilden als unumgängliche Würze eines guten Mahls angesehen wurde, verursachte dieser sich oft wiederholende Scherz bedeutende Ausgaben.

96.

Paris, 2. Decbr. 1850.

Liebe gute Mutter!

Deinen lieben Brief worin Du mir die Niederkunft der Madame Gustav Heine mittheilst, sowie auch das Briefchen meiner Schwester, worin sie mir über die Mißverständnisse, die mit den Büchern vorgefallen sind, Nachricht giebt, habe ich vorige Woche richtig erhalten und will zunächst letzteres mit einigen Zeilen beantworten. —

Ich habe Dir mein liebes Lottchen Unrecht gethan, indem ich Dich der Nachlässigkeit beschuldigte,

als ich die verlangten Bücher von Hamburg nicht
erhielt. Zu dieser Zeit empfing ich Brief vom
jungen Drucker, der mir anzeigt, daß er mit der
Schloßschen Leihbibliothek Verabredung getroffen,
mir jedesmal Büchersendungen zu machen, wenn ich
die Nummern aufgäbe, aus dem Büchercatalog den
er mir per Couvert zuschicke. Diesen Catalog erhielt ich, indem ich dem jungen Drucker antwortete,
und die Verabredung, die er mit der Schloßschen
Buchhandlung genommen, guthieß, schickte ich ihm
zu gleicher Zeit eine Liste von Büchern, die ich zugeschickt zu haben wünschte. Als ich nun einige
Tage darauf diese Bücher empfing, und auf die
Frage ob sie aus Cöln kämen, von dem Postboten
einen bejahenden Bescheid erhielt, war ich der festen
Ueberzeugung, daß dieses die Bücher seien, die ich
dort bestellt; und nachdem ich sie mir vorlesen lassen,
gab ich Ordre, sie wohl emballirt an die Schloßsche
Buchhandlung nach Cöln zurück zu schicken, und dies
geschah frankirt, da wie ich jetzt sehe, man die Pakete
bis Cöln frankiren kann. Bei dem Paket war ein
Avisbrief von mir, wie es bei der Messagerie üblich
ist und in einem besondern Brief schrieb ich der
besagten Leihbibliothek, das Nöthige behufs einer
zweiten Sendung, und der zu entrichtenden Lesegelder
und Kosten. Ich bin nun indignirt, daß ich von

Cöln, wo man meinen Irrthum gleich merken mußte,
keine Anzeige darüber erhielt, und da ich weder an
die Leihbibliothek, die jedenfalls unhöflich handelt, noch
an den albernen Burschen, der die Verwirrung ver=
schuldet, schreiben will, so bitte ich Dich liebes
Lottchen, durch Ludwig nach Cöln schreiben zu lassen,
damit Dir das Paket unverzüglich nach Hamburg zu=
geschickt wird, und du die Bücher zurückgeben kannst.

Weit bedeutender ist die Sache, liebe Mutter,
womit ich Dich heute behelligen muß. Aber da
kann ich mich kürzer fassen, und brauche keine Worte
zu machen. Ich habe Dir nämlich versprochen, bei
Dir anzuklopfen, im Fall ich der Summe bedürftigt
sei, die Du mir angeboten, und heute muß ich leider
mein Versprechen erfüllen. Ich wünsche aber, daß Du
mir dieses Geld in folgender Weise zukommen lassen
mögest: Schicke mir gleich einen Wechsel auf 600 Frcs.,
der hier gleich zahlbar sei, und die übrigen 400 Frcs.
behalte unterdessen noch in Händen, bis ich Dir
schreibe wann und wie Du sie mir schicken solltest.
Ich setze voraus daß Du das Geld jetzt entbehren
kannst, und da ich längst ganz offen, das Budget
meiner Einnahmen gemeldet habe, so wird es Dich
nicht inquietiren, daß ich lieber bei Dir anklopfe,
als einer kleinen Summe wegen, die ich beim Ab=
schluß dieses Jahres nötig habe, Demarchen und

Operationen mache, welche unangenehm oder kost=
spielig wären. Mehr will ich Dir nicht sagen, und
ich hoffe Du vertraust meiner Wahrhaftigkeit, sonst
wäre es mir herzlich leid, Dir heute geschrieben zu
haben.

Mit meiner Gesundheit ist keine Veränderung
eingetreten, doch erwarte ich, wenn der Witterungs=
wechsel vorüber ist, eine gewisse Besserung, wie ich
sie immer im Winter empfinde.

Und nun lebt wohl und behalte lieb

Deinen getreuen Sohn

H. Heine,

50 Rue d'Amsterdam.

97.

Paris, 5. Febr. 1851.

Liebe gute Mutter und liebe Schwester!

Ich habe Euch noch auf Eure Neujahrswünsche
zu danken, auch der jüngeren Brut danke ich herzlich.
Ich freue mich zu sehen, daß Ihr Euch wohl be=
findet. Hier ist unterdessen nichts bedeutendes vor=
gefallen. Ich befinde mich wieder krankhaft gestimmt,
etwas wohler wie früher, vielleicht viel wohler; aber
große Nervenschmerzen habe ich noch immer, und
leider ziehen sich die Krämpfe jetzt öfter nach oben,

was mir den Kopf zuweilen sehr ermüdet. So muß ich nun ruhig aushalten was der liebe Gott über mich verhängt, und ich trage mein Schicksal mit Geduld, indem ich an Euch beständig mit Liebe denke, auch von meiner Frau in diesem Augenblick mit der zärtlichsten Fürsorge behandelt werde, und nichts gespart wird, was meine Pflege bedarf, oder mir Linderung, oder Vergnügen verschaffen kann. — Auch meine Finanzen sind in diesem Augenblick ganz vorzüglich gut geordnet, und in dieser Beziehung hat sich auch Carl um mich verdient gemacht, da er mir dieses Jahr, ohne vorhergehendes Gezippels und Gezappel, aus freien Stücken die nöthigen Zuschüsse machte; ich gebe mir garnicht die Mühe nachzudenken, woher diese Vergünstigung entspringt, wie ich mich überhaupt über nichts was Geld betrifft, in dieser Welt weder härmen noch freuen will. — Gottes Wille geschehe! — Und für die Verbringerin kann ich ja doch nicht aussorgen. Sie ist zu liebenswürdig, und ihre Fehler entspringen zu sehr aus Herzensgüte, daß ich selbst bei den unsinnigsten Ausgaben und sonstigen Tollheiten ihr nicht grollen kann. Hätte doch das Leben ohne sie, für mich gar kein Interesse; sie hilft mir diese schmerzliche Bürde zu ertragen, die ich gewiß abwürfe, wenn ich allein wäre. —

Schreibt mir nur recht bald, und Du liebes Lottchen, gieb mir nur recht viele Details. Ich danke Dir für die besorgten Bücher, die ich wahrscheinlich schon morgen, unter Mutters Adresse wieder nach Hamburg zurück schicke.

Da ich nur eine kleine Strecke frankiren kann, so mußt Du liebe Mutter für mich wieder großes Porto auslegen, aber es geschieht mir dadurch einen großen Gefallen. Die Cölner Leihbibliothek enthält nämlich wenig Bücher die ich brauchen kann, und ich kann von dort wenig erquickliches beziehen. Der Hamburger Catalog ist viel reicher, und troh der größeren Speesen, muß ich daher Dich liebes Lottchen bitten, mir eine neue Sendung von dort hierher zukommen zu lassen, und zwar sobald als möglich! Ich schicke Dir zu diesem Behuf beiliegendes Verzeichniß; sollten gegen alle meine Erwartung so viele Bücher ausgeliehen sein, daß man mir nicht genug Bücher schicken könnte, so bitte ich dennoch diese Sendung keineswegs durch Bücher zu completiren die ich nicht verzeichnet habe. Ich verlasse mich aber darauf, und bitte Dich, mir zu melden wenn die Bücher abgegangen sind. —

Lebt wohl, und behaltet herzlich lieb

Euren getreuen

H. Heine.

98.

Liebste gute Mutter!

Ich war ganz außerordentlich erfreut, als ich Deinen letzten Brief erhielt. Ich hatte nämlich einige Tage vorher von Lottchen einige Zeilen erhalten, und keinen Buchstaben von Dir dabei gefunden. Gleichzeitig erhielt ich einen Brief von Herrn Werth,*) der damit anfing, daß er Dich nicht sehen konnte, weil Du Dich nicht wohl befunden. Jeder andere hätte sich nun zu Tode geängstigt, aber durch schweres Nachdenken wußte ich mich zu beruhigen, indem ich mir eingestehn mußte, daß Lottchen keine heitere Briefe schreiben würde, wenn dasselbe eine ernstliche Krankheit wäre, sondern daß man in letzterem Falle, sich in ganz andern Wendungen, mit einiger Verlegenheit ausdrücken würde. Ich hoffe daher, daß Du Dich wohl befindest liebe Mutter! Sollte es aber mal sein, daß Dir etwas ernstliches fehle, so sage es mir offen, denn die ganze Wahrheit ist nicht so qualsam wie der Zweifel. — Mit mir geht es zwar besser, aber sehr langsam. Seit 2 Jahren brauche ich keine Medizin mehr,

---

*) Georg Werth, durch Spiller von Hauenschild (Max Waldau) bei Heine eingeführt, Kaufmann, von bemerkenswerther literarischer Bildung.

ober vielmehr leidet meine Frau nicht mehr, daß
mir eine Medizinflasche über die Schwelle kommt,
und auch alle Aerzte hat sie zum Teufel gejagt,
mit Ausnahme eines einzigen, den ich oft Monate
lang nicht sehe, und der von so kleiner Statur ist,
daß ich beinahe sagen kann, ich brauche gar keinen
Arzt.*) Man muß von allen Uebeln das kleinste
wählen. Nichtsdestoweniger glaube ich nicht, daß
ich jemals wieder auf gesunde Beine komme. Ich
habe mit diesem Leben abgeschlossen, und wenn ich
sicher wäre, daß ich im Himmel einst gut aufgenommen werde, so ertrüge ich geduldig meine Existenz.

Meine beste Freude ist, an Dich liebe Mutter,
an Lottchen, an meine Brüder, an die kleine Brut
zu denken. Meine Frau führt sich fast exemplarisch
auf. Sie erleichtert mir und verschönert mir das
Leben, tröstet mich und entzückt mich, stößt mir aber
doch manchmal unversehens das Herz ab, durch ihre
unheilbare Verbringerei. Da ist nicht zu helfen;
das ist wahrhaftig mein größter Verdruß. Dieses
Fieber beständig Geld auszugeben ist entsetzlich. Und
doch bin ich kein Geizhals. — Das Lachen darüber
ist mir längst vergangen.

Mein liebes Lottchen lasse ich herzlich grüßen.

---

*) Dr. Gruby.

Der Herr Werth der bei ihr war, ist ein sehr netter, außerordentlich talentvoller und äußerst braver und rechtschaffner Mensch; ich habe ihn selbst wenig gesehen, kenne ihn aber genau durch gemeinschaftliche Freunde. —

Die Bücher deren Absendung mir Lottchen anzeigt, sind noch nicht angekommen, und ich hoffe, daß nicht wieder große Quälereien damit stattfinden. Herr Werth kann immerhin an Campe sagen, was ich mit ihm geredet habe. Lottchen irrt, wenn sie glaubte ihm solches untersagen zu müssen. Aber etwas absichtlich durch dritte Hand sagen lassen, ist etwas was mir nicht paßt, und ich habe immer gefunden, daß bei solchem Umschweif nie viel Segen für mich herauskam; ich sage alles, wovon ich will, daß man es wissen solle, aber ich darf nicht mich dazu herunterlassen, jemand zu meinem Compère zu machen.

Meine Frau läßt Euch alle herzlich grüßen, und ganze Tage lang sprechen wir von Dir liebe Mutter und von Lottchen. — Von allem was Lottchen gesagt, hat sie kein Wort vergessen und unser Gespräch endigt immer damit, daß ich ihr meine Zunge zeigen muß.

Schreibt mir nur recht viel und bald, denn ich lebe von der ganzen Welt zurückgezogen, und es

kann mir nützlich sein, besonders in Familienbe-
ziehungen au fait zu sein. Und Du liebes Lottchen
befindest Dich doch wohl? — Könntest Du mir
nicht durch den electerischen Telegraphen Deine Zunge
zeigen? —

Deinen Gatten grüße mir herzlich; sowie auch
den Jungen. Den jüngeren Damen gelegentliche
Grüße.

Mit Liebe und Treue
H. Heine.

99.

Liebe gute Mutter!

Es ist wieder lange her, daß ich keine Nachrichten von Deinem Wohlsein erhalten habe. Ich
hoffe daß Du die Uebergangs-Jahreszeit wohl über-
standen hast, mich hat sie etwas geprickelt, aber ich bin
wie mich dünkt, noch gesünder als voriges Jahr davon
gekommen. Mein Zustand hat sich etwas gebessert, wobei aber dennoch immer viel Grund zu Klagen übrig
bleibt. — Daß Gustav momentan seine Reise hierher
aufgegeben, wegen zu großer Beschäftigung, hat mich
betrübt. — Ich habe viele deutsche Besuche, die mir
aber selten etwas angenehmes mitzutheilen haben.

Gestern erfuhr ich die skandalöse Geschichte welche die dortigen Gabes und die ganze Oppenheimische Familie so sehr compromitirt. Ich meine nämlich die Einsperrung der Mutter Gabes wegen angeblichen Wahnsinn. Die Frau ist jetzt hier, und jeder der ihr Schicksal vernimmt ist empört. —*)

Ist es wirklich wahr daß Dr. S. — sich erhängt hat? — Ich bitte Lottchen, mir etwas näheres darüber zu sagen, ich kann es kaum glauben. Es fängt an in unserer Familie sehr melodramatisch auszusehen! — — — — — — —

Die Bücher habe ich längst erhalten, und werde sie Euch dieser Tage mit herzlichem Danke zurückschicken.

Mein liebes Lottchen, die Kinder, und Ludwig grüße ich herzlich, und habe Letzterem noch für sein jüngstes Schreiben zu danken. —

Was Du mir liebes Lottchen in Bezug auf Dr. Halle schriebst, zeugt von Deinem mitfühlenden Herzen; auch ich nehme viel Antheil an dem Schicksal dieses ausgezeichneten Mannes, aber Geiz mag wohl viel beigetragen haben zu seinen fixen Ideen. — Dieser Tage besuchte mich der Chef des Ban=

---

*) Es erschien s. Z. darüber eine Broschüre: „eine Mutter im Irrenhause".

quiershauses Warschau in Königsberg, welcher mit
John F. — in Berlin verwandt ist, und mir im
Vertraun sagte, daß auch dieser dem Wahnsinn
nahe sei, indem er beständig klage er müsse in
seinen alten Tagen aus Geldmangel verhungern. —
Von Campe habe ich noch immer keine Nachricht. — Daß Du dem Geklätsche, liebe Mutter,
welches deutsche Blätter über meinen Zustand verbreiten, keinen Glauben schenken darfst, versteht sich
von selber.

Ich habe mich liebe Mutter, in den letzten
Tagen mehr mit Dir beschäftigt, als Du ahnen
möchtest; ich habe nämlich eine General-Revision
meiner Papiere unternommen, habe alle Deine und
Lottchens Briefe wieder durchgesehen, und um sicher
zu sein, daß einst kein Mißbrauch durch zufällige
Veruntreuung gemacht werden könne, hab ich wie
weh es mir auch that, alle diese Briefe dem Feuer
übergeben. — Ich hoffe gewiß liebe Mutter, daß
Du dieses Verfahren billigst, da ich Dich um keinen
Preis der Welt, der rohen Neugier fremder Menschen
einer späteren Generation aussetzen möchte. —

Behaltet mich recht lieb und schreibt mir bald.

Euer getreuer

H. Heine.

100.

Paris, 9. Juli 1851.

Liebste Mutter und liebe Schwester!

Mir geht es in diesem Augenblick wieder ziem=
lich gut, aber während der großen Hitze, habe ich
an meinen Augen stark gelitten. Wie ich sehe habt
Ihr das Bücherpaket erhalten, aber da ich nur
einige Stationen frankiren konnte, habe ich Euch ge=
wiß viel Porto gekostet. Ich schicke Euch hierbei
ein neues Verzeichniß von Büchern worunter einige
sind, die ich ganz besonders gerne zu lesen wünsche,
z. B. der Roman der Frau von Palzow, betitelt
St. Roche, und ein Roman von Mügge betitelt
Toussaint Louverture. —

Da hat der dumme Kerl von Schiff*) ein Buch
herausgegeben „Luftschlösser", welches nicht im Ca=
talog enthalten, das ich aber gerne lesen möchte.
Alles was der dumme Kerl schreibt ist gut, äußerst

---

*) Dr. H. Schiff, ein Stiefcousin, Heines Großvater, hei=
rathete in zweiter Ehe eine Wittwe Schiff. Derselbe war ein
talentvoller Schriftsteller, fand jedoch nie die Anerkennung,
welche er nach Heines Ausspruch verdiente. Durch Trunk
heruntergekommen, ward er von der Familie aufgegeben und
starb im Hamburger Hospital. — Mit Strodtmann befreundet,
entstanden durch seine Mittheilungen, in dessen Biographie
über H. Heine, viele ungenaue und unrichtige Angaben über
des Dichters Privat= und Familienverhältnisse.

Heinrich Heines Familienleben.   15

merkwürdig; und er hat mehr Talent als unzählige
andere die berühmt sind. So ist auch in der Litteratur alles Glück. — Lies doch liebes Lottchen
ein Buch, welches bei Campe herausgekommen ist
und „Schief Levinchen und Mariandel seine Kalle"
betitelt ist; es ist ein Meisterstück, künstlerisch und
geistreich, und ich glaube daß es von Schiff ist.
Wie ich höre, hegst Du die Absicht liebes Lottchen,
mir die Geschichte der komischen Litteratur von
Flögel zu besorgen. Ich eile daher, Dir zu melden,
daß ich sie mir seit geraumer Zeit bereits verschafft
habe, und also nicht mehr brauche. — Herr Werth
ließ mir sagen, daß Campe mich in diesem Monat
hier in Paris heimsuchen würde, laß Dir nichts
merken, wenn er es Dir selbst nicht sagt; in diesem
Fall aber hätte ich wohl Gelegenheit, die Bücher
durch Campe mitgebracht zu bekommen. Der junge
Mann den Du mir angekündigt, ist bis jetzt noch
nicht bei mir erschienen, und Du kannst sicher sein,
ich habe Dich ganz verstanden. Leider muß ich
meines lieben Lottchens heitere Briefe immer gleich
verbrennen, ich darf es jedoch nicht unterlassen.

Mein liebes Ännchen, wenn sie nicht zu viel
zu thun hat, kann mir oft schreiben und diese
Corespondenz wird mir gewiß recht erfreulich sein.
Auch Ludwig und Lenchen lasse ich herzlich grüßen.

Meine liebe Mutter die mir lieber ist, als alle
Katzen dieser Welt, küsse ich 25 mal. — Meine
Frau grüßt und schwitzt. —

Euer getreuer Sohn und Bruder

H. Heine.

Heine fühlte sich durch seines Verlegers lau-
nisches Stillschweigen arg verletzt, und wäre es
wahrscheinlich mit Campe zum Bruch gekommen,
wenn derselbe nicht, durch sein eignes Interesse getrieben, plötzlich persönlich nach Paris gekommen
wäre, als er durch Herrn Georg Werth erfahren
hatte, daß der Dichter trotz seines krankhaften Zustandes ein neues umfangreiches Werk vollendet
habe. — Heine beabsichtigte dieses Werk, den Romanzero, erst nach seinem Tode herauszugeben, gab
jedoch auf das Andrängen Campes diesen Entschluß
auf, und erstand derselbe das Werk für die Summe
von 6000 Mark Banco. — Campe konnte, wenn sein
eigenes Interesse auf dem Spiele stand, höchst liebenswürdig sein, und wußte sofort, bei der ersten Zu-
sammenkunft, den Dichter zu seinem Gunsten um-
zustimmen. Campe hatte vor Bewilligung des
Honorars den Inhalt des Manuskripts garnicht
geprüft und auf Heines Frage, wie er das so an-

15*

fehnliche Honorar für ein Werk zahlen könne, ohne
es vorher zu lesen, erwiedert: „Das ist unnöthig,
was Heine schreibt, ist gut!" — Für derartige
Schmeicheleien war der Dichter nicht unempfänglich,
und dieses unerschütterliche Vertrauen zu seinem
geistigen Schaffen war hinreichend, das etwas ge=
lockerte Band der Freundschaft mit seinem Verleger
auf's neue zu befestigen. —

101.

Paris, 21. Aug. 1851.

Liebste gute Mutter!

Deinen letzten Brief habe ich richtig erhalten.
Ich habe keine große Meinung von der Homöpathie,
doch nächstes Jahr werde ich gewiß für meine Krank=
heit etwas bedeutendes thun; ich werde nämlich das
Bad Gastein besuchen, und bei dieser Gelegenheit
wohl über Hamburg kommen. Schon über zwei
Jahre nehme ich garkeine Medizin. Mein Zustand
bessert sich sehr langsam, aber die Besserung ist doch
nicht zu verkennen. — Eine große Freude war mir
hier die Ankunft Gustavs, welcher sich seit 6 Tagen
hier mit seiner Frau befindet, und Ende nächster
Woche über Hamburg zurück reist. Er wird Euch
mündlich also von mir viel erzählen, und auch Dir

liebes Lottchen wird er mündlich alles mittheilen, was ich Dir zu sagen habe. — Ich kann Euch in der nächsten Zeit wenig schreiben, da mein deutscher Secretär auf dem Lande lebt und nur selten auf eine Stunde nach Paris kommt. Außerdem könnt Ihr wohl denken, daß ich wenigen der hiesigen Deutschen, die mir manchmal mit der Feder helfen, einen Brief an Euch dictiren würde. — Ich werde durch Gustav vielleicht schon das ganze Manuskript eines Buches an Campe schicken, und dasselbe kann wohl in 2 Monaten schon gedruckt sein. Gustavs Ankunft hat mich sehr aufgeregt, und ich werde wohl 14 Tage lang keiner Arbeit fähig sein, wir schwatzen von Morgens bis Abends. — Wir lachen beständig, und meine Frau lacht mit, mein Papagei schreit dazwischen, ohne daß beide letztere wissen wovon die Rede ist. Meine Frau findet, daß Gustav große Aehnlichkeit mit mir habe.

In diesem Augenblick hat Gustav die Freude, daß der Lump mit welchem er jüngst einen Prozeß in Wien hatte, der Redacteur einer rivalisirenden Zeitung, jetzt aus Wien ausgewiesen wird. —

Und nun lebt wohl, grüßt mir Ludwig, Lenchen und Anna, welcher letzteren ich für ihren heiteren Brief herzlich danke. — Euer getreuer

H. Heine.

Nach Campes Abreise ward Heine durch die
Ankunft seines Bruders Gustav überrascht, welcher
mit seiner Frau auf kurze Zeit zum Besuch nach
Paris gekommen. — Es herrschte das beste Einvernehmen der Brüder, und manches Scherzwort
wurde zwischen beiden gewechselt. — Auf seines
Bruders Frage, ob es wahr sei, daß er eine Bet-
schwester geworden, antwortete Heine: „Nein, ich bin
vielmehr ein Betbruder geworden, und bete alle Tage
zum lieben Gott, daß er dir lieber Bruder bessere
politische Gesinnungen eingebe." — Auf Gustavs
Frage, ob er über seine religiöse Umwandlung sich
nicht öffentlich in seinem „Fremdenblatt" aussprechen solle, erwiederte Heine: „Was kann dem
großen Elephanten des Königs von Siam daran
gelegen sein, ob ein kleines Mäuschen in der Rue
d'Amsterdam zu Paris an seine Größe und Weis-
heit glaubt oder nicht!" —

Heine gab seinem Bruder Gustav bei seiner Abreise das Manuskript des Romanzero mit, welcher
es Campe in Hamburg überbrachte. Diese Begegnung verursachte, zu Heines Verdruß, leider neue
Mißverständnisse und Zerwürfnisse mit seinem
Verleger. Einige Monate später, im October, erschien der Romanzero, welcher den Dichter mit
neuen Lorbeeren krönte.

Allgemein ward es wie ein Wunder betrachtet, daß Heine dieses geistreiche Werk während der furchtbaren Qualen des Krankenlagers schaffen, seine ungeschwächte Geisteskraft und sein poetisches Denken bewahren konnte. —

Fast gleichzeitig mit dem Romanzero erschien das Tanzpoem „Der Doctor Faust", welchem sich später in den „Vermischten Schriften" das Pantomimen=Libretto „Die Göttin Diana" und „Die Götter im Exil" anschlossen. —

102.

Paris, 5. Decbr. 1851.

Liebste Mutter!

Da in diesem Augenblick wieder die größte Aufregung in Paris herrscht, und gestern, und vorgestern großes Blutvergießen stattfand, so eile ich Dir zu melden, daß ich mich wohl befinde, und außer dem Bereiche jeder Gefahr bin. Meine Krankheit hat wenigstens den Nutzen, daß ich mich in den Partheikampf nicht mische; wäre ich gesund, so hätte ich jetzt jeden Augenblick Gelegenheit, verstümmelt oder gar todgeschoßen zu werden. — Meine Frau läßt sich leider nicht zurückhalten, bei jedem Tumult die Nase auf die Straße hinauszustecken, und war vorgestern mitten im Feuer. Ich habe leider nichts zu befehlen in Frankreich, und wie überall fehlt auch in meinem Hause die nothwendige Autorität. —

Mit Ludwig Napoleon fürchte ich geht es noch sehr schlecht. Leider hat er nicht begriffen, daß die Franzosen die Republik zwar nicht lieben, aber doch sie behalten wollen. Was soviel gekostet hat, läßt man sich nicht gerne nehmen. —

Wie viele Menschen haben einen Widerwillen gegen ihre Maitresse, können sich aber doch nicht entschließen, diejenige zu verlassen, für welche sie schon so viel Geld ausgegeben. —

Das Kistchen mit Bücher habe ich erhalten, und danke für die Sendung. Ich hoffe, daß das Verzeichniß, das mir nicht zurück geschickt worden ist, nicht verloren ging, antworte mir hierüber. Von Gustav habe ich Brief erhalten, er schreibt darin, daß er seine Frau so sehr liebe. Leider bemerke ich, daß er meine Geschäfte nicht so ausgeführt hat, wie er es mir früher glauben machte, und ich fürchte hier neuen Verdruß einzuerndten. —

Ich habe Euch in meinen letzten Brief gesagt, daß ich an Gustav alles zurückgezahlt habe, ich zweifle nicht, daß Ihr gefühlt habt, warum ich dergleichen erwähne. Ich bin ein kranker Mensch, und die Stunde kann immer kommen, wo mir das Reden unmöglich ist. —

Dich liebes Lottchen grüße ich herzlich. Grüße
mir deinen Mann und küsse meine 2 Nichten und
meinen Neffen, dessen wir hier immer mit vieler
Liebe gedenken. — Meine Verbringerin hat sich eine
grüne Robe angeschafft, welche ich die Vitzliputzli=
Robe nenne, ich habe ihr nämlich berechnet, daß die
Robe soviel kostet, wie das Honorar beträgt für das
Gedicht Vitzliputzli, welches im Romancero enthalten
ist. Wir leben in der größten Harmonie, im schönsten
kostspieligsten Frieden. Wir sprechen oft von Euch,
und oft bis tief in die Nacht schwatzen wir von der
lieben Mutter. Wenn Annchen mir schreibt, bitte
ich sie nur recht schwarze Tinte zu nehmen, da ich
meine Familienbriefe immer selbst lese, und meine
Augen besonders im Winter sehr schwach sind.

Der Romancero erregt mehr Begeisterung als ich
erwartete. Ich versichere Euch es ist ein sehr schwaches
Buch, man darf es aber nicht sagen. Ich habe es
mit gelähmten Kräften geschrieben. —

Ich hoffe, liebe Mutter daß Du recht wohl bist,
und ich werde immer meine Gesundheit nach der
Deinigen einrichten. Du verstehst mich. —

Schreib mir bald und viel.

Dein getreuer Sohn

H. Heine.

Heine war kein Verehrer Napoleons III. und
äußerte sich schon 1849: „Ein Staatsstreich ist ein
öffentliches Geheimniß. Man plaudert so viel von
ihm, daß man garnicht mehr daran glaubt, aber er
bleibt nicht aus. Der Präsident arbeitet nach der
Schablone seines Onkels, und geht auf den 18. Bru=
maire los. — Nur zu, nur zu! — Als vor ungefähr
einem Jahre die Republik proklamirt wurde, war
der Welt zu Muthe, als ob etwas, das nichts als
ein Traum war und ein Traum sein sollte, Realität
geworden wäre. Aber ich habe das Unglück, Frank=
reich durch langjährigen Aufenthalt nur zu genau
zu kennen, und ich bin über das, was wir zu er=
warten haben garnicht im Unklaren. Die Republik
ist nichts weiter als ein Namenswechsel, ein revo=
lutionärer Titel. Wie könnte sich diese korupte
weichliche Gesellschaft so schnell verwandeln? — Geld
machen, Aemter erhaschen, vierspännig fahren, eine
Theaterloge besitzen, aus einem Vergnügen ins andere
jagen, war bisher ihr Ideal. Wo hätten diese
Menschen ihren Vorrath von bürgerlichen Tugenden
bisher so sorgfältig versteckt? — Paris, glauben
Sie mir, ist gut napoleonistisch — ich meine hier
herrscht der Napoleondor." — *)

*) Der vorhergesagte Staatsstreich erfolgte, Napoleon III.
setzte sich im nächsten Jahre die Kaiserkrone auf, und des

103.

Paris, 28. Jan. 1852.

Liebſte Mutter!

Ich habe vor 8 Tagen die Bücherkiſte an Dich abgeſchickt, welche Du bereits richtig empfangen. Das Bücherverzeichniß, nämlich die Bücher deren Titel ich aufgeſchrieben, wurde mir letzthin von Hamburg nicht zurück geſchickt, und heute muß ich Dir ein neues Verzeichniß anbei einſenden. Um ſicher zu ſein, daß es nicht wieder verloren gehe, bitte ich ſolches abſchreiben zu laſſen. Die neue Bücherſendung die mir Lottchen beſorgen wird, wird Campe benutzen, um bei dieſer Gelegenheit, mir einige Bücher bei=gepackt zuzuſchicken. Ich hoffe daß Ihr Euch alle wohl befindet, und was mich betrifft, ſo befinde ich mich noch immer in derſelben ſäuerlichen Stimmung. Es giebt ſo viele böſe Geſchichten jetzt in der Welt, daß mir ordentlich angſt und bange wird, und ich fühle mich unbehaglicher als je, in meiner armen kranken Haut. Meine Frau iſt leider ebenfalls miß=gelaunt, was freilich zunächſt körperliche Urſachen hat. Sie leidet viel an Kopfſchmerzen. Der Winter ſchleicht traurig dahin, und ich werde froh ſein,

---

Kaiſers Sturz ereignete ſich 14 Jahre nach dem Tode des Dichters.

wenn er zu Ende ist. Mein Verhältniß zur Familie, ist ohne meine Schuld in diesem Augenblick sehr widerwärtig. — Wir sprechen beständig von Euch, und ich hoffe daß mein liebes Lottchen mir bald einen sehr erheiternden Brief schreibt. Gott erhalte Euch und schenke Euch Gesundheit, was wie ich leider zu spät merke, die Hauptsache ist.

Hier in Paris sieht es sehr verworren aus, und wir sehen einer tollen Zukunft entgegen. Die Gesunden werden einander totschießen, die Kranken jedoch haben nichts zu riskiren, und Du kannst wegen meiner also ganz ohne Sorgen sein. — Meine Nichten sowie auch meinen Neffen lasse ich herzlich grüßen. — Lebe wohl meine liebe gute Mutter, und behalte lieb

Deinen getreuen Sohn
H. Heine.

Heine arbeitete fleißig an der französischen Gesammtausgabe seiner Schriften, und die geistvolle, oft enthusiastische Kritik seiner bisher erschienenen Werke war für ihn ein neuer Sporn, das französische Publikum mit seinen Geistesproduktionen bekannt zu machen. „Les oeuvres complètes de Henri Heine",

wovon bis zu seinem Tode 7 Bände erschienen, hatten
den glänzendsten Erfolg und versetzten ihn in die
Reihe der ersten französischen Schriftsteller. Die
Prosawerke übersetzte Heine selber aufs sorgfältigste,
und alle seinen Witzpointen sind darin aufs meister-
hafteste wiedergegeben. In seiner Vorrede zur
französischen Ausgabe der Gedichte läßt Heine seinen
Freunden, die das schwierige Werk der Uebersetzung
aus dem Deutschen unternahmen, volle Gerechtigkeit
widerfahren. Namentlich an seinen Freund Gérard
de Narval vermag er nicht ohne tiefe Rührung zu
denken, der an den Abenden des Märzmonats 1848
ihn täglich in seiner Einsamkeit an der Barrière
de la Santé besuchte, um mit ihm an der Uebersetzung
seiner friedlichen deutschen Träumereien zu arbeiten,
während rings herum alle politischen Leidenschaften
tobten, und die Monarchie mit furchtbarem Getöse
zusammenbrach. In ihre ästhetischen und idyllischen
Gespräche versenkt, hörten sie nicht das Geschrei der
Massen, welches damals Paris durchtobte, das Lied
„Des lampions! des lampions", die Marseillaise
der Februarevolution heulend.

Auch über seine späteren Uebersetzer äußerte sich
Heine höchst anerkennend, indem er auf das gewagte
Unternehmen hinwies, die tiefinnersten Gedanken
eines poetischen Werkes, das einer Sprache germa-

nischen Stammes angehört, in romanischer Mundart
wiederzugeben. —

Seine Gedichte wurden theilweise von René
Taillandier, Gérard de Narval, Schuré und Marelle
in Reimen, theilweise metrisch, in's französische über=
tragen; doch erlaubten sich diese Uebersetzer dem
Reime zu Gefallen große Freiheiten, und ging in
der metrischen Wiedergabe der leichte poetische rhyth=
mische Wohllaut des Orirginals verloren. Heine
spöttelte selber über die Art und Weise, wie man
mit den zarten, duftigen Kindern seiner Muse um=
gegangen, die in der Uebersetzung so prosaisch ver=
nünftig klangen „wie ein in Stroh gewickelter Mond=
schein. Beim Lesen dieser Uebersetzungen sei ihm zu
Muthe, als wenn man ihn beim Schopf nehme, auf
einen öffentlichen Markt führe und rufe: Haut ihn,
haut ihn! — „Wahrhaftig, ich komme mir vor, als
wenn ich mit der Kasse meines literarischen Werthes
in Deutschland durchgegangen wäre und jetzt in
Frankreich alle die Papiere versilbern wollte. Jedes=
mal wenn ein Deutscher zu mir kommt, läuft es mir
kalt über den Rücken, als wenn es ein geheimer
Agent des deutschen Parnasses wäre, der meine Aus=
lieferung von der französischen Regierung erlangt
hätte und mich zurückführen wollte dorthin, wo da
ist Heulen und Zähneklappern, ich meine nach

Deutschland. Ja, sogar nach 1000 Jahren werde ich noch verleumdet werden, und das dieser unglücklichen Uebersetzer halber."

104.

Paris, 12. April 1852.

Liebste gute Mutter!

Ich will Dir heute blos anzeigen, daß ich morgen eine Kiste an Deine Adbresse durch die Schnellpost nach Hamburg schicken werde, worin außer den Büchern, die ich von der Leihbibliothek geliehen, noch ein Packet enthalten sein wird, welches für meine liebe Schwester Frau von Embden bestimmt ist. — Unter den Büchern befindet sich auch der Band meiner Tragödien, welchen Du mir in Hamburg geliehen hast, sowie auch 2 Exemplare meines Bronce-Medaillons, wovon Du mir eins in Hamburg ebenfalls geliehen hast, damit ich hier mehr Exemplare davon gießen lassen könne. Das eine Exemplar dieses Medaillons behälst Du nun wieder für Dich, und das andere Exemplar des Medaillons schicke gefälligst an Campe, dem ich es versprochen habe. Die Kiste muß mit großer Vorsicht aufgemacht werden, damit das Paket, welches für Lottchen darin enthalten ist, nicht beschädigt werde, es ist nämlich eine seidene Robe, das allerneuste was die Saison hervorgebracht hat, und äußerst geschmackvoll, da meine Verbringerin sie ausgesucht hat. Ihr könnt versichert sein, daß meine Frau durch diese Sendung mehr Vergnügen empfindet, als wenn ich ihr selber eine solche Robe gegeben hätte. Sie ist leider noch sehr oft mit Kopfschmerzen behaftet. Wir leben sehr einig, und sie bietet alle ihre Liebenswürdigkeit auf, um mich meinen kränklichen Zustand vergessen zu machen. Gepflegt werde ich ganz außerordentlich, aber sie ist doch mein einziger Verdruß — um meinen alten Ausdruck zu gebrauchen. — Sie läßt Euch alle herzlich grüßen. — Ich thue desgleichen und grüße die ganze Gänsemarktfamillie.*) Wüßte ich nur jemand der mein Annchen vom Gänsemarkt fortnimmt. Sie muß ja jetzt ein sehr guter Bissen sein, besonders wenn man sie mit goldenen Kastanien und Rosinen füllt. — Artigkeit, Einfachheit in der äußeren Erscheinung, Vermeidung von allem was auffallend ist, Koketterielosigkeit, Wahrheitsliebe und Gutmüthigkeit sind die Eigenschaften, welche für junge Frauenzimmer am nützlichsten. —

*) Sein Schwager hatte die alte Wohnung verlassen, und ein Haus an der Ecke des Gänsemarkts und Jungfernstiegs bezogen. —

Schreibt mir nur ob die Kiste richtig angekommen. Du wirst wieder ein enormes Porto bezahlen müssen liebe Mutter, und ich kann es doch nicht anders machen, da die Cölner Spediteurs, eine wahre Räuberbande, jede Kiste brandschatzen. Es sind aber die letzten Bücher, die ich in dieser Art kommen lasse, schon aus dem Grunde, weil mir die Leih-bibliothek nicht viel brauchbares bietet. Ich werde mir bessere und wohlfeilere Zufuhren verschaffen.

Wenn Du manchmal lange Zeit keinen Brief von mir hast, so erkläre Dir dieses dadurch, daß ich nicht immer einen vertrauten Freund bei der Hand habe, dem ich deutsch dictiren kann. Wenn ich diesen Sommer auf's Land gehe wirst Du oft lange auf Brief warten müssen.

Ich liebe dich von ganzer Seele.

Dein getreuer Sohn
H. Heine.

105.

Paris, 12. Juni 1852.

Liebe gute Mutter und liebe Schwester!

Deinen Brief, liebe gute Mutter, sowie auch Lottchens Schreiben, worin mir die Ankunft meines Bruders gemeldet wird, hat mich mit der

größten Freude erfüllt. Ich kann mir die Auf=
regung denken, worin Euch diese angenehme Sürprise
gesetzt hat. Ich sehe mit ungeduldiger Erwartung
der Stunden entgegen, wo ich meinen lieben Max
wieder umarmen kann, nach so langer Trennung. —
Mit meiner Gesundheit ist es wie gewöhnlich, es ist
eben so langweilig als widerwärtig für mich, wenn
ich diesen traurigen Gegenstand immer en detail
durchträschen soll. Auch mit denen, die mich be=
suchen, spreche ich jetzt nie mehr von meinem Gesund=
heitszustand. Meinen Arzt sehe ich wenig, und ich
brauche garnichts, bin aber höchst begierig zu hören
was Max mir sagen wird. — Ihr müßt mir ganz
bestimmt schreiben, um welche Zeit ich ihn hier er=
warten kann, da mir auch angenehme Sürprisen
nicht zuträglich wegen meines nervösen Leidens.
Meine Frau darf mir keine Sürprise machen, die
sie mir nicht 24 Stunden vorher bestimmt an=
gemeldet hat. — Ich hoffe Mutter befindet sich
wohl, und Ihr seid alle gesund und frisch. Gustav
wird gewiß nach Hamburg kommen. — Meine Frau
befindet sich ziemlich wohl, sie klagt, sie sei nicht
mehr so hübsch wie früher, und müsse sich daher
etwas mehr putzen; ich betheure ihr das Gegentheil,
hauptsächlich der Putzkosten wegen. Sie hat ihr
Portrait machen lassen, ist aber garnicht damit zu=

frieden; will ich Ruhe haben, so muß ich auf das Portrait schimpfen. Sie sieht aber wirklich besser aus in natura, als en effigie. Manchmal aber ist mir das Bild lieber, da dasselbe nicht zankt. —

Und nun lebt wohl. Meinen Neffen und meine Nichten lasse ich grüßen, und letztere küssen. — Liebes Lottchen ich habe an Campe geschrieben, mir durch Max Bücher hierher kommen zu lassen. Lasse ihn jedoch sobald als möglich wissen, daß dieses zu lange dauern würde, und ich ihn bäte, wenn keine andere Gelegenheit vorhanden, mir die Bücher unverzüglich durch die Eisenbahn, Post oder durch das Dampfboot herzuschicken. Vergiß das nicht. —

Wie freue ich mich darauf meinen Max wiederzusehen! Ich glaubte kaum diese Freude noch zu erleben.

Euer getreuer

H. Heine.

106.

Paris, 2. August 1852.

Meine liebe gute Mutter und Schwester!

Die Abreise von Max hat mir großen Kummer gemacht, und ich bin wie zerschlagen von Betrübniß.

Es ist eine große Freude sich nach so langer Tren=
nung wiederzusehen, aber man bezahlt dafür theuer
durch den Kummer des Abschieds. Meine Frau ist
in derselben Stimmung, und Kalypso kann über die
Abreise des Ulysses nicht betrübter gewesen sein, als
meine Verbringerin über die Abreise von Max.
Letzterer hat es schlecht hier getroffen, da er just in
die große Hitze hineinfiel, und ich, den sie entsetzlich
angriff, ihm keine ganz gesunde Stunde widmen
konnte. Ich litt sehr von der Hitze, jetzt aber wo
das Wetter sich bessert, erhole ich mich. Max wird
Euch mündlich über alles was mich betrifft Aus=
kunft geben, und ich brauche Euch einige Zeit wenig
zu schreiben, was mir gut paßt, da ich in diesem
Augenblick sehr beschäftigt bin. —

Wir haben beständig von Euch gesprochen mit
Treue und Zärtlichkeit. — Ueber Ludwigs Bemerkung,
in betreff der Wundermale unseres Märtyrers, haben
wir uns sehr amüsirt. Wir lieben ihn im Grunde
ganz außerordentlich, er hat ein so gutes Herz. —
Meine Nichte Anna, und mein Lenchen welches ein
sehr feines Mädchen ist, lasse ich herzlich küssen.
Schreibt mir sobald Max ankommt. — Ist Carl
in Hamburg? Max wird Euch erzählen wie viel
Noth und Mühe es kostet, sich in Paris, wenn man
kränkelt bequem einzurichten, wie meine Verbringerin

für meine Pflege sorgt, und mir nichts fehlt oder abgeht, was durch Geld zu haben ist. Es wird nichts gespart, im Gegentheil, aber die Hauptsache Ruhe, ist hier sehr schwer zu erschwingen. Und doch bietet mir Paris größere Vortheile als andere Orte, wo weit verdrießlichere Quälereien mich erwarten dürften. — Meine Frau läßt herzlich grüßen, und es giebt wenig dicke Frauen, welche in der Hitze so liebenswürdig sind wie sie. —

Ich umarme Euch und bin

Euer getreuer

H. Heine.

107.

Paris, 30. Sept. 1852.

Liebste Mutter!

Ich wartete mit Schreiben, weil ich vorher einen Brief von Max noch aus Hamburg erwarten wollte, es scheint aber, derselbe ist abgereist, ohne mir nach unserer Uebereinkunft vorher zu schreiben, was eine große unverzeihliche Nachlässigkeit ist, über die ich schweigen will, weil ich mich sonst zu bitter aus= drücken würde. Ich, der ich durch meine Kränklich= keit nicht wie andere die Arme frei habe, und oft

im großen Strudel sitze, ich vernachlässige dennoch
nie die geringste Kleinigkeit, und Max der nur mit
seiner Selbstpflege beschäftigt ist, handelt leichtfertig,
wie ein Poet es kaum dürfte.

Ich hoffe Ihr befindet Euch wohl, und ich hoffe
bald Brief von Dir zu sehen. Heute schreibe ich
Dir hauptsächlich, um Dir anzuzeigen, daß ich Dir
unter Deiner Adresse, und zwar per Dampfboot
von Havre eine Kiste Bücher zusende, die ich leider
nur bis Havre frankiren kann, so daß ich Dich wieder
bitten muß, eine große Auslage für mich zu machen,
und bitte Dich mir bestimmt zu sagen, wie viel es
gekostet. In der Kiste sind eine Parthie Bücher
enthalten, die mir Lottchens Leihbibliothekar Herr
Jowien ohne mein Verlangen hier herschickte; ich
bitte sie ihm mit großem Dank zurück zu besorgen,
(denn man muß für jede Höflichkeit dankbar sein,)
aber zu gleicher Zeit auch mit der Bitte, daß er
mir nie wieder Bücher, die ich nicht bestellt, nach
eigner Auswahl hierher schicke, indem er nicht wissen
könne, ob ich nur ein einziges davon lesen möchte,
und also umsonst Portokosten zahle. Dann findest
Du in der Kiste eine andere Parthie Bücher, die
sämmtlich auf dem Titelblatt den Stempel Bern=
hardts Leihbibliothek tragen, und außerdem auf den
Rücken mit rosarothen Nummern=Etiketten versehen

sind, während die Bücher von Jowien eine grüne
Nummern=Etikette auf dem Rücken tragen. Diese
Bücher der Bernhardt'schen Leihbibliothek sind mir
durch Campe hierher geschickt. — Ich bitte Lottchen
genau Acht zu haben, daß die Bücher nicht unter
einander verwechselt werden. —

Wie ich durch Gustavs unpassendes Gerede mit
Campe in Verwirrung gerathen, werdet Ihr viel=
leicht von Max erfahren haben; da Gustav mein
Bruder ist, und jedenfalls durch zu großen Eifer
für mich eine Verkehrtheit beging, so werde ich
wahrlich der letzte sein, der ihm deßhalb gram sein
dürfte, er mag über mich raisonniren so viel er will,
sogar über meine Frau, wie mir Max sagt, er mag
seinem Naturell immerhin folgen, da ich solches
immer gekannt habe, und ihm schon seit 40 Jahren
verziehen, so bleibt er mir immer ein lieber Bruder,
dessen bessere Eigenschaften ich um so mehr schätze.
Und es ist nicht zu leugnen, daß er auch gute
Eigenschaften hat. Ich kenne ihn durch und durch,
und ich kenne genau den Stammbaum seiner Fehler.
Er ist nicht der erste seiner Art. Die Censur erlaubt
mir nicht mehr zu sagen. —

Und nun liebes Lottchen wie geht es Dir? Wie
geht es Deiner Brut? den beiden großen Puten,
und dem großen Jung? — Ich spreche täglich von

Euch mit meiner Frau, die Euch herzlich grüßen läßt. — Mir geht es nicht schlecht. Im Anfang der Saison hat es gehapert, ich befinde mich aber jetzt sehr wohl. Ich werde gut gepflegt, und arbeite wenig. In keinem Fall will ich umsonst arbeiten. — Hier ist alles still, und da Gustav nicht hier ist, leben wir in Frieden und Eintracht. — Ist Carl noch dort? Laß mich das wissen. Ueberhaupt schreibt mir bald.

Die Seite geht zu Ende, und ich umarme Euch.

Euer getreuer

H. Heine.

108.

Paris, 29. Decbr. 1852.

Liebste gute Mutter, meine liebe gute Schwester, und alles was daran herum baumelt und bummelt!

Euer Brief, worin die Beschreibung von Mutters Geburtstagsfeier, habe ich mit Vergnügen erhalten, und mich recht daran gefreut. — Heute gratulire ich Euch zum neuen Jahre, welches sich ziemlich gut für mich ankündigt. Ich habe die Hoffnung, daß das neue Jahr besser sein wird, als das alte. Daß ich Euch alles Liebe und Gute wünsche, brauche ich Euch nicht erst zu sagen. Der Himmel erhalte Euch im Wohlsein, Eintracht und guter Laune! Meine Frau läßt ebenfalls gratuliren, und ist eben im Begriff, mit neuen weißen Vorhängen die Fenster zu verzieren, um das hereinbrechende Jahr freundlich zu empfangen. Sie ist sehr liebenswürdig gelaunt, und macht dieses Jahr weniger Neujahrsgeschenke als sonst, was wirklich ein Fortschritt ist. Meinen lieben Neffen Ludwig läßt sie freundlich grüßen, und auch ich grüße sowohl Ludwig wie meinen Schwager Moritz. Auch Anna und Lenchen lasse ich herzlich grüßen, und noch vor Ablauf des nächsten Monats finde ich Gelegenheit, sie wissen zu lassen, daß sie in Paris einen Onkel haben, der sie sehr liebt. —

Meiner lieben Mutter küsse ich das ganze Ge= sicht, und die beiden lieben Hände. Meine Frau sagt, die liebe Mutter müsse mit der neuen Mütze gewiß sehr schön ausgesehen haben. —

Und nun lebt wohl. Schreibt mir viel, und be= haltet lieb

Euren getreuen

H. Heine.

109.

Paris, 18. März 1853.

Liebſte gute Mutter!

Es iſt nicht meine Schuld wenn ich Dir nicht
häufiger ſchreibe, da mein deutſcher Secretär jetzt
krank iſt, und nur ſelten zu mir kommen kann.
Deßhalb zögerte ich auch Dir auf Deinen letzten
Brief gleich Antwort zu ſchreiben. Du beklagſt Dich,
daß ich nicht eigenhändig ſchreibe, thue das nicht
mehr, ſonſt werde ich Dir eigenhändig ſchreiben,
welche Anſtrengung mir aber jedesmal 3 Tage
Migräne koſten würde. Wenn ich nur im geringſten
meine Augen anſtrenge, ſo habe ich gleich meine
alten Kopfſchmerzen, und Du weißt was das ſagen
will. Wenn ich ſchreibe, d. h. wenn ich eigen=
händig ſchreibe, ſo geſchieht das immer mit einem
Bleiſtift, und kommt ſehr unleſerlich heraus, das
paßt aber garnicht für Briefe, und ich würde mich
auch nur auf die nothwendigſten Mittheilungen be-
ſchränken. In dieſem Augenblick habe ich viel zu
thun, und ich kann mich wenig ſchonen. So lange
der Menſch lebt, muß er ſein Geſchäft betreiben,
und in meiner iſolirten Stellung kann mir niemand
helfen.

Meine Frau befindet ſich wohl, und iſt in dieſem
Augenblick ſehr glücklich, da ich für die Haushaltung

für eine bedeutende Summe Leinenzeug gekauft habe. Leinenzeug macht ihr noch mehr Vergnügen als schöne Kleider, und das ist sehr löblich. Wir leben sehr einig, d. h. ich gebe in allen Dingen nach. Wir sprechen beständig von Euch, und nun lebt wohl, ich grüße Dich herzlich mein liebes Lottchen und küsse Dich und Deine Kinder. In Deinem nächsten Brief liebes Lottchen schreibe mir doch die Gänse= marktsnummer, für den Fall, daß ich Dir Jemand zu adressiren hätte. — Dieser Tage hat mich Dr. Wille, der jetzt in Zürich wohnt, besucht. Es ist eine große Frage ob Therese mich besucht, wenn sie hierher kommt. Ich zweifle sehr daran, da man es auf alle mögliche Weise hintertreiben wird.

Ich küsse Euch

Euer getreuer

H. Heine.

110.

Paris, 7. Mai 1853.

Liebste Mutter!

Vor etwa 8 Tagen erhielt ich Brief von unserem Lottchen, aber da keine Zeile von Dir darin war, so ist mir meiner Schwester Versicherung, daß Du Dich wohl befindest nicht so ganz hinreichend, und

ich bitte Dich mir recht bald einige Worte zukommen
zu lassen. Ich befinde mich wie gewöhnlich, und
auch meine Frau ist in diesem Augenblick wohl auf,
sie war sehr leidend, wie sie denn überhaupt nicht
ganz gesund ist, und vielleicht in späteren Jahren
viel ausstehen wird, oder da sie zum ruhigen Krank=
sein kein Talent hat, kein hohes Alter erreichen.
Wir befinden uns in diesem Augenblick in einer so
zärtlichen Harmonie, daß uns die Engel beneiden
könnten, und dieses seelengute Geschöpf in dessen
Herzen kein Tropfen falsch ist, und das die Schlechtig=
keit der Welt nicht einmal begreift, versüßt mir
wahrlich mein Leiden. — Ein Artikel*) von mir
in einer französischen Revue hat ungeheures Glück
gemacht; aber zu meinem größten Aerger muß ich
erfahren, daß diese schöne Arbeit von einem mise=
rablen deutschen Buchhändler, in einer miserablen,
deutschen Uebersetzung zu Berlin herausgegeben wor=
den, und zwar nicht in einer Zeitschrift, was mir
gleichgültig wäre, sondern als eine besondere Bro=
schüre, wodurch auch Campe wieder aufs äußerste
in Bewegung gerieth. Eine Combinazion, diese Ar=
beit, wovon ich noch die Fortsetzung zu schreiben
habe, mit andern Aufsätzen verbunden, noch in diesem

---

*) „Les dieux en exil" in der Revue des deux mondes.

Jahre herauszugeben, wird dadurch zu Wasser, und
so wird mir von meinen lieben Landsleuten mein
Eigenthum vor der Nase weggestohlen, und mir einer
kleinen Ausbeute wegen, der größte Schaden zuge-
fügt. Ich fange aber doch keinen Spektakel an, wie
Campe haben möchte. — Ich bin überzeugt, der
Lump, der die Uebersetzung machte, ist ein Auf-
geklärter aus der Schule eines Salomon oder Klei,
wie ich aus manchen Sprachwendungen, noch mehr
aber aus den Fragmenten aus Zeitungsblätter heraus
gerochen, die er in seinem Machwerk als Beigabe
druckte, und worin er allerlei verstümmelte Gesund-
heitsnachrichten über mich mittheilte, und sich gar
das Ansehn eines wohlwollenden Freundes geben
möchte. — Mir wird das Leben verflucht sauer gemacht, und unser Herr und Heiland muß wirklich
ein Gott sein, um solchen Pharisäern ihre Ver-
folgungssucht vergeben zu können. — Monsieur
Wihl hatte die Güte, sich selbst herauszuschmeißen,
und ein noch schmutziger und schlechterer und ge-
fährlicherer Lump, der Literat W. kommt mir Gottlob auch nicht mehr über die Schwelle. Es sind eine
Menge dieses Gelichters in Paris, die herumlaufen,
und raisonniren, oder auch corespondiren, und die
ich Gott sei Dank nicht sehe. —

Ach Gott könnte ich nur ein Stündchen mit

Lottchen mich ausplaudern. Ich grüße alle herzlich.
Lebe wohl behaltet lieb

Euren getreuen
H. Heine.

111.

Liebste gute Mutter!

Ich weiß nicht wer von uns beiden dem andern
Antwort schuldig ist, aber zu melden habe ich nichts,
als daß ich mich wohl befinde, nämlich so wohl als
man es in meiner langweiligen Krankheit sein kann.
Meine Frau befand sich wohl bis auf gestern Abend,
wo sie etwas klagt, ich hoffe aber, es hat keine Bedeutung. Ich verliere immer gleich den Kopf, sobald
meiner lieben Frau nur das geringste fehlt. Die
Männer sind große Narren! Die größten Narren
sind aber diejenigen Männer, welche ihre Frauen
nicht lieben, da sie doch für sie dieselben Ausgaben
machen müssen, und sich für dasselbe Geld ein zärt-
liches Gefühl verschaffen könnten. — Mein liebes
Lottchen und die Kinder lasse ich herzlich grüßen.
Meine liebe Nichte Anna bitte ich noch besonders
zu küssen. — Therese hat mich hier besucht, aber
in Gesellschaft von Carl, der als Schildwache mit-

geschickt worden, damit ich nichts sage, das sie nicht
wissen solle. — Ich denke beständig an Dich liebe
Mutter, und liebe Dich unaussprechlich.

Ich arbeite sehr viel, was mich freilich anstrengt,
aber zugleich wohlthätig zerstreut. —

Ich umarme Dich zärtlich, und bitte den lieben
Gott, daß er Euch gesund und heiter erhalte.

Dein getreuer Sohn
H. Heine.

112.

Paris, 16. Juli 1853.

Liebste Schwester!

Entschuldige mich, daß ich auf Deinen Brief
nicht gleich geantwortet, ich hatte niemand bei der
Hand, dem ich deutsch dictiren konnte. Auf die An=
frage welches das eingeschickte Blatt enthält, behufs
meiner Biographie, will ich Dir nur weniges sagen:

Wie ich mit Vor= und Zuname heiße, weißt
Du, sowie Du auch die Namen unserer Eltern weißt,
so daß Du diese Rubrik selbst füllen kannst. Meine
Frau mit Vor= und Zunamen heißt Mathilde Cres=
zenzia Heine, ich nenne sie am liebsten Mathilde,
weil der Name Creszenzia, welcher auch der ihrer

Mutter ift, mir immer in der Kehle wehe that. Was
das Datum meiner Geburt betrifft, fo bemerke ich
Dir, daß ich laut meinen Taufſchein den 13. Decbr.
1799 geboren bin, und zwar zu Düſſeldorf am
Rhein, wie Dir ebenfalls bekannt ſein wird. Da
alle unſere Familienpapiere durch die Feuersbrunſt
in Hamburg zu Grunde gegangen, und in den
Düſſeldorfer Archiven das Datum meiner Geburt
nicht richtig angegeben ſein kann, aus Gründen die
ich nicht ſagen will, ſo iſt obiges Datum allein
authentiſch, jedenfalls authentiſcher als die Erinner=
ungen meiner Mutter, deren alterndes Gedächtniß,
keine verloren gegangene Papiere erſetzen kann. —
Was die Unterrichtsanſtalten betrifft, worin ich ab=
gerichtet worden, ſo ſind ſie Dir auch bekannt: ſie
beginnen mit dem Franziskanerkloſter zu Düſſeldorf,
ſpäter verbrachte ich zwei Jahre in der proteſtan=
tiſchen Anſtalt von Vahrenkamp, hernach ging ich
die Claſſen des Lyceums durch, welches jetzt das
Gymnaſium heißt. Sowohl die Lehrer des Franzis=
kanerkloſters, als die des Lyceums werden meiner
Mutter in Erinnerung ſein, und ich glaube nicht
nöthig zu haben, ſie hierher zu ſetzen. Auf den
Univerſitäten von Bonn, Göttingen und Berlin, wo
ich ſpäter lange Zeit zubrachte, habe ich bei ſehr
berühmten Leuten Unterricht genoſſen, aber es iſt

mir zu langweilig ihre Namen abzuleiren. Was
nun gar die Bücher betrifft, so verweise ich in dieser
Beziehung auf Campe, der da besser Bescheid weiß
als ich selber, und er kann Dir besagte Rubrik
füllen. — Im übrigen brauche ich wohl nichts mehr
zu erwähnen, und das bereits Erwähnte langweilt
mich hinlänglich. —

Wenn Du Herrn Campe siehst, so ersuche ihm
meinem Namen, Dir das Verzeichniß von Büchern
zu geben, das ich aus dem Catalog von Laeisz ausgezogen, und nach welchem er mir eine Zusendung
machen sollte, die nie angelangt ist. Schicke mir
dieses Verzeichniß nur gleich, damit ich die Bücher,
die ich nicht mehr brauche ausstreichen kann, und
Dir ein neues Verzeichniß einschicke, um mir die
Bücher zukommen zu lassen, mit deren Absendung
mich Campe so lange, so unverantwortlich hingehalten
hat. Ich würde ihm direkt schreiben, wenn ich nicht
auf seinen letzten Brief noch zu antworten hätte,
und mir in diesem Augenblick nicht die Laune fehlte.
Er hat mich nämlich in seinem letzten Brief wieder
beschuldigt, als wäre ich es, der Schwierigkeiten ihm
in den Weg lege, und unser gutes Verhältniß störe,
indem ich zu viel Geld von ihm fordere. — Der
Himmel weiß, daß ich nichts von ihm fordere, was
ich nicht doppelt zu verdienen glaube. — Uebrigens

haben wirklich meine Brüder zu einem Wirrniß beigetragen, das zwischen mir und Campe besteht, und nun einmal nicht zu ändern ist. — Uebrigens hat Max noch weit mehr Schuld als Gustav, da er in seinem Egoismus sich nicht einmal die Mühe gegeben hatte, die Briefe ordentlich zu lesen, worin ich ihm in Bezug auf Campe die bündigsten Instructionen gab; er hätte demselben, wenn auch nicht auf die Geldsumme, so doch im Bezug auf andere Interessen, die für CampeGeldeswerth hatten, Concessionen machen können, und die Sache war ganz einfach. — Statt dessen predigt mir der Narr, mich blind auf Campes Freundschaft zu verlassen, und will mir einreden, ich hätte nicht nöthig, so sehr auf Geld zu sehen, und sollte mich also vor wie nach scheren lassen. — Ich habe ihm auch nicht geschrieben, seit er in Rußland angekommen, weil wenn ich schreibe, mir vielleicht eine Bitterkeit entschlüpfen könnte, und in solchen Fällen Schweigen das beste ist. —

Ich schreibe Dir unter der Adresse meiner lieben Mutter, damit ich die Grüße die ich derselben hier mitsenden will, ihr einige Stunden früher zukommen. Ich küsse recht herzlich die liebe gute Mutter, und auch Mathilde, welche sehr krank war, aber jetzt wieder hergestellt, läßt Euch die zärtlichsten Lieb-

kosungen zukommen. — Ich befinde mich so ziemlich,
nur daß die starke Hitze mich mit anhaltender Migräne
regaliert hat. —

Deinen Mann, sowie Deinen Kindern meine
freundlichsten Grüße.

Heiter und liebevoll

Euer getreuer

H. Heine.

113.

Paris, 18. Aug. 1853.

Liebste gute Mutter!

Aus Deinem letzten Brief habe ich mit Vergnügen
ersehen, daß Du Dich wohl befindest. Freilich keine
größere Garantie habe ich als Deinen eignen Brief,
und in manchen Stunden ängstige ich mich sehr
wegen Deiner. Aber Du kennst unsere Verabredung.
Klage nicht daß ich zu selten schreibe, denn Du weißt
ich habe nicht jeden Augenblick jemand zu meiner
Verfügung, um deutsch zu dictiren. —

Meine Frau befindet sich wohl, doch in diesem
Augenblicke ist sie nicht in meinem Besitz, sie ist
nämlich wegen Familien Angelegenheiten auf 2 Tage
in ihre Heimat gereist, und kommt erst diesen Abend
wieder. —

17*

Mein liebes Lottchen und seine Kinder, laß ich herzlich grüßen. Ich danke Lottchen für ihren letzten Brief und will ihr auch nächstens ein Verzeichniß von Büchern zuschicken. — Von Campe habe ich soeben wieder Brief gehabt, obgleich ich auf sein letztes Schreiben nicht geantwortet; er nimmt wieder in allerlei Dingen meine Dienstfertigkeit in Anspruch, und ich sehe wie er vor Aerger erstickt, daß ich mich nicht mehr wie sonst von ihm unbedingt ausbeuten lassen will. Er zeigt mir an, daß er wieder eine neue Auflage vom „Buch der Lieder"*) macht. Er bekommt keine Zeile Manuskript mehr von mir umsonst, und ich lasse alles in meinem Portefeuille liegen. —

Hier ist alles ruhig, und die Furcht vor dem Kriege ist verschwunden. — Dennoch glaube ich, daß der Krieg unvermeidlich nächstes Jahr ausbricht, da die Verhältnisse und Intressen zu sehr verwickelt sind. Ein Schwefelhölzchen kann die Welt jetzt in Brand stecken, und die Pompiers, die an der Spitze sind, haben mehr Angst als Vernunft.**) — Und nun leb wohl meine liebe Mutter und sei überzeugt, daß ich an Dich Tag und Nacht denke. Unsere ganze

---

*) Von Campe s. Z. für 50 Louisd'or erworben.
**) 1853—1856. Die orientalische Frage und der daraus entstandene Krim-Krieg.

Verwandschaft besteht freilich nur darin, daß Du eine alte weitläufige Mutter von mir bist, aber Du bist zugleich eine so erzbrave Frau, und ein so liebes altes Mäusel, daß ich Deiner garnicht satt haben kann, und mit großem Respekt Dich unaussprechlich liebe.

Dein gehorsamer Sohn
H. Heine.

114.

Paris, 3. Decbr. 1853.

Liebe gute Mutter!

Ich bin mit dem verwünschten russischen Calender nicht sehr vertraut, und weiß nicht ob der Staats- rath Kiseleff diese Woche oder die nächste Woche seine Aufwartung machen wird. Heute schreibe ich Dir zu Deinem Geburtstage zu gratuliren, und ich denke wieder mit Lachen an Paulchens Gratulation mit dem Blumentopf im vorigen Jahre.*) —

Der Himmel, liebe Mutter, möge Dir recht viel Freude schenken, und Dich wie bisher frisch und gesund erhalten. — Die Kälte ist schon hier ein= getreten, und ich denke mit Schrecken daran, wie

---

*) Der kleine Urenkel brachte einen Topf mit Hyacinthen und als die Großmutter ihn dankend entgegen nehmen wollte, weinte der Junge und wollte ihn nicht hergeben.

Dir dieſer Winter in Deinem kleinen Taubenſchlag
zuſetzen kann. Könnte ich nur zu Dir, um jede
Lücke, wo ein Windzug möglich iſt, zu verſtopfen.
Wir ſprechen beſtändig von Dir, und meine Frau
ſagt, es ſei ihr, als ob ſie Dich erſt geſtern ver=
laſſen habe, mir aber iſt zu Sinne als ob ich be=
ſtändig bei Dir wäre. —

Was meine Geſundheit betrifft, ſo geht es mir
wie gewöhnlich, und ich weiß wahrhaftig nicht, was
ich dieſer Antwort des Canonicus Karthümel bei=
zufügen hätte. Ich leide noch immer an Krämpfen,
die aber nicht wie bei meinem ſeeligen Vater, den
Magen afficiren. — Ich hoffe daß ihr alle in
Heiterkeit und Einigkeit lebt. — Ich bin ſehr ruhig,
laſſe 5 eine grade Zahl ſein. — Es iſt mir nichts
geglückt in dieſer Welt, aber es hätte mir doch noch
ſchlimmer gehen können. So tröſten ſich halb ge=
prügelte Hunde. —

Ich hoffe Dir noch in dieſem Jahre zu ſchreiben,
und da Du weißt, daß ich nicht immer einen deutſchen
Sekretär zur Hand habe ſo wirſt Du mir gern
verzeihen, wenn die Jahresgratulazion nicht zur
rechten Zeit eintrifft. —

Hier iſt alles ruhig, und ganz Paris iſt mit
bauen beſchäftigt. Alles wird umgeriſſen, neu gebaut,
und man weiß kaum mehr, wo die alten Winkel zu

finden sind. — Ich bin mit meiner Frau sehr zufrieden, und sie ist die treuste Seele, die man sich denken kann. Freilich am Ende glaube ich, giebt es nur eine einzige Person, auf die der Mensch sich ganz verlassen kann, das ist nämlich die Mutter. Hier ist man ganz sicher, — wer hieran zweifelt, für den wäre nichts rathsamer, als daß er diese Welt sobald als möglich verließe.

Und nun lebe wohl liebe Mutter, mein gutes Lottchen, und seine lieben Kinder grüße ich recht herzlich, und umarme Euch alle mit innigster Liebe.

Dein getreuer Sohn

H. Heine.

Heines Gesundheit hatte sich wieder durch eine starke Erkältung bedeutend verschlechtert. Eine Halsentzündung, begleitet von heftigen Kehl= und Brustkrämpfen, erschwerte das Athmen, und außerdem hatte sich am Rücken eine Geschwulst gebildet, welche das Liegen zur Qual machte. Eine schmerzhafte Operation ward nöthig, und der Dichter glaubte seinem Ende nahe zu sein. Nach der Operation besserte sich der Zustand des Kranken, und kaum war eine Linderung seiner Qualen erfolgt, so begann er wieder unermüdlich zu arbeiten. —

Bald danach im Frühling 1854 kam meine
Schwester*) nach Paris, um ihren Onkel zu besuchen,
und schrieb über diese Begegnung, daß sie ihn kaum
erkannt habe, als sie die Leidensgestalt gesehen und
so verändert fand, daß Thränen sie am Sprechen
hinderten. Die Lähmung der Augenlider verbarg
ihm ihren Schmerz. „Tritt näher, liebes Kind,“
sagte er mit schwacher Stimme, „damit ich Dich besser
sehen kann, hier dicht neben mich.“ Und mit der
Hand hub er das Augenlid empor, um zu sehen,
ob ich meiner Mutter ähnlich sei. —

Ich mußte an seinem Bette Platz nehmen, und
seine ersten Fragen waren nach den Lieben der
Heimath. „Ach! meine geliebte Mutter werde ich
nicht wiedersehen, und mein geliebtes Lottchen wird
sie nicht bald kommen?“ rief er schmerzlich aus. —
Meine Schwester berichtet ferner: „Den Abend vor
meiner Abreise saß ich neben ihm; er hatte mir von
seinen Jugendjahren und seinen Kämpfen mit der
Menschheit erzählt, und lauschte schweigend seinen
Erinnerungen. — Ermüdet lag er fast leblos da;
das Krankenzimmer war nur schlecht erhellt, eine
Lampe brannte trübe hinter dem Wandschirm, und

---

*) Marie, Fürstin della Rocca veröffentlichte 1881 Er-
innerungen an H. Heine bei Hoffmann & Campe, Hamburg,
und 1882 Skizzen über H. Heine bei A. Hartleben, Leipzig.

man hörte nur das einförmige Ticken der Uhr. Ich
wagte seine Ruhe nicht zu stören und saß un=
beweglich auf meinem Stuhle; plötzlich suchte er seine
Lage zu verändern, was der Arzt ihm ernstlich unter=
sagt hatte, da es nur mit Beihilfe der Wärterin
geschehen sollte. Er wurde von Krämpfen befallen
und klagte und stöhnte aufs schrecklichste.

Mir war diese Scene etwas neues, ich glaubte
es sei der Todeskampf, wie ich ihn so nach Athem
ringen sah, und ich bat Gott im innersten meines
Herzens, ihn von diesen qualvollen Schmerzen zu
erlösen. Pauline, seine treue Pflegerin suchte ihn
zu beruhigen, versicherte, daß es ein vorübergehendes
Leiden sei, und sie ihn schon oft in diesem Zustande
gesehen hätte. Mich hielt es nicht länger im Zimmer,
schluchzend eilte ich davon, und sah ihn nur noch ein=
mal für einige Augenblicke, um Abschied von ihm zu
nehmen. Es war für die Ewigkeit! —"

Außer seiner Krankheit betrübte Heine das un=
gemüthliche Verhältniß mit seinem alten Freunde
J. Campe, dessen Schwierigkeit in Geldbingen
ihm viel Ungemach und Aerger bereitete. Campe
war seither gewohnt, die Manuskripte Heines wohl=
feil zu kaufen, und fühlte sich schwer gekränkt, daß
der ruhmgekrönte Dichter jetzt höhere Honorar=
forderungen stellte. — Heines pecuniäre Lage hatte

sich seit der Herausgabe seiner französischen Werke, welche glänzend honorirt wurden, gänzlich geändert, und konnte, da die alte Abhängigkeit des Geld= bedürftigen seinem deutschen Verleger gegenüber geschwunden, in aller Ruhe die Bewilligungen seiner Forderungen abwarten.

Heine verdiente jetzt viel Geld, bezahlte alle früheren Schulden und verwandte schon Ende 1851 seine ersten Ueberschüsse, um seinem Bruder Gustav alles zurückzuzahlen, was er ihm entliehen hatte. —

Seinen alten Geldnöthen entrückt zu sein, ge= währte ihm große Freude, ermöglichte, seiner Mutter, Schwester und Nichten ab und zu Geschenke zu machen und Mathildens oft weitgehende Wünsche zu erfüllen.

115.

Paris, 26. Juni 1854.

Liebes gutes Lottchen!

Meine Frau hatte sich das Vergnügen gemacht, für Dich eine Robe nach dem neusten Geschmacke carrirt, und 2 Roben für meine Nichten, aber ganz uni, auszusuchen, und ich schicke Dir dieselben durch die Eisenbahn in einem besondern Kistchen, welches ich an deinen Mann adressire. Ich schicke zwar

heute zu gleicher Zeit an Campe ein Manuskript,
aber ich wollte die Roben nicht beipacken, da derselbe verheirathet ist, und die Weiber einander nichts
gönnen. — Die Robe gris de perle habe ich für
Ännchen bestimmt, und die blaue Robe für Lenchen,
die Du in Hamburg zurück erwartest, wie Du mir
sagst. Uebers Meer rathe ich Dir, selbst wenn Du
Gelegenheit hättest, die Robe nicht zu schicken, da
die Seeluft die Farbe beschädigt. Bleibt die Blondine
aber zu lange aus, so kannst Du immerhin, wenn
Du willst, der zurückgebliebenen Brünette, die blaue
Robe ebenfalls geben, und ich will hiemit im voraus
Dir sagen, daß mir auch dieses recht wäre.

Ich habe für die Mutter nichts gekauft, da sie
eine Prachtrobe sich doch nicht machen läßt und nur
schreien würde. — Ich bitte Dich daher, kaufe für
sie in Hamburg eine wunderschöne Mütze, und sage
ihr, daß dieselbe in Deinem Paket beigepackt war;
kaufe so schön als möglich, und sage mir, wie viel
Du für mich ausgegeben hast. Den Namen, den
Du mir genannt hast, habe ich mir wohlgemerkt,
und ich werde Dir darüber schreiben; ich vergesse
es nicht.

Es geht mir leider diesen Sommer nicht gut. Ich
leide Tag und Nacht an Krämpfen, und komme nicht
aus dem Bette. — Meine Frau führt sich sehr gut auf,

und hat sich mit dem Einkaufen der Kleider 10mal mehr gefreut, als wenn die Kleider für sie selbst gewesen wären. — Sie soll aber dafür belohnt werden. Sie ist mir unentbehrlich in meinen Leiden, und mir graut vor dem Gedanken, daß ich sie verlassen muß. —

Lebe wohl liebe Schwester. Grüße mir herzlich Ännchen und Ludwig, sowie auch Deinen Mann.

Dein getreuer Bruder
H. Heine.

P. S.

Du hast keinen Begriff davon, wie viel ich durch den Jesuiten*) ausgestanden habe, und wie er alles mögliche aufbietet mich zu quälen. Wir sind aber die besten Freunde. — Erinnerst Du Dich eines gewissen „Rothen-Arons?" —

116.

Paris, 31. Aug. 1854.

Liebe gute Mutter!

Ich habe Dir heute eine große Nachricht mitzutheilen. Ich habe nämlich meine alte Wohnung in Paris ganz aufgegeben, und ich wohne jetzt nahe bei der Barrière von Paris, in einem Hause, welches

---

*) Campe.

ich ganz allein occupire, und wozu ein ganz großer
Garten, mit ganz großen Bäumen gehört, und wo
ich die schöne Jahreszeit auf's kostbarste genießen
kann. Ich habe um diese Revolution zu machen,
die größten Geldopfer aufgewendet, und bereue es
wahrlich nicht, da meine Gesundheit so außerordentlich dadurch gefördert wird. Mein System ist jetzt
alles, für meine Gesundheit zu thun, und nichts für
Andere, nicht einmal für die Verbringerin, der ich
doch nicht genug hinterlassen könnte. — Meine
Adresse ist: aux Batignolles, grand rue No. 51
à Paris.

Du hast keinen Begriff liebe Mutter, wie sehr die
gute Luft und der Sonnenschein, den ich in meiner
alten Wohnung garnicht hatte, mir wohl thut.
Gestern saß ich wohler als je, unter den Bäumen
meines eignen Gartens, und aß die schönen Pflaumen,
die mir überreif fast in's Maul fielen. Ich dachte
an Euch und nahm mir vor, Euch gleich heute zu
schreiben, obgleich ich noch in der größten Verwirrung bin. — Meine Frau die sich immer, wenn
sie von sich selber spricht, auf deutsch „meine Frau"
nennt, was sich sehr komisch papageinhaft ausnimmt,
läßt Euch herzlich grüßen. Sie läßt mir eben
sagen: dis à ma mère que meine Frau est très
occupée, et que meine Frau l'embrasse mille fois."—

Mein Lottchen, sowie auch die jungen Damen und Ludwig, ebenfalls Moritz, lasse ich herzlich grüßen. —

Ueber X. habe ich von einer Dame die sehr wahrhaftig ist, die besten Nachrichten eingezogen. Er soll ein sehr guter Mensch sein, sehr verträglich, und auch auswärts einiges Vermögen besitzen, das nicht confiszirt ist wie sein heimischer Landbesitz, der ihm wahrscheinlich wieder gegeben wird, wenn er politisch zu Kreutze kriechen will. Da er jetzt ein Hauskreuz hat, wird er sich wohl mit solchen Gedanken bald aussöhnen und gehörig ducken. —

Ich habe die Correktur von 2 Bänden eines Werks ganz an Campe überlassen, und ich will lieber einige Jahre weniger unsterblich sein, als meine Augen zu sehr anstrengen. —

Behaltet lieb

Euren getreuen

H. Heine.

117.

Paris, 6. Novbr. 1854.

Liebes Annchen!

Ich habe Dir längst schreiben wollen, aber ich kam nie dazu, da ich sehr viel Gezippel und Gezappel um die Ohren habe. Auch heute bin ich noch

nicht im Stande Dir ein vernünftiges Wort zu
sagen. Dein lieber Brief hat mich sehr amüsirt,
und wir haben über Deine Handzeichnung sehr ge=
lacht. Meine Frau hat Dich sehr lieb, und läßt
Dich, als auch Deinen Vater, Deinen Bruder, Lenchen,
und versteht sich Deine Mutter herzlich grüßen. —
Anbei schicke ich Dir ein Autograph, wofür Dir
Dein Vater 12 gelbe Louisd'ors auszahlen wird.
Kaufe Dir dafür etwas was Dir gefällt, indem Du
mich dadurch des eigenen Einkaufes, des Verpackens,
und Versendens überhebst, leistest Du mir einen
Dienst wofür ich Dir danke. —

Zeige mir auch den Empfang dieses Briefes an.
Sobald ich nur etwas bei guter Laune bin, will
ich Dir mehr schreiben.

Unterdessen lebe wohl und bleibe mir liebreich
zugethan.

Dein getreuer Oheim
Harry Heine.

118.

Paris, 7. Novbr. 1854.

Liebste gute Mutter!

Ich wollte Dir nicht eher schreiben, als bis ich
Dir bestimmt anzeigen konnte, daß ich ausgezogen;
aber das Ausziehen verzögerte sich von Tag zu Tag

durch allerlei Vorfälle, und erst gestern bin ich
glücklich in meiner neuen Wohnung angekommen.
Es war eine Reise von etwa 2 Stunden, wobei ich
aber vom schönsten Wetter begünstigt wurde. Ich
befinde mich, wie Du denken kannst noch in der
größten Unordnung, habe tausenderlei Dinge um
die Ohren, und muß mich heute darauf beschränken
Dir bloß meine neue Adresse mitzutheilen. Sie
lautet folgendermaßen: aux Champs Elysées, 3
avenue Matignon. Paris. —

Denke Dir bis auf diesen Augenblick habe ich
noch nicht die Exemplare meines Buches von Campe
erhalten. Der Teufel wird klug aus den Gift=
mischereien die letzterer treibt. Ich hoffe in einigen
Wochen vollständig zur Ruhe zu kommen. Meine
liebe Schwester und Kinder grüße ich. Ich umarme
Euch alle herzlich.

Dein getreuer Sohn
H. Heine.

Heine hatte das Haus in Batignolles, welches
zu feucht war, verlassen und war in die Champs
Elysées gezogen. Die neue Wohnung war vor=
trefflich belegen, und ganz nach Heines Wunsch, im
3ten Stock, ohne Gepolter über seinem Kopf, ge=
räumig, hell und luftig. Mit einem Balkon, wohin

er sich an sonnigen windstillen Tagen tragen ließ,
um die Spaziergänger und Equipagen mit ihren ge-
putzten Insassen zu sehen, welche dem Arc de Triomphe
zueilten, um sich ins Bois de Boulogne zu begeben.
Diese Zerstreuung gewährte dem Dichter oftmals
Vergnügen und ließ ihn sein neues Heim so lieb
gewinnen, daß er dort bis zu seinem Ende blieb. —

Außer den literarischen artistischen Größen Frank-
reichs, welche Heine besuchten, war es Mode geworden, daß die deutschen Schriftsteller, wie die
Mohamedaner nach Mekka, zu ihm pilgerten; und
nach ihrer Heimkehr wurden oft allerlei erfundene
Dinge und Bonmonts in den Feuilletons und Ar-
tikeln erzählt, um eine Contremarke ihres Pariser
Besuches beim Publikum abzugeben.

Das Befinden Heines verschlechterte sich wieder
im Winter 1855 und brachte eine Wiederholung
der vorjährigen Leiden; auch diesmal überwand er
die vorübergehende Gefahr und widmete sich nach
kurzer Erholung wieder seinen Arbeiten.

119.

Paris, 20. März 1855.

Liebste Schwester!

Ich leide in diesem Augenblick außerordentlich
an Krämpfen in der Kehle, und bin deßhalb nicht

im Stande Dir heute viel zu schreiben. Vor einigen
Tagen ließ ich ein Kistchen an Dich am Gänsemarkt,
aber ohne Hausnummer, durch die Messageries royales
abgehen; hoffentlich wissen die dortigen Eisenbahn=
oder Postbeamten die Adresse von Moritz, wo nicht
mußt Du hinschicken, um Dich nach der Ankunft
der Kiste zu erkundigen. Es ist ein Hut für Dich
darin, und um die Gelegenheit zu benutzen, schickte
ich auch einen Hut für Aunchen, und einen für
Lenchen mit. Beide letztere sind ganz einfach, und
der hellblaue Hut für die Blondine, und der rosa
Hut für die Brünette. Ich hoffe daß der Deinige,
ebenfalls bläulich und etwas ernster, Dir gut passen
wird, und ich dadurch Deine Kundschaft auch für
die Zukunft gewinne. Leider habe ich die Kiste nur
bis Brüssel frankiren können, und Du wirst dafür
ein Heidenporto zu bezahlen haben. —

Meine Frau läßt Euch freundschaftlich und herz=
lich grüßen. Es hat ihr große Freude gemacht, sich
mit der Bestellung der Hüte beschäftigen zu können,
und auf ihren guten Geschmack kann man sich ver=
lassen. Ich küsse Euch, grüße herzlich meinen Neffen,
und bitte auch Deinen Mann von mir zu grüßen.

Meine französischen Bücher geben mir schrecklich
viel Gezippel und Gezappel. — In 14 Tagen kommt
die Lutetia auf französisch heraus. — Ueber Carl

habe ich gar keine Nachrichten, und ich bitte Dich mir zu sagen, wie und wo er sich befindet. Halte mir nur meine liebe alte Mutter recht warm. Sie ist eine wahre Pracht! Gott erhalte Euch alle.

Dein getreuer Bruder

H. Heine.

Die „Lutetia" erregte in Frankreich großes Aufsehen bei ihrem Erscheinen im April 1855, und in der Vorrede zu dieser Ausgabe geißelt Heine in seiner bekannten humoristischen Schreibweise den sich schon damals kühn erhebenden Socialismus. Er sagte: „Nur mit Schrecken und Grausen denke ich an die Epoche, wo diese finsteren Bilderstürmer zur Herrschaft gelangen werden; mit ihren schwieligen Händen werden sie erbarmungslos alle Marmorstatuen der Schönheit zerbrechen, die meinem Herzen so theuer sind; sie werden all jenes phantastische Spielzeug und Flitterwerk der Kunst zertrümmern, das der Poet so sehr geliebt; sie werden meine Lorbeerhaine fällen, und dort Kartoffeln pflanzen; die Lilien, welche nicht spannen, noch arbeiten, und doch so herrlich gekleidet waren wie König Salomon in all

18*

seiner Pracht, sie werden dann ausgerauft aus dem
Boden der Gesellschaft, falls sie nicht etwa die
Spindel zur Hand nehmen wollen; die Rosen, diese
müßigen Bräute der Nachtigallen, wird das gleiche
Loos ereilen; die Nachtigallen, diese unnützen Sänger,
werden fortgejagt, und ach! mein Buch der Lieder
wird dem Gewürzkrämer dienen, um daraus Düten
zu drehen, in die er Kaffee schütten wird oder
Schnupftaback für die alten Weiber der Zukunft.
Ach! ich sehe dies Alles voraus und mich beschleicht
unsägliche Trauer, wenn ich an den Untergang denke,
mit dem das siegreiche Proletariat meine Verse be=
droht, die ins Grab sinken werden mit der ganzen
alten romantischen Welt." Und ferner: Der Teufel
ist ein Logiker! sagt Dante. Ein schrecklicher Syllo=
gismus hält mich umstrickt, und wenn ich den Satz
nicht widerlegen kann: „daß alle Menschen das
Recht haben, zu essen", so bin ich auch genöthigt,
mich auch all seinen Consequenzen zu unterwerfen.
Indem ich daran denke laufe ich Gefahr, den Ver=
stand zu verlieren, ich sehe alle Dämonen der Wahr=
heit mich triumphirend umtanzen, und zuletzt ergreift
eine hochherzige Verzweiflung mein Gemüth, und
ich rufe aus: Sie ist seit lange gerichtet, ver=
urtheilt diese alte Gesellschaft! — Geschehe ihr
wie recht ist!" —

Meine Mutter hatte große Sehnsucht, ihren Bruder wiederzusehen, und beunruhigt über den akuten Charakter, welchen sein Leiden angenommen, schrieb sie, nach Paris kommen zu wollen, ihn persönlich zu pflegen, sobald ihre häuslichen Pflichten es erlauben würden.

120.

Paris, 10. August 1855.

Liebste Mutter!

Seit Eurem letzten Schreiben denke ich nun an garnichts anderes, als an das freudige Wiedersehn mit meiner lieben Schwester. Alles ist schon verabredet, daß mein liebes Lottchen bei seiner Hierherkunft bei uns ein wohnliches Zimmer findet, wo Lottchen und eine meiner Nichten (denn es würde mich sehr erfreuen, wenn sie Anna oder Lenchen mitbrächte) sich behaglich befinden werden. Ja es würde mir eine unendliche Freude sein, wenn Lottchen auch eins der lieben Kinder mitbrächte, Annchen oder Lenchen gleichviel welche, denn beide sind mir gleich lieb, und nur das Alter entscheidet bei dem Vortritt. Wir wohnen jetzt sehr geräumig, und alle

Fremde welche hierher kommen, bewundern die schöne
Aussicht und die gute Luft die wir genießen, so daß
wir im glänzendsten Mittelpunkt von Paris uns be=
finden, und doch wie auf dem Lande zu sein scheinen.
Die letzte Woche waren Laube und seine Frau aus
Wien hier, und besuchten uns oft. Auch Friedland
und seine Frau aus Prag. Dieser Mann hat wie
ich Euch einmal gemeldet, mir schon einen Theil des
Schadens ersetzt, worin ich durch ihn gerathen, und
da ich Wechsel habe, und er sehr reich ist, so ver=
liere ich am Ende garnichts. — Auch Dr. L. — der
mir ein Empfehlungsschreiben von Lottchen brachte,
hat mich vor 8 Tagen besucht. Es scheint ein
äußerst liebenswürdiger Mensch zu sein, hat ein
gutes Aeußere, spricht nicht dumm, und hat mir
versprochen mich bald wieder zu besuchen. Er bleibt
noch 5 Wochen hier, und ich sagte ihm, daß er
Lottchen alsdann hier sehen würde.

Meine Frau befindet sich wohl und sehr heiter.
— Ich leide noch immer an meinem alten Uebel, den
Krämpfen, die zwar nicht sehr schmerzhaft sind, mich
aber an jedem Lebensgenuß, besonders aber am
arbeiten stören.

Mit Campe diplomatisire ich noch immer, und
wenn er sich auch auf den Kopf stellt, so lasse ich
mich jetzt nicht mehr von ihm über den Löffel bar=

biren. Er muß heimlich auf mich sehr ergrimmt sein, und spielt mir gewiß allerlei böse Streiche im Dunkeln. Aber ich lavire, und am Ende erlange ich doch was ich will. Er wird wüthend sein wenn er erfährt, daß Lottchen und Gustav nach Paris kommen. — Schiff scheint sein Factotum zu sein, und Lottchen wird sich in Acht nehmen. —

Mein Frau grüßt und küßt Euch herzlich, und meine Wenigkeit thut desgleichen. Ich umarme Dich zärtlich meine gute vortreffliche Mutter, und verbleibe mit innigster Liebe

Dein getreuer Sohn
H. Heine.

121.

Paris, 24. Octbr. 1855.

Liebe gute Mutter!

Ich habe keinen deutschen Sekretär jetzt, und kann Dir nur wenig eigenhändig schreiben, daher meine Zögerung. Außerdem erwarte ich jeden Tag die Familie, die doch endlich jetzt unterwegs sein wird. Lottchens Bett ist schon gemacht. An Gustav schrieb ich dieser Tage, und gratulire ihm zu seiner

neuen Schöpfung; er ist es der unsere Linie fort=
setzt. Ich habe es zu nichts gebracht. Ich habe
auch Gustav gedankt für die Ehre, daß er den
Jungen nach mir benannt hat. Ist er noch in
Hamburg, so bitte ich ihn sehr, mit Campe Frieden
zu machen; diese Zwistigkeit hat mir viel Aerger
und Schaden verursacht. Lottchen kann wohl ver=
mittelnd wirken, indem sie Campes Aufträge nach
Paris persönlich von ihm begehrt. Campe möge
mir den 3. Theil von Meißners Roman durch sie
zukommen lassen. —

Annchen verliert nicht viel, wenn sie dieses Jahr,
wie mir Lottchen schreibt, nicht herkömmt; aus vielen
Gründen. Aber ich hoffe daß im Frühjahr sich
Conjuncturen darbieten, welche eine erfreulichere
Herreise garantiren; jetzt fängt schon das gesell=
schaftliche Leben an, und dazu wäre das Kind
während kurzem Aufenthalt noch nicht vorbereitet.
— Apropos, wenn Lottchen noch in Hamburg ist,
und etwa zufällig mein Buch „Shakspears Mädchen
und Frauen" besitzt, so bitte ich sie es mir mitzu=
bringen; kann es hier nicht mehr haben. —

Ich küsse Dich theure Mutter

Dein getreuer Sohn

H. Heine.

122.

Monsieur Mr. Hermann Heine*)
à Hambourg.

Paris, d. 19. Novbr. 1855.

Liebster Hermann.

Ich habe erst durch Lottchen erfahren welchen Verlust Dich jüngst betroffen, und obgleich ich sehr krank, und fast blind bin, will ich Dir dennoch eigenhändig kondoliren. Tief hat mich die betrübte Nachricht erschüttert! — Mein lieber Onkel Henry war ein vortrefflicher, guter Mensch, sanft und gütig bis zur Schwäche, und deßhalb noch liebenswürdiger. Er war höflich, anständig, von guten Manieren, kein grobes, und noch weniger ein verletzendes Wort kam von seinen Lippen. Er sagte nie eine Lüge, und wie die feine, so war auch die rohe beleidigende Bosheit seinem Herzen ganz fremd. Vorzüglich aber muß man an ihm rühmen: er war ein grundehrlicher Mann! —

---

*) Das Original besitzt Herr Dr. H. Oswalt in Frankfurt a. M., Enkel von Henry Heine.

Henry Heine, geb. 1774, † 1855, verheirathet mit Henriette Embden, geb. 1787, † 1868, hinterließ 2 Kinder: Hermann, geb. 1816, † 1870,

Emilie, verh. mit S. Oswalt in Frankfurt, geb. 1818, † 1892.

Ein grundehrlicher Mann war er, mein armer seeliger Oheim, und mit Freude, lieber Hermann, höre ich, daß Du ihm in dieser Beziehung gleichst. Solche gute Eigenschaft wird leider sehr rar, Falschheit und Untreue wird vorherrschend, und wo Böses gesäet worden, wird man Unglück und Untergang ärndten. Die Thränen der Beleidigten schreien zu Gott! (dessen Hand auch auf mir sehr schwer liegt, — ob als Strafgericht oder als Heimsuchung? ich weiß es nicht.) Ich bin sehr leidend, trage aber mein Elend mit Ergebung in den unerforschbaren Willen Gottes. —

Ich sehe nicht mehr die Buchstaben die ich schreibe, und eile Dich brüderlichst zu grüßen.

Dein getreuer Vetter
H. Heine.

Vor Eintreffen der vorstehenden Briefe war meine Mutter in Begleitung ihres Bruders Gustav in Paris eingetroffen. Sie machte mir über das letzte Zusammentreffen mit ihrem Bruder Heinrich folgende Mittheilungen:

„Mathilde stand auf der Flur, umarmte mich und sagte, ehe ich das Haus betreten, hätte mein

Bruder sie gerufen und geäußert: „Ich fühle, daß Lottchen kommt, es bedarf keiner Vorbereitung, führe sie sofort zu mir, ich will keinen Augenblick verlieren, sie zu sehen." — Als ich an sein Lager trat, schloß er mich mit dem Ausruf: „Mein liebes Lottchen!" lange in seine Arme ohne zu sprechen, lehnte dann den Kopf an meine Schulter und reichte seinem Bruder die Hand. — Seine Freude, mich wiederzusehen, war unbeschreiblich, und durfte ich außer der Tischzeit sein Bett bis Abends spät nicht verlassen. Nach den bisherigen Berichten, welche ich über die Krankheit meines Bruders erfahren, fürchtete ich, daß der erste Anblick seiner Leiden mich tief erschüttern würde, aber da ich nur den Kopf sah, welcher, von wunderbarer verklärter Schönheit, mich anlächelte, konnte ich mich ganz der ersten Freude des Wiedersehens hingeben. — Als jedoch gegen Nachmittag die Wärterin meinem Bruder auf den Armen nach einer Chaise longue trug, um das Bett aufzumachen, und ich den zusammengeschrumpften Körper, an dem die Beine leblos herabhingen, erblickte, mußte ich alle meine Kräfte zusammen nehmen, um ruhig diesen schrecklichen Anblick zu ertragen. — Mein Lager war dicht am Krankenzimmer errichtet, und schon in der ersten Nacht stellten sich lange anhaltende Brust- und Kopfkrämpfe ein, welche mich sehr

beängstigten. Fast jede Nacht wiederholten sich der=
artige Anfälle, und wenn ich alsdann an sein Bett
eilte, schien das Auflegen meiner Hand auf des
Kranken Stirne ihm schon Linderung zu bereiten. —
Mein Bruder sagte oft, daß ich eine seltene magnetische
Kraft besäße, welche er sofort fühle, wenn ich auch
noch so leise ins Zimmer träte. —

In den schmerzensfreien Momenten konnten
wieder langjährige Erinnerungen aus dem elterlichen
Hause oder an verwandte Personen ihn zum Lachen
bringen, und war Mathilde zugegen, dann lachte
sie laut mit und fragte erst dann, da sie kein
Deutsch verstand, worüber wir so sehr lachten. —

Mathilde lebte mit mir im besten gegenseitigen
Einverständniß, nicht so mit Gustav, der kein Fran=
zösisch sprach, und sich nicht mit ihr verständigen
konnte, welches eine gegenseitige Spannung herbei=
führte. Außerdem hielt Gustav die Neigungsheirath
seines Bruders für ein großes Unglück und nach
seinem Dafürhalten die Quelle seines Ungemachs
und seiner Leiden. Mathilde, welche an eine ge=
wisse Verhätschlung gewöhnt, erachtete Gustavs Zu=
rückhaltung als Unhöflichkeit, und oft hatte ich meine
Noth als Dolmetsch, durch kleine Improvisationen
eine oberflächliche Freundschaft zu erhalten. Nach
einer Spazierfahrt gab Gustav dem Kutscher wohl

ein zu geringes Trinkgeld; dasselbe in die Tasche
steckend murmelte derselbe: Ladre (Knicker). —
Mathilde lachte laut auf, und auf Gustavs Frage,
warum dieses unbändige Lachen erwiederte ich:
„Garnichts! er hat sich nur für das verabreichte
Trinkgeld bedankt.“

Derartige Scenen wiederholten sich mehrmals,
und ich war froh, als Gustav, mich in Paris lassend,
nach Wien zurückkehrte, daß kein ernstes Zerwürfniß
zwischen Beiden entstanden war. — Mathildens
leicht erregbares Temperament verursachte manchmal
kleine Zornesausbrüche über geringfügige Dinge,
und namentlich von ihrer Eifersucht hatte mein
Bruder viel zu leiden, die er mit stoischer Ruhe
ertrug, und durch einige Scherzworte rasch zu be=
schwichtigen verstand. —

Die ganze linke Seite meines Bruders war
paralysirt, das linke Auge erblindet, Arm und Hand
erschlafft, und nur die rechte Seite seines Körpers
hatte ihre Nerventhätigkeit behalten, so daß es ihm
möglich blieb, mit der rechten Hand zu schreiben. —
Oft legte er sie in meine Hand und versicherte, daß
meine Gegenwart für ihn ein großer Trost wäre.
Ich könne kaum begreifen, welches Vergnügen er
empfinde, in deutscher Sprache so vertraulich plaudern
zu können, und war das Thema der fröhlichen Jugend=

erinnerungen erschöpft, so mußte ich von der Mutter und meinen Kindern erzählen. Als vor einigen Monaten sein langjähriger Sekretär Richard Rein= hold ihn verlassen, da habe er die Einsamkeit des Krankenzimmers recht empfunden, die täglichen Be= sucher hätten ihn mehr erschöpft als erfreut, und die auf Zeitungsannoncen bei ihm versuchsweise engagirten Schreiber keinen genügenden Ersatz ge= boten. Vor kurzem sei ein seltsam begabtes an= muthiges Wesen zu ihm gekommen, eine Deutsche, ein munteres Schwabenkind, welche französischen Esprit mit deutscher Innigkeit verbinde. Mit klang= voller Stimme lese sie ihm vor, und sei im fran= zösischen so bewandert, daß er ihr die Correctur seiner Arbeiten überlassen könne. Sie sei etwas unpäßlich gewesen, würde nächstens wiederkommen, und wäre er neugierig, welchen Eindruck sie auf mich machen würde. —

Mouche, wie mein Bruder sie nannte nach ihrem Petschaft, worauf eine Fliege gravirte, war in der That eine liebreizende jugendliche Erscheinung, die auch mir bei meinem vorübergehenden Aufenthalt höchst sympathisch wurde. Von Gestalt mittelgroß, mehr anmuthig als schön, umrahmten braune Locken ihr feines Gesicht, aus dem schelmische Augen über ein Stumpfnäschen hervorblickten, und ein kleiner

Mund, welcher beim sprechen oder lächeln eine Reihe perlender Zähne zeigte. Hände und Füße waren klein und zierlich, und alle ihre Bewegungen hatten etwas ungemein graziöses.

Trotz ihrer Munterkeit hatte auch sie schon den bittern Ernst des Daseins kennen gelernt. Mit einem Franzosen jung verheirathet, verlebte sie die ersten Jahre ihrer Ehe in Paris, jedoch bald ward die kleine Deutsche dem flatterhaften Manne überdrüssig, welcher in frivoler Weise sein Vermögen verpraßte. Um sich seiner Frau zu entledigen, erdachte er folgenden Plan. — Er forderte sie auf, ihn auf einer Geschäftsreise nach England zu begleiten, und als sie sich in London befanden, ersuchte er sie, mit ihm eine befreundete Familie zu besuchen. Der Wagen hielt vor einer hübschen Villa, wo ein alter Herr sie aufs freundlichste empfing, und kaum waren sie in einen eleganten Salon geführt, so war ihr Gatte verschwunden.

Bald gewahrte sie, daß sie sich in einer Irrenanstalt befinde, und auf ihr Schreien und Weinen, sie wieder fortzulassen, wurden Zwangsmittel angedroht, falls sie sich nicht beruhige. Der Schrecken alterirte die unglückliche Frau dermaßen, daß eine Zungenlähmung sie längere Zeit am sprechen hinderte. Erst nach einigen Wochen ward sie Herr ihrer körperlichen Kräfte und konnte den Arzt überzeugen, daß sie nicht geisteskrank sei, worauf ihr die Rückkehr nach Paris gestattet wurde. Ein weiteres Zusammenleben mit ihrem Gatten war unmöglich, und um sich eine Existenz zu sichern, ertheilte sie deutschen Unterricht.

Mouche kam täglich einige Stunden zu meinem Bruder, und seine Verehrung für die muntere Kleine erregte leider bei Mathilden einen krankhaften Grad von Eifersucht, welche zuletzt in Animosität ausartete. Der Wunsch ihres Gatten, Mouche zeitweilig am Mittagsmahle theilnehmen zu lassen, ward von Mathilde trotzig abgelehnt, deren freundliche Begrüßung kaum erwiedert und das Krankenzimmer bei ihrem Erscheinen sofort verlassen. —

Einst wurde ich sogar für Mouche gehalten, als der alte Béranger meinen Bruder besuchte und mich im Halbdunkel am Bette sitzend fand, auf ihn zuschreitend fragte: „Lieber Heine, ist Madame die gerühmte neue Vorleserin Mouche?" — Worauf mein Bruder lächelnd erwiderte: „Cher ami, sie haben wohl mouche volante (Augenflimmern), es ist meine Schwester!" —

Zuletzt hörte ich 1887 von der lieben Mouche, Frau Camille Selden, als sie mir die Mittheilung machte, daß sie Denkwürdigkeiten über meinen

Charlotte Embden, geb. Heine.

Bruder veröffentlicht habe und jetzt in Rouen als
deutsche Sprachlehrerin in einer Damenpension an=
gestellt sei. —

Mein Bruder war ein großer Kinderfreund und
hatte es gerne, wenn die 3 lieblichen Kleinen einer
Freundin Mathildens, der Frau des Cirkus=
directors, zu ihm kamen, worunter das Jüngste
sein Pathchen war. Dann erhielten die Kinder
Kuchen, und mein Bruder erzählte ihnen schöne
Märchen, welchen sie still lauschend zuhörten. Bei
einem derartigen Besuch die Herrlichkeiten des
Himmels preisend, daß man da von früh bis spät
Kuchen esse, und die Engel, wenn sie gespeist, anstatt
der Serviette mit ihren weißen Flügeln den Mund
wischten, rief das kleine Pathchen entrüstet aus:
„Das ist doch sehr unreinlich von ihnen." — Zu
gleicher Zeit bemerke ich andern Mittheilungen gegen=
über, daß Heine kein Adoptivkind besessen hat, —
wie jüngst berichtet wurde. —

Anfangs December erhielt ich die Nachricht der
plötzlichen Erkrankung eines meiner Kinder und faßte
daher den Entschluß, nach Hamburg zurück zu kehren.
Vorher fragte ich Dr. Gruby, was er vom Zustande
meines Bruders halte, worauf ich die beruhigende Er=
klärung erhielt, daß, wenn kein unerwarteter Zwischen=
fall eintrete, er noch 2 bis 3 Jahre leben könne. —

Meinem Bruder machte ich die Mittheilung meiner baldigen Abreise, mit dem festen Versprechen, im nächsten Frühjahr wiederkommen zu wollen. — Traurig nahm er sie entgegen und bat, wenn es irgend möglich wäre, mich von meinem Sohne Ludwig begleiten zu lassen, dem er in seinem Testamente die Verfügung über seinen litterarischen Nachlaß gegeben hätte, und über manches mit ihm persönliche Rücksprache nehmen möchte. Alsdann machte er mir über die Dispositionen des Nachlasses weitläufige Auseinandersetzungen, und vor allem Campe zu beobachten, der aus der Gesammtausgabe weglassen könne, was er wolle, aber nichts eigenmächtig zusetzen dürfe. —

Um mir den Abschied zu erleichtern, verfaßte mein Bruder Tags vorher ein munteres Gedicht, welches in launiger Weise das Zusammentreffen mit meiner Familie schilderte. Als ich es am Morgen meiner Abreise vom Schreibtisch nehmen wollte, wo ich es hingelegt hatte, war es verschwunden, und hörte zu meinem Leidwesen, daß die Bonne es zum Feuermachen benutzt hätte. Als ich es meinem Bruder klagte, sagte er: „Tröste Dich, liebe Schwester, bei Deiner Rückkehr verfasse ich ein Gedicht, welches noch viel feuriger sein soll." —

Es fand aber kein Wiedersehen statt, denn nach

kaum 2 Monaten fand er unerwartet die ewige
Ruhe, und mein Abschiedskuß war der letzte, welchen
ich auf seine bleichen Wangen drücken konnte." —

Einige Wochen nach der Abreise seiner Schwester
verschlimmerte sich wieder der Zustand Heines,
Athembeschwerden und Brustkrämpfe stellten sich
häufiger ein und zwangen ihn oft ganze Nächte
sitzend im Bette zuzubringen. Die Schlaflosigkeit
erzeugte große Schwäche, aber trotzdem arbeitete der
Dichter 2 bis 3 Stunden täglich. 3 Tage vor
seinem Ableben stellte sich ein schmerzhaftes Erbrechen
ein, welches nicht mehr zu stillen war, und Dr.
Grubys Verordnung, Eisumschläge auf den Magen
zu machen, konnte nur vorübergehende Erleichterung schaffen. Die letzte Nacht war sehr qual-
voll, die Schwäche nahm zu und der Todeskampf
trat ein.*)

Bis zum letzten Augenblick behielt H. Heine
sein volles Bewußtsein und starb Morgens gegen
5 Uhr am 17. Februar 1856. — Das Leichen-
begängniß fand am 20. Februar, an einem kalten
nebligen Wintermorgen um 11 Uhr statt, nach dem
in seinem Testamente ausgesprochenen Wunsch, still

---

*) Anhang S. 313, Brief der Wärterin Catherine
Bourlois an Heines Schwester.

19*

und prunklos auf dem Kirchhof Montmartre begraben zu werden.*) —

Die Todesnachricht machte einen niederschmettern=den Eindruck auf seine Schwester, die nicht glaubte, als sie ihren Bruder vor kurzem verlassen, daß so bald der Tag der Erlösung seiner Leiden eintreten würde, und der Schmerz der ihn überlebenden alten Mutter spottete aller Beschreibung. —

Der Verlust ihres Lieblings und Stolzes ihres Lebens warf sie aufs Krankenbett; doch siegte ihre kräftige Natur, und erst 3 Jahre später, am 3. September 1859, entschlummerte sie, mit ihrer treuen Gesellschafterin an einem Tage an der Cholera, welche damals auf's schrecklichste in Ham=burg wüthete.

———

Kaum hatte die Erde Heines Grab bedeckt, so entspann sich zwischen seinem Bruder Gustav und Mathilden ein unerquicklicher öffentlicher Streit, wem das Recht zukäme, dem Dichter ein Denkmal zu setzen.

---

*) Anhang S. 315 das vollzogene, rechtskräftige Testa=ment nach dem Originale.

Ueber diese Angelegenheit erhielt ich s. Z. von Frau Mathilde ein ausführliches Schreiben, welches sich im Anhang vorfindet, beschränke mich im Uebrigen auf die Veröffentlichung weniger Briefe derselben, da sie weder von ihr verfaßt noch geschrieben sind und nur die eigenhändige Unterschrift V᷂ᵉ Henri Heine tragen.

Ein ferneres Schreiben Mathildens benachrichtigte mich, daß sie die Verfügung § 3 des Testaments meines Onkels nicht zur Ausführung bringen wolle. —*)

Derselbe lautet: „Ich wünsche, daß nach meinem Ableben alle meine Papiere und meine sämmtlichen Briefe sorgfältig verschlossen, zur Verfügung meines Neffen Ludwig von Embden gehalten werden, dem ich meine weiteren Bestimmungen ertheilen werde, über den Gebrauch, den er davon machen soll; ohne Präjudiz der Eigenthumsrechte meiner Universalerbin." —

Frau Mathilde motivirte ihre Weigerung, mir die Papiere auszuliefern, damit, daß mein Onkel schon im vorigen Sommer ein anderes Testament hätte machen wollen, und daß sie die Papiere des Nachlasses classificiert und durchgesehen habe, ohne die von mir

---

*) Briefe von Frau Mathilde: Anhang Seite 324.

verlangten schriftlichen Informationen vorgefunden
zu haben. — Diese Angaben sind auf die Rath-
schläge des Rechtsbeistandes der Frau Mathilde,
eines Herrn Julia, zurückzuführen und widerstreiten
den Mittheilungen meiner Mutter, welche mit ihrem
Bruder 2 Monate vor seinem Tode diese Angelegenheit ausführlich besprochen.

Derselbe übte einen unbegrenzten Einfluß auf
Frau Mathilde aus und versuchte, obgleich kein
Dokument H. Heines ihn dazu berechtigte, noch seine
Unkenntniß der deutschen Sprache ihn dazu befähigte,
meine testamentarischen Rechte zu usurpiren. Einen
Prozeß mit Frau Mathilden zu führen widerstrebte
meinen Gefühlen, da ich meinem Onkel gelobt hatte,
seiner Gattin stets Schutz und Beistand zu ge-
währen, und beschränkte ich mich darauf, in freund-
schaftlicher Weise auf Erfüllung der testamentarischen
Verordnung zu dringen. — Meine Bemühungen
hatten jedoch erst dann Erfolg, als Frau Mathilde
sich mit Herrn Julia gründlich überworfen, aus
Ursachen, die sich der Oeffentlichkeit entziehen, und
dessen unbefugte Einmischung ein klägliches Ende
bereitete. — Frau Mathilde stellte mir alle Papiere
des Nachlasses zur Verfügung, mit Ausnahme eines
Memoirenfragments, welches ich erst nach ihrem
Tode erhalten sollte, und welches sie nicht aus

Händen geben wolle, weil ihr gerathen, der Familie
mit Veröffentlichung desselben zu drohen, falls ihr
jemals die Rente entzogen würde. —
Nach genauer Durchsicht aller Papiere des Nach=
lasses ließ ich mir die ungedruckten Manuskripte
nach Hamburg schicken, in Paris die minder wich=
tigen zurücklassend. — Es blieben dort, sorgfältig
verpackt, außer dem Memoirenfragmente mehrere
Packete Brouillons bereits gedruckter Manuskripte,
und die an H. Heine gerichteten Briefe, deren über=
wiegende Zahl die geschäftliche Correspondenz mit
Jul. Campe ausmachte. —
Frau Mathildens Ableben ward s. Z. verheim=
licht, weder meiner Mutter noch mir angezeigt, und
erst aus den Zeitungen erfuhren wir ihr Begräbniß.
— Ich beorderte sogleich meinen in Paris domi=
cilirenden Neffen, die dort zurückgelassenen Papiere
H. Heines zu reclamiren, erhielt jedoch zur Antwort,
daß es zu spät, da alles schon gerichtlich versiegelt
sei. — Frau Mathilde hatte, aus kindischer Todes=
furcht, kein Testament gemacht und war plötzlich am
Schlagfluß gestorben. — Als Rechtsnachfolgerin
legitimirte sich eine alte Cousine Mathildens, Frau
Wittwe Fauvet geborne Mirat, wohnhaft im Dorfe
Binot. Von dieser gesetzmäßigen Erbin hatte der
unvermeidliche Herr Julia sich als Bevollmächtigter

ernennen laffen, und in deren Namen beschlag=
nahmte er alles, auch die von mir in Paris ge=
laffenen Papiere H. Heines. —

Ich verlangte von Herrn Julia, der sich häuslich
in der Wohnung der Frau Mathilde niedergelaffen
hatte, aufs energischste deren Auslieferung: denn es
konnte den Intentionen des wahren Erblaffers, meines
Onkels H. Heine, nicht entsprechen, daß seine Papiere
in Besitz fremder Personen übergehen durften. —

Die Correspondenz blieb erfolglos, und ich ging
nach Paris, um gegen Herrn Julia einen Prozeß einzu=
leiten. — Mein Advokat erklärte, gegen Herrn Julia
nichts unternehmen zu können, bis ich einen Prozeß
gegen die Rechtsnachfolgerin der Wittwe Heine,
Frau Fauvet Vve in allen Instanzen gewonnen
hätte. — Um als Deutscher vor französischen Tri=
bunalen keine langwierige, kostspielige Prozeffe zu
führen, proponirte ich der Erbin, für ihr vermeint=
liches Erbrecht der Heineschen Papiere eine Abstands=
summe zahlen zu wollen, doch müffe sich Herr Julia
durch eine notarielle Akte verpflichten, daß mir auch
alles überliefert würde, was nach seinem Wiffen
vorgefunden wäre. Letztere Clausel bewirkte wohl,
daß mir niemals, wie Herr Julia versprochen, eine
Kaufofferte gemacht wurde, und Herr Julia, welcher
mir gegenüber das Vorhandensein eines Memoiren=

fragments entschieden in Abrede gestellt hatte, ver=
kaufte nach einer ungeheuerlichen Reklame durch
Vermittlung eines Berliner Litteraten die wenigen
Blätter desselben an die Gartenlaube und Herrn
J. Campe für 16000 Frcs. —

Herr Julia rühmte sich, Erbe des Heineschen
Nachlasses zu sein, verschwieg die wahre Thatsache,
wie das Memoirenfragment in seine Hände ge=
kommen, und seine Mittheilungen darüber in R.
Fleischers „Deutsche Revue", sowie in verschiedenen
deutschen und französischen Zeitschriften, welche
deutlich den Stempel plumper Erfindung zur Schau
trugen, standen im argen Widerspruch mit den bis=
her bekannten veröffentlichten officiellen Dokumenten.

Strodtmann schreibt in seiner Biographie über
H. Heine, daß Campe nach dem Tode des Dichters
den verdrießlichsten Vexationen von Seiten der
Heineschen Familie ausgesetzt gewesen, und daß die=
selbe jede Mitwirkung bei der Gesammtausgabe ab=
gelehnt habe, ihm auch den Nachlaß mit den darin
befindlichen Dispositionen zur Anordnung derselben,
vorenthalten habe und eine fabelhafte Summe, erst
30000 Frs., dann 12000 Frs., gefordert habe. —

Zur Richtigstellung dieser Notiz bemerke ich, daß ich

von Herrn Campe sen. gedrängt ihm den Nachlaß
zu verschaffen, sofort, als ich die Disposition erhalten
ihn für 15000 Frs. angeboten habe, derselbe mir
12000 Frs. dafür bot, und ich eigens nach Paris
ging, um Frau Mathilde den Verkauf zu empfehlen.
Nach meinem Dafürhalten war nämlich unter den
Manuskripten Vieles, das schon an Campe früher
verkauft und von der Censur gestrichen, nicht ver=
öffentlicht wurde. Jedenfalls wäre ein Prozeß nicht
ausgeblieben, hätte ich den Nachlaß einem andern
Verleger überlassen: denn ich kannte den alten Campe
nur zu gut. — Bei meiner Rückkehr machte ich
Herrn Campe die Mittheilung, daß Frau Wittwe
Heine seine Offerte annehmen wollte. Worauf der=
selbe erwiederte: „Jetzt ist es zu spät, die Gesammt=
ausgabe ist schon im Druck, und ich gebe nur noch
die Hälfte." —

Unwillig brach ich alle Unterhandlungen ab und
verkaufte nach Campes Tode seinem Sohn und
Nachfolger den Nachlaß für 10000 Frs., welche
Summe die Wittwe Heine unverkürzt erhielt. —
1869 erschien der Nachlaß in einer vortrefflichen
Zusammenstellung Strodtmann's als Supplement=
band der großen Gesammtausgabe, und brachte dem
Verleger, wie er mir mittheilte, einen ansehnlichen
Nutzen. —

Die 1861/62 vorher erschienene Gesammtausgabe wurde vom alten Campe, ohne Hinzuziehung eines Familiengliedes Heines durch Strodtmann redigirt, veröffentlicht. Es wurden die Verordnungen Heines ignorirt, nichts hinzuzufügen und, was Aergerniß erwecken könnte, wegzulassen. Die Gesammtausgabe enthielt Vieles, was vorher nicht gedruckt war, jedenfalls nicht hätte veröffentlicht werden sollen, wie z. B. die Gedichte, Schloßlegende, die Weber ꝛc.

H. Heine verordnete in seinem Testament § 4: „Daß, wenn mein Freund Campe, der Verleger meiner Werke, irgend welche Aenderungen in der Art und Weise wünscht, wie ich meine verschiedenen Schriften in dem genannten Prospektus geordnet habe, so wünsche ich, daß man ihm in dieser Hinsicht keine Schwierigkeiten bereite, da ich mich immer gern seinen buchhändlerischen Bedürfnissen gefügt habe. Die Hauptsache ist, daß in meinen Schriften keine Zeile eingeschaltet werde, die ich nicht ausdrücklich zur Veröffentlichung bestimmt habe, oder die ohne die Unterschrift meines vollständigen Namens gedruckt worden ist; eine angenommene Chiffre genügt nicht, um mir ein Schriftstück zuzuschreiben, das in irgend einem Journal veröffentlicht worden, da die Bezeichnung des Autors durch eine Chiffre immer von den Chefredakteuren abhing, die sich nie=

mals die Gewohnheit versagten, in einem bloß mit der Chiffre bezeichneten Artikel Aenderungen am Inhalt oder der Form vorzunehmen.

Ich verbiete ausdrücklich, daß unter irgend= welchem Vorwande irgend ein Schriftstück eines Andern, sei es so klein wie es wolle, meinen Werken angehängt werde, falls es nicht eine biographische Notiz aus der Feder eines meiner alten Freunde wäre, den ich ausdrücklich mit einer solchen Arbeit betraut hatte. Ich setze voraus, daß mein Wille in dieser Beziehung, d. h. daß meine Bücher nicht dazu dienen, irgend ein fremdes Schriftstück ins Schlepptau zu nehmen oder zu verbreiten, in seinem vollen Umfange loyal befolgt wird."

Campe hatte beim Zerschlagen der Verhandlungen über den Nachlaß, allein für Ueberlassung der von Heine gegebenen Dispositionen für die Gesammt= Ausgabe 3000 Frs. geboten, welches Mathilde Heine jedoch rundweg abschlug in der Hoffnung, ihn da= durch zur Annahme ihrer Forderung für das Ganze zu veranlassen.

Die Ablehnung mag das Motiv gewesen sein, daß Campe sich nunmehr auch nicht an die vor= stehende Bestimmungen des Testaments gebunden erachtete, zumal das Publicum eine, in allen Lücken ergänzte Ausgabe der Werke dringend verlangte.

Es muß dem Herausgeber Adolf Strodtmann nachgesagt werden, daß er sich dieser Aufgabe mit Geschick unterzogen habe, nur daß er durch allzu=großen Eifer in dem Bestreben der Gesammtausgabe nichts zu entziehen, zu weit ging.

———————

1864 wurden durch mich die Differenzen der französischen Verleger mit Frau Mathilde beigelegt, indem letztere glaubte, in ihrem Tantièmenrecht beeinträchtigt worden zu sein. Ihren Wunsch, die Tantièmen von 25 Centimes pro Band durch eine einmalige Capitalauszahlung abzulösen, trug ich kein Bedenken, zu erfüllen, da ihre jährlichen Renten von Carl Heine Frs. 5000, und diejenige von J. Campe ca. Frs. 3400 — genügten, ihre Existenz zeitlebens zu sichern. — Ich verkaufte das Tantièmenrecht der Frau Mathilde an die Herren M. Levy Frères für die Summe von 17500 Frs., und erhielt Erstere, nach meiner Abreise von Paris, dieselbe unverkürzt ausgezahlt.

Es entstanden jedoch neue Streitigkeiten, als 1866 die Briefe Heines in französischer Sprache erschienen, und Frau Mathilde glaubte dafür von den Herren

M. Levy Frères eine Extravergütung beanspruchen zu können, welche dieselben verweigerten.*) Der darauf folgende Prozeß fiel zu Ungunsten der Wittwe Heine aus, trotzdem der berühmte Advokat Jules Favre seine ganze Beredtsamkeit aufbot, ihre Ansprüche zu vertheidigen.

Die irrige Meinung, daß von H. Heine noch ungedruckte Manuskripte existiren, welche sich bis heute erhalten hat, ward schon durch Frau Mathilde bei Lebzeiten öffentlich durch die Erklärung bestritten: „daß Niemand rechtlicher Weise etwas besitze, und wer etwas habe, es veröffentlichen möge." — Ferner erklärte 1869 die Wittwe H. Heines in dem von ihr und mir unterschriebenen Verkaufscontrakt des Nachlasses mit den Herren Hoffmann & Campe**): „daß alle Manuskripte des literarischen Nachlasses H. Heines sich in Herrn von Embdens Händen befänden, daß sie nichts mehr von Gedichten oder schriftlichen Arbeiten besitze, mit Ausnahme eines

---

*) Anhang Seite 334 Briefe von Mathilde Heine.
**) Anhang Seite 340 Verkaufscontrakt mit Hoffmann und Campe.

Memoiren-Fragments, welches vorläufig nicht veröffentlicht werden sollte, und die Herren Hoffmann
und Campe berechtigte, Jeden zu belangen, wer es
auch sei, der noch etwas ungedrucktes publiciren
würde." —

Strodtmann glaubte irrthümlich alle Manuskripte,
welche Heine in seiner Correspondenz seit 1823 er-
wähnte, als noch vorhanden, vergessend, daß beim
Hamburger Feuer vieles vernichtet wurde, und neuere
Biographen wiederholen mit einer geheimnißvollen
Wichtigthuerei dasselbe, sich auf unzuverlässige Per-
sonen beziehend, ohne factischen Anhalt für ihre
Behauptungen zu bieten.

Im Betreff der Memoiren möchte ich nochmals
erinnern, daß 1833 und 1842 durch Feuersbrunst
beträchtliches an Manuskripten verloren ging, und
der Dichter selber, nach seiner Aussöhnung mit Carl
Heine, dieselben theilweise freiwillig vernichtet hat. —
Vorher schon in Folge finanzieller Bedrängnisse,
aus dem Memoirenheft Stückweise in verschiedene
Werke mehreres eingeschaltet hat, z. B. in seinen
Geständnissen und Buch über Börne. — Zeitlebens,

bis zu seinem Tode schrieb Heine an seinen Memoiren und hegte den Plan, das schon Veröffentlichte mit dem neu hinzugeschriebenen als ein Ganzes herauszugeben. — Von dem 1884 veröffentlichten Memoirenfragment ward durch Heines Bruder Max 1867, als er die Ausstellung in Paris besuchte, und Frau Mathilde ihm die Durchsicht desselben freundlichst gestattete, unberechtigter Weise ein großer Theil vernichtet. — Frau Mathilde war natürlich sehr aufgeregt darüber, rief mich nach Paris, und als ich mir über diesen Gewaltsakt von meinem Onkel Aufklärung erbat, erwiederte derselbe: „Es wäre nothwendig für den Ruhm seines Bruders gewesen, die letzten in Fieberhitze geschriebenen Blätter der Memoiren zu vernichten, um das in Mathildens Händen gebliebene Memoirenfragment unschädlich zu machen. —

Frau Mathilde war leider zu oft schlecht berathen, und wurde der Nachlaß, ehe derselbe in meine Hände kam, der französischen Regierung unter Napoleon III. für 30 000 Frs. zum Kauf angeboten, welche nach einigen Unterhandlungen refüsirte. Das erst neuerdings wieder aufgefrischte Gerede, daß sich die Memoiren Heines in den geheimen Archiven der österreichischen Regierung befinden, mag s. Z. dadurch entstanden sein, daß Herr von Friedland, ein

Statue Heinrich Heines von Hasselriis
auf Korfu.

langjähriger Bekannter H. Heines, die so sehr erreg-
bare Frau Mathilde bewog, ihm das Memoirenheft
mitzugeben, um es der österreichischen Regierung
durch Vermittlung des Fürsten Metternich zu Kauf
anzubieten. Als ich nach Paris kam und zu meiner
Verwunderung davon hörte, veranlaßte ich Frau
Mathilde, sofort das Memoirenfragment energisch
zurückzufordern, welches ihr, nachdem man sich von
dem harmlosen Inhalt überzeugt hatte, dankend
zurückgesandt wurde. — In den Händen der österreichischen Regierung befinden sich keine Manuskripte
H. Heines, außer einigen Blättern Manuskript —
Autographen, welche 1887 von Ihrer Majestät der
Kaiserin, als große Verehrerin des Dichters, anläß-
lich ihres Besuches bei meiner Mutter in Hamburg,
huldvollst angenommen wurden. —

Die hohe Frau hegt eine auf feinstem Verständniß ausgesprochene Vorliebe für H. Heine, und
als das von ihr patronisirte Projekt zur Errichtung
eines Denkmals in Düsseldorf nicht zu Stande kam,
stiftete dieselbe auf ihrem marmornen Feenschloß
„Achilleion" auf Korfu dem Dichter ein Denkmal
von sinniger Pracht, wie es ihm wohl kaum im
Vaterlande zu Theil geworden wäre. — Vom
Meeresstrand führt eine mehrhundertstufige Treppe
aus weißem Marmor, am Hange eines waldigen

Hügels empor, und hoch oben, auf einem Absatz der Treppe, erhebt sich ein sechssäuliger, von allen Seiten offner Tempel aus weißem Marmor mit runder Kuppel. Die Mitte des zierlichen Baues, beschattet von mächtigen silbergrauen Olivenbäumen, birgt das lebensgroße Marmorbild H. Heines, eine Schöpfung des in Rom lebenden dänischen Bildhauers Hasselriis. — Die ernste, stimmungsvolle Statue steht Angesichts des Meeres, welches der Dichter so wahr und ergreifend besungen, und stellt denselben sitzend, in dem letzten Stadium seiner unheilvollen Krankheit dar, mit nach vorn geneigtem Haupte und geschlossenen Augen, denen Thränen entquillen. Die eine Hand hält den Schreibstift, die andere ein Blatt mit dem Texte des Liedes:

Was will die einsame Thräne?
Sie trübt mir ja den Blick,
Sie bleibt aus alten Zeiten
In meinen Augen zurück.

Frau Mathilde bewohnte lange Jahre eine einfache, recht behagliche Wohnung aux Batignolles rue l'Écluse, deren Rückseite die Aussicht auf blumenreiche Gartenanlagen gewährte. Dort herrschte eine musterhafte Ordnung und Sauberkeit, wofür die arbeitsame Pauline ununterbrochen sorgte. — Ihre Zerstreuungen bestanden darin, den Cirkus oder die kleinen Boulevardstheater zu besuchen, wenn dort heitere Stücke gegeben wurden, oder mit Pauline einen Spaziergang nach den Champs Elysées zu machen. Außerdem spielten die Tafelfreuden bei ihr eine wichtige Rolle, und war ich zu Gast, so ließ sie eine Lieblingsspeise ihres pauvre Henri bereiten, und glaubte, bei ihrem kindlichen Gemüth, sein Andenken dadurch recht zu ehren. Rührend war es, mit welcher pietätvollen Liebe sie von ihm sprach und mir anvertraute, daß man häufig ihre Hand begehrt hätte, sie sich aber nie entschließen könne, ihren Henri zu vergessen, und seinen berühmten Namen abzulegen. — Wenn ihr pauvre Henri recht böse war, daß sie zu viel Geld ausgegeben, oder traurig nach Deutschland an Mutter und Schwester dachte, dann hätte eine einzige Liebkosung genügt, um ihn wieder froh und heiter zu stimmen.

„Es kommt mein Weib, schön wie der Morgen,
Und lächelt fort die deutschen Sorgen."

Mathilde war eine große Thierfreundin, außer Cocotte hatte sie eine Vogelhecke mit 50—60 Canarienvögeln und 3 weiße Bologneserhunde. — Begann

20*

die ganze Menagerie zu schreien, zwitschern und bellen,
so war der Lärm unerträglich, und wenn ich mich
dann eiligst entfernen wollte, sagte sie verwundert:
„C'est drôle, vous êtes comme votre oncle, qui
n'aimait pas les bêtes." —

Während der Belagerung war Mathilde in Paris
geblieben und klagte mir später, was sie damals
ausgehalten hätte, für ein Huhn habe sie 200 Frs.
geben müssen. — Als ich dann mein Erstaunen
ausdrückte, daß sie solchen Preis gezahlt habe, erwiederte sie lächelnd: „Que faire si c'était le prix."
— Sie lernte niemals den Werth des Geldes
schätzen und blieb immer das große, harmlose Kind!
— Die Sommermonate verbrachte sie größtentheils
auf dem Lande, und ungefähr 2 Jahre vor ihrem
Tode besuchte ich sie zuletzt in Longjumeau, wo sie
damals weilte; es war eine luftige, geräumige Wohnung, und mit kindlicher Freude zeigte sie mir in
dem großen Garten die Fruchtbäume und schattigen
Lauben. —

Mathildens Aeußere hatte sich seit unserer letzten
Begegnung sehr verändert, ihr Haar war gebleicht,
ihre Korpulenz hatte in erschreckender Weise zu-
genommen, und Klagen über rheumatische Leiden ent-
schlüpften dem sonst nur lachenden Munde. Nach
einem copiösen Frühstück stellte sich bei ihr die ge-

wohnte gute Laune wieder ein, und nach einigen
Stunden fröhlichen Zusammenseins, als sie mich beim
Abschied umarmte, ahnte sie nicht, daß kein Wieder=
sehn stattfinden würde.

Am 17. Februar 1883, an dem Todestage ihres
Gatten, stand Mathilde in ihrer Wohnung in Passy
am Fenster, und kurz vorher noch mit Paulinen
sprechend, sank sie plötzlich vom Schlagfluß getroffen
todt zur Erde. —

Nach 27 Jahren vereint dasselbe Grab sie wieder
mit dem geliebten Gatten, dem sie das Leben durch
ihre Anmuth und Munterkeit verschönerte und so
manche Stunde seiner schweren Leiden vergessen
machte. —

Die Veröffentlichung vorstehender Familienbriefe
Heinrich Heines, verbunden mit einem kurzen Rück=
blick seines Lebens, möge als Abwehr für fernere
irreleitende Mittheilungen über den Dichter, sowie
dessen Beziehungen zu seiner Familie nützen; und
gleichzeitig als ein bleibendes Werk der Erinnerung
und Verehrung für den Hingeschiedenen dienen.

Man kann mit Recht auf diese Briefe seine eignen Worte anwenden:

> Meine Qual und meine Klagen
> Hab' ich in dies Buch gegossen,
> Und wenn Du es aufgeschlagen,
> Hat sich Dir mein Herz erschlossen.

Anhang.

1) Brief der Wärterin Frau Catharine Bourlois über H. Heines Todesstunde.

2) Testament H. Heines, registrirt: Paris, d. 20. Febr. 1856.

3) Briefe der Frau Mathilde Heine.

4) Antwort des franz. Verlegers Herrn M. Levy.

5) Verkaufscontrakt über H. Heines Nachlaß mit Herren Hoffmann & Campe.

I.

Brief der Wärterin Catherine Bourlois an Frau
Charlotte Embden in Hamburg.

Paris, le 11 Mars 1856.

Madame!

Je viens de transmettre à Mr. votre frère de
très longs détails, qu'il me demanda sur la fin
de Mr. Heine. Mme votre belle soeur a quitté
la maison mortuaire une heure $^1/_2$ avant l'enterrement, elle n'est point encore revenue avenue Mon-
taigne, mais Melle Pauline vient chaque jour
chercher ses lettres chez le concierge, j'ignore
l'adresse de Mme. Heine. —

Le jour qui a précédé sa mort, mon pauvre
maître disait: Je suis content que ma famille est
venue, car je ne les verrai plus, il regrettait beaucoup de ne pas avoir écrit le mercredi, parce
qu'il ne pourrait plus le faire. La nuit dernière
il répétait, et répétait comme le vendredi, je suis
perdu; pendant cette fatale nuit j'avais avec moi
une garde, et j'ai été reveiller Melle Pauline

lorsque j'ai vu la fin approcher j'aurai bien ap-
pellé Madame, mais le moindre bruit pouvait
empirer ses derniers moments, et je craignais l'effet
que la mort d'un époux doit produire sur sa
femme, cependant près du moment suprême Melle
Pauline a courru chez Madame, et je n'ai eu
que le temps de lui dire sur le pas de la port:
„Tout est fini!" —

Un quart d'heure avant de mourir Mr. Heine
avait toute sa connaissance. Je l'ai constamment
encouragé et consolé de mon mieux, mais il voyait
comme nous que les médicaments n'opéraient
aucune amélioration. L'attachement qu'il vous
partait, et la demande que vous m'aviez faite en
partant, me faisait un devoir de vous écrire, je
l'ai fait, sans en instruire Madame Heine, veuillez
donc Madame éviter de lui parler de mes lettres,
et si vous avez de nouveaux ordres à me donner,
vous ajouterez à mon adresse: Commune de Passy,
rue du bel air, barrière de l'Etoile. Paris.

Faute d'étre correctement adressée, votre lettre
n'est arrivée que le 9.

Je suis Madame, votre très humble servante
Catherine Bourlois.

J'ajouterai que samedi de 4 à 5 heures du
soir Monsieur m'appela par trois fois il me dit

d'écrire — — — — mais ne comprenant pas le
sens de ses paroles, et ne voulant pas le faire
répéter Je répondis Oui. je lui dis peu après:
quand vos vomissemens cesseront, vous écrivez
vous-même, il reprit, je vais mourir.

II.

Testament de H. Heine.

Pardevant Mr. Ferdinand Léon Ducloux et
Mr. Charles Emile Rousse Notaires à Paris soussignés, Et en présence:

1 de Mr. Michel Jacob, Marchand Boulanger,
demeurant à Paris rue d'Amsterdam No. 60

2₀ Et Mr. Eugène Grouchy, Marchand Epicier,
demeurant à Paris, rue d'Amsterdam No. 52,
Tous deux témoins réunissant les conditions vou-
lues par la loi, ainsi qu'ils l'ont declaré aux notaires soussignés sur l'interpellation qui en a été
faite séparément à chacun d'eux. Et dans la
chambre à coucher de Mr. Heine ci-après nommé,

sise au second étage d'une maison rue d'Amsterdam No. 50, dans laquelle chambre à coucher
éclairée sur la cour par une croissée, les notaires
et les témoins surnommés choisis par le testateur,
se sont réunis à la réquisition expresse de ce
dernier

A Comparu

Mr. Henri Heine, homme de lettres et Docteur
en droit, demeurant à Paris rue d'Amsterdam No. 50.

Lequel étant malade de corps, mais sain d'Esprit mémoire et entendement ainsi qu'il est apparu
aux dits Notaires et témoins en conversant avec
lui, a, dans la vue de la mort, dicté audit Mr.
Ducloux, en présence de Mr. Rausse et des témoins, son testament de la manière suivante.

§ 1ᵉʳ J'institu e pour ma légataire universelle
Mme Mathilde Crescense Heine, née Mirat, mon
épouse légitime avec laquelle j'ai passé depuis de
longues années mes bons et mes mauvais jours
et qui m'a soigné pendant la longue et cruelle
durée de ma maladie. Je lui laisse en propriété
pleine et entière, et sans aucunes conditions ni
restrictions, tout ce que je possède et que je
pourrai posséder à mon decès, et tous mes droits
à une profession quelconque.

§ 2. A une époque où je me croyais un

avenir opulent, j'ai aliéné toute ma propriété
littéraire à des conditions très modestes, des évé
nements malencontreux ont plustard englouti le
petit pécule que je possédais et ma maladie ne
me permet pas de refaire un peu ma fortune au
profit de ma femme. La pension que je tiens de
feu mon oncle Salomon Heine, et qui était toujours
la base de mon budget, n'est assurée à ma femme
qu' en partie. C'est moi-même qui l'avais voulu
ainsi. Je ressens à présent les plus grands regrets
de n'avoir pas mieux établi l'aisance de ma femme
après ma mort. La susdite pension de mon oncle
représentait dans le principe la rente d'une somme
que ce bienfaiteur paternel ne se souciait pas de
mettre entre mes mains de poëte inhabile aux
affaires, pour mieux m'en assurer une juissance
durable. Je comptais sur cette dotation lorsque
j'unis à mon sort une personne que mon oncle
distinguait beaucoup, et à laquelle il donnait maint
témoignage d'affection. Bien qu'il n'ait rien fait
pour elle d'une manière officielle dans ses dis-
positions testamentaires. Il n'en est pas moins
à présumer que cet oubli est dû à un hasard fatal
plutôt qu'aux sentiments du défunt. Lui, donc
la magnificence a enrichi et doté tant de personnes
étrangères à sa famille, et à son coeur, ne peut

pas être accusé d'une lésinerie mesquine, où il
s'agissait du sort de l'épouse d'un neveu qui illu-
strait son nom. Les moindres gestes et paroles
d'un homme qui était la générosité même, doivent
être interprétés comme généreux. Fils digne de
son père, mon cousin Charles Heine s'est rencontré
avec moi dans ces sentiments, et c'est avec un
noble empressement qu'il a tempéré à ma demande,
lorsque je l'ai prié de prendre l'engagement
formel de payer après mon décès à ma femme,
comme rente viagère la moitié de la pension qui
datait de feu son père, cette stipulation a eu lieu
le 25 février 1847, et je suis encore ému du
souvenir des nobles reproches, que mon cousin,
malgré nos dissentiments d'alors, me fit au sujet
de mon peu de confiance en ses sentiments, à
l'égard de ma femme. Lorsqu'il me tendit la
main comme gage de sa promesse, je la pressai
contre mes pauvres yeux malades, et la mouillai
de larmes. Depuis ma position s'est empirée et
ma maladie a fait tarir bien des ressources que
j'aurais pu laisser à ma femme, ces vicissitudes
imprévues et d'autres raisons graves me forcent
d'avoir de nouveau recours aux sentiments dignes
et justes de mon cousin, je l'engage à ne point
amoindrir de la moitié ma susdite pension, en la

reportant sur ma femme après ma mort, et à la lui payer intégralement telle que je la touchais pendant la vie de mon oncle.

Je dis exprès „telle que je la touchais pendant la vie de mon oncle", parceque depuis presque cinq ans que ma maladie a augmenté de gravité, mon cousin Charles Heine a, de fait, plus que doublé la somme de ma pension, attention généreuse pour laquelle je lui porte une grande gratitude. Il est plus que probable que je n'aurais pas besoin de faire cet appel à la libéralité de mon cousin, car je suis persuadé qu'avec la première pelletée de terre qu'il jettera sur ma tombe, selon son droit, comme mon plus proche parent, s'il se trouve à Paris lors de mon trépas, il oubliera tous ces vilains griefs que j'ai tant regrettés, et expiés par une langue agonie. Il ne se souviendra certainement alors que de la bonne amitié d'autrefois, de cette affinité et conformité de sentiments, qui nous unissaient dès notre tendre jeunesse, et il vouera une protection, toute fraternelle à la veuve de son ami, mais il n'est pas inutile pour le repos des uns et des autres, que les vivants sachent, ce que leurs demandent les morts.

§ 3. Je désire qu'après mon décès, tous mes

papiers et toutes mes lettres soient enfermés
scrupuleusement et tenus à la disposition de mon
neveu Ludwig von Embden à qui je donnerai
mes instructions ultérieures sur l'usage qu'il doit
en faire, sans préjudice aux droits de propriété
de ma légataire universelle.

§ 4. Si je meurs avant que l'édition com-
plète de mes oeuvres ait paru, et que je n'aie
pas pu précider à la Direction de cette Édition,
au même que ma mort soit arrivée avant qu'elle
ne fut terminée, je prie mon parent Mr. le Docteur Rudolph Christiani, de me remplacer dans
la Direction de cette publication en se conformant
strictement au prospectus, que j'aurai laissé à ce
sujet. Si mon ami Mr. Campe, l'Éditeur de
mes oeuvres, désire quelques changements dans la
manière de laquelle j'ai coordonné mes différents
écrits dans les susdit prospectus, je désire qu'on
ne lui fasse pas de difficultés sous ce rapport, vu
que j'ai toujours aimé à m'accomander à ses be-
soins de libraire. La chose principale, c'est qu'il
ne soit intercalé dans mes écrits, aucune ligne
que je n'ai pas destinée expressement à la publicité,
ou qui ait été imprimée sans la signature de mon
nom en toutes lettres. Un chiffre de convention
ne suffit pas pour m'attribuer un écrit publié

par quelque journal, attendu que l'indication de l'auteur par un chiffre dépendait toujours des redacteurs en Chef, qui ne sont jamais interdit non plus l'habitude de faire des changements de fond ou de forme dans un article signé seulement par un chiffre, je fais défense expresse que sans aucun prétexte, quelqu'écrit d'un autre, si petit qu'il soit, soit annexé à mes ouvrages, à moins que ce ne soit une notice biographique émanée de la plume d'un de mes anciens amis, à qui j'aurai demandé expressement un tel travail. J'entends que ma volonté sous ce rapport, c'est-à-dire que mes livres ne seront pas à remarquer ni à propager aucun écrit étranger, soit executée loyalement dans toute son étendue.

§ 5. Je défends de soumettre mon corps après mon décès à une autopsie; seulement comme ma maladie ressemblait souvent à un cas cataleptique, je crois qu'on doit prendre la précaution de m'ouvrir une veine avant mon enterrement.

§ 6. Si je me trouve à Paris à l'époque de mon décès, et que je n'habite pas trop loin de Montmartre, je désire être enterré dans le cimetière de ce nom, ayant une prédilection pour ce quartier, où j'ai résidé pendant de longues années.

§ 7. Je demande que mon convoi soit aussi

modeste que possible, et que les frais de mon
enterrement n'excèdent pas le montant ordinaire
de celui du plus simple bourgeois. Quoique par
acte de baptême j'appartienne à la confession
Luthérienne, je ne désire pas que le clergé de
cette Eglise soit convié à mon enterrement, je
renonce même au ministère de tout autre sacredoce
pour célébrer mes funérailles; ce désir n'est pas
dicté par quelque velléité d'Esprit fort. Depuis
quatre ans j'ai abdiqué tout orgueil philosophique,
et je suis revenu aux idées et aux sentiments religieux. Je meurs croyant en un Dieu uni et
Eternel, Créateur du monde, et dont j'implore la
miséricorde pour mon âme immortelle. Je regrette
d'avoir dans mes écrits quelquefois parlé des
choses saintes sans le respect qui leur est dû,
mais j'étais plutôt entrainé par l'Esprit de mon
époque que par mes propres propensions. Si
j'ai à mon issu offensé les bonnes moeurs et la
morale, qui est la vrai essence de toutes les croy-
ances Monothéistes, j'en demande pardon à Dieu
et aux hommes. Je défends qu'aucun discours,
en allemand ou français, soit tenu sur ma tombe.
En même temps j'énonce le désir que mes com-
patriotes, quelqu'heureuse que puissent devenir
les destinées de notre pays s'abstiennent de trans-

férer mes cendres en Allemagne, je n'ai jamais
aimé à prêter ma personne à des moméries po-
litiques. La grande affaire de ma vie était de
travailler à l'entente cordiale entre l'Allemagne
et la France et à déjouer les artifices des enne-
mis de la démocratie; qui exploitent à leur profit
les préjugés et les animosités internationaux.
Je crois avoir bien mérité autant de mes com-
patriotes que des Français, et les titres que
j'ai à leur gratitude sont sans doute le plus
précieux legs que j'aie à conférer à ma légataire
universelle.

§ 8. Je nomme pour exécuteur testamentaire
Mr. Maxime Joubert, conseiller à la cour de cas-
sation, et je le remercie de vouloir bien se charger
de cette fonction.

Le présent testament a été ainsi dicté par
Mr. Henri Heine et écrit en entier de la main
de Mr. Ducloux, l'un des notaires soussignés tel
qu'il lui a été dicté par le testateur, le tout en
présence des dits notaires et des témoins, les quels
de ça interpellés ont déclaré qu'ils n'étaient pas
parents de la légataire.

Et lecture faite en-mêmes présences au testateur, il a déclaré comme contenant l'expression
entière de sa volonté.

Fait et passé à Paris dans la chambre à
coucher de Mr. Heine, sus indiquée.

L'An 1851, le jeudi 13 9bre vers 6 heures
de relevée.

Et après nouvelle lecture entière, le testateur
et les témoins ont signé avec les notaires.

Enrégistré à Paris 3^{ie} bureau le 20 Février 1856.

III.

𝔅𝔯𝔦𝔢𝔣𝔢 𝔳𝔬𝔫 𝔉𝔯𝔞𝔲 𝔐𝔞𝔱𝔥𝔦𝔩𝔟𝔢 𝔥𝔢𝔦𝔫𝔢 𝔚𝔴𝔢.

Paris le 25 Mars 1856.

Mon cher neveu!

J'ai reçu vos deux lettres, et je vous re-
merçie des bonnes paroles qu'elles contiennent.
Mr. votre père m'a fait l'honneur de m'adresser
également une lettre touchante, qui m'a fait grand
plaisir. Veuillez lui dire, je vous prie, que j'ai
conçu depuis longtemps une haute estime pour
lui, et que je me fais un devoir de lui faire
parvenir, dans cette circonstance, avec mes re-
merçiments les plus vifs, l'assurance de mes sen-

timents les plus affectueusement distingués. J'espérais, je l'avoue, trouver les mèmes procédés auprès de tous les membres de la famille de mon mari: mes espérances à cet égard n'ont pas été réalisées. Vous n'ètes pas sans doute sans avoir connaissance de l'offense très-grave que j'ai reçue de mon beau-frère Mr. Gustave Heine, de Vienne. Il ne s'est pas contenté de ne pas me donner signe de vie, quoique j'eusse prié Mr. le Docteur Gruby, médecin de mon mari, de lui annoncer la mort de son frère, comme aux autres membres de la famille. Après m'avoir abandonné à mes propres ressources, dans l'accomplissement des premiers et indispensables devoirs, ceux qui se font sans bruit, et qu'on ne met pas dans les journaux, au point que j'ai été obligée de recourir à des étrangers, il a fait publier, par un journal allemand, et reproduire par les journaux français la note voici:

„Mr. Gustave Heine, le frère du célèbre Henri Heine, mort recemment à Paris, fera élever à son frère un monument du prix de 10000 F. Mr. Gustave Heine, qui habite Vienne, a fait exécuter ici le plan du monument, qui a été expédié à Paris aujourd'hui."

Cette note était déjà pour moi une assez grave

offense; car enfin, on annonçait au public, sans
même me l'avoir annoncé à moi-même, une intention qui cependant me regardait plus que tout
autre et à laquelle Mr. Gustave Heine pouvait
donner suite, qu'avec mon propre consentement.
Aussi regardais-je d'abord cette note comme
un de ces bruits que font circuler les journaux
et qui n'ont rien d'exact. Ce qui me portait à
le supposer, ce n'est pas seulement mes droits
méconnus, la convenance foulée aux pieds, c'est
aussi et surtout le prix du monument orgu-
eilleusement affiché dans un article de journal.
Je ne pouvais imaginer que mon beau-frère vou-
drait se mettre, dans une circonstance aussi
douloureuse, et pour un acte d'un ordre aussi
élevé, aussi saint, aussi véritablement religieux,
dans le cas de paraître, céder à un motif de
pure ostentation. Mon premier soin en conséquence fut de répondre à cette note par la
lettre suivante.

Paris le 10 Mars 1856.

Monsieur!

„J'apprends que vous avez reproduit la note
publiée par la Gazette d'Augsbourg, relative-
ment à un pretendu monument que Mr. Gustave

Heine, de Vienne, se proposerait de faire élever
à la mémoire de feu Henri Heine, mon mari.

„Permettez-moi, Monsieur, de déclarer ici que
j'ai fait au cimetière Montmartre l'acquisition
d'un terrain pour y fonder la sépulture perpétuelle
de mon mari, et que nul ne peut entreprendre
d'y élever un monument sans s'être préalablement
concerté avec moi. N'ayant eu jusqu'à ce moment, aucune connaissance de l'acte mentionné
par la Gazette d'Augsbourg, il m'est bien
permis d'ajouter que cet acte, auquel les journaux
allemands ont cherché à donner un certain reten-
tissement, doit être, quand à présent, considéré
par le public comme non avenu.

„J'ai l'honneur ect

Vve Henri Heine."

Après l'ecture de cette lettre, Mr. Gustave
Heine pouvait tout réparer, il devait le tenter.
Il devait écrire aux journaux et dire que son
intention était bien en effet de faire élever un
monument à la mémoire de son frère, mais qu'il
ne comptait nullement agir en dehors de moi et
sans moi. Loin de là, il a adressé la lettre suivante au journal du Débats:

„Monsieur, les journaux ont annoncé que

j'ai l'intention de faire ériger un monument à la mémoire de mon frère Henri Heine, et que les dessins pour le dit monument ont été envoyés à Paris pour y être exécutés.

„Comme frére âiné du défunt, et sur le désir exprimé par ma vénérable mére, je remplirai le devoir sacré de marquer dignement à la postérité la place où une glorieuse dépouille, chère à mon affection est ensevelie. J'ai pour cet effet chargé deux artistes renommés de Vienne de composer deux dessins differents pour les monuments en marbre et en granit; mais avant d'être exécutés, je me crus obligé, mû par un sentiment de piété filiale, d'envoyer les dessins en question à Hambourg, pour écouter l'avis de ma mère et régler là dessus mon choix définitif.

„Vienne le 14 Mars 1856.

Gustave Heine,

Redacteur en chef du Fremdenblatt."

Cette fois, en ayant l'air de fouler aux pieds tous mes droits, en s'exprimant, comme si je n'existais pas, ou comme si j'avais mérité que la famille de mon mari, me mit de côté dans un acte aussi important, Mr. Gustave Heine m'a fait lui même directement une très-grave offense, j'ai

donc du prendre une décision. Cette décision, c'est
que personne autre que moi-même ne continuera
à prendre soin de la dépouille chère et sacrée de
mon pauvre mari. J'ai répondu en conséquence
au journal du Débats.

Paris le 21 Mars 1856.

Monsieur!

„Dans ma lettre du 10 de ce mois, que vous
avez eu l'obligeance de publier, j'ai eu l'honneur
de vous dire qu'ayant fait l'acquisition d'un terrain
pour y fonder la sépulture perpétuelle d'Henri
Heine, mon mari, nul n'est en droit d'édifier
un mausolée sur cette tombe, sans mon consentement.

„Aujourd'hui, après la lettre venue de Vienne,
que vous avez insérée dans votre numéro d'avant
hier, je crois devoir aller plus loin, et je déclare
que je ne permettrai à personne de partager avec
moi le soin de préparer une dernière et pieuse
demeure à l'homme de génie, qui me fit l'honneur
d'associer sa vie à la mienne, et qui d'ailleurs me
conserva jusqu'à son dernier jour ses meilleurs
et ses plus affectionnés sentiments.

„Agréez e. c. t.

V⸿ Henri Heine."

J'ai eu du reste la consolation de trouver ici auprès des journaux la plus vive et la plus entière sympathie. Je n'ai vu personne, qui ne parut indigné de ce que l'on profitait d'un moment où je venais d'être accablée, par un affreux malheur, pour me faire éprouver des essais de persécution. On était surtout consterné que cette action venait de mon beau-frère et s'exerçait contre une femme. On connait la manière dont mon mari m'affection-nait, et l'on considérait comme une atteinte à sa mémoire les mauvais procédés adressés à sa veuve. Il n'est point jusqu'à la portion de la lettre de mon beau-frère relative à ma belle mère, qui ne donnât prise au plus grand blâme. On a trouvé généralement que ce n'était pas amoindrir l'insulte qu'il me fesait, que de la mettre sous le couvert des désirs respectables de ma venerée belle-mère, que j'ai appris de mon mari à estimer et à aimer. Enfin quelques personnes ont été jusqu'à dire que l'intention de mon beau-frère avait été tout sim-plement d'attirer les regards, et nullement de faire ce qu'il avait annoncé. Ils en donnent la preuve en disant que, qui veut la fin d'une chose, ne se met pas volontairement dans l'impossibilité absolue de l'obtenir, en faisant sans nécessité aucune injure à la seule personne qui a le pouvoir de l'accorder.

Pour moi, mon cher neveu, j'ai laissé dire tout cela sans y mêler mes réflexions. Plongée dans la douleur, vivant dans la retraite, je ne suis sortie un instant, et à mon grand regret, du silence profond que je m'étais imposée, que pour défendre ma dignité et mes droits méconnus. Je le devais absolument, non seulement par rapport à moi, mais aussi par rapport à mon pauvre mari, aux désirs et à la mémoire duquel je croirais être peu fidèle, si je souffrais que, qui que ce soit, sous quel prétexte que ce soit portât atteinte aux droits que je tiens de son fait et abaissât en moi la dignité de la personne qu'il a le plus affectionée.

Agréez mon cher neveu etc.

V<u>ve</u> Henri Heine."

Paris Mars 1856.

Mon cher neveu!

„En réponse à votre lettre vous paraissez étonné de ce que Mr. Joubert ne vous a pas écrit et de ce que je ne vous ai pas envoyé moi-même les papiers, et le peu qui reste des lettres que gardait mon mari. Permettez moi de vous observer, que l'honorable Mr. Joubert n'avait

pas à écrire, il devait tout simplement envoyer,
si on le lui réclamait, une copie du testament,
et c'est ce qu'il a fait. Il attendait d'ailleurs que
vous lui envoyassiez où que vous m'adressassiez
à moi même les instructions que mon mari voulait
vous envoyer, l'orsqu'il dicta son testament; instructions sans lequel le mandat qu'il vous donne
est d'une éxécution tout à fait impossible et de-
vient nul parconséquent, il résulte de votre
lettre que vous n'avez pas ces instructions. vous
me priez en conséquence de vous les envoyer,
croyant à tort, que je les aies Je ne les ai nullement,
et ne les ai jamais eues, bien plus, en classant
les papiers de mon mari, je les ai visités un à
un, et je n'ai rien trouvé qui resemblât à des
instructions. Cela ne m'a pas du reste etonné.
Je savais que mon mari avait changé d'intention
depuis son testament, depuis surtout l'été dernier,
il avait décidé qu'il me laisserait à moi-même
la liberté de disposer de tous les manuscrits comme
je l'entendrais. Il me l'a dit bien souvent, et cela
résulte d'ailleurs d'un testament qu'il avait com-
mencé quelques jours avant de mourir, et que
la mort hélas! est venu e interrompre. Dans cette
rédaction, écrit de sa main, mon pauvre mari ne
se contente pas de m'instituer, encore une fois,

sa légataire universelle, sans condition ni restriction ; il va jusqu'à me donner, par les hommages publics qu'il me rend, une marque nouvelle de cette haute estime et de cette constante et inaltérable sympathie qui nous unissait si étroitement depuis un si grand nombre d'années. C'est une douce consolation, et une bien vive joie pour mon coeur, que la pensée d'avoir été jusqu'au dernier moment la plus active, la presque unique préoccupation d'un grand homme, et d'un grand homme que j'aimais.

Il ne me reste mon cher neveu, qu'à vous bien exprimer les sentiments reconnaissants dont je suis pénétrée en songeant aux paroles de devoument et d'affection que contient votre lettre. Croyez bien, qu'à mon tour je me souviens avec plaisir de mon neveu Ludwig, et que j'espère recevoir de ses bonnes nouvelles quand l'occasion s'en présentera.

Agréez, je vous prie mon cher neveu, et veuillez faire agréer à toute Votre famille, l'assurance de mes sentiments les plus distingués.

Vve Henri Heine.

A. Mr. Jules Claretie, au Figaro.

Paris le 20 Fevr. 1867.

Monsieur!

Comment connaissez-vous le procès que j'ai intenté à Mr. Michel Levy. Je vis très retirée et ne fais pas de fracas du sentiment qui m'a poussé à venger la mémoire de mon mari, odieusement outragé.

C'est donc mon adversaire qui a plaidé sa cause devant vous, et ses arguments — sans réplique — vous ont fait écrire ces mots:

J'aime à croire que Madame Heine, reconnaissant qu'elle a été mal conseillée, ne poussera pas la chose plus loin. . . ."

Vous vous trompez Monsieur — dans un procès de cette nature, les conseillers ne sont là que pour éclairer ma route; j'agis spontanément, forte de ma conscience, non pour une question d'argent, mais pour une question d'honneur. Pour votre édification personnelle, voici les faits: Les hommes de lettres ai-je souvent entendu dire — sont de petits garçons en affaires, à côté de M. M. les éditeurs. Jugez de mon inexpérience, à moi femme, quand j'ai traité avec Mr. Michel Lévy.

Mais il était si bon, si prévenant, que je

n'aurais eu garde de me défier. Un jour, touchée da sa sollicitude, je lui racontai que l'on publiait à l'étranger des lettres de mon mari, prétendues intimes, mais plutôt fabriquées. J'en étais attristée; mais comment plaider en Allemagne! Procurez-moi ces livres, répondit Mr. Levy, et je vais demander pour vous 100,000 francs de dommages intérêts à l'éditeur.

Je rapporte ces chiffres pour plus de précision: je ne désirais qu'une chose, empêcher la publication et j'avais la bonne chance de rencontrer un protecteur pour arriver à mes fins! Informations prises, j'achetais sept volumes en langue allemande que je lui remis.

Les mois, les années se passèrent. Je redemandai à Mr. Michel Levy les volumes, que je lui avais confiés, puisqu'il ne faisait rien pour la défense de mes droits, mais il était toujours telle ment occupé, et les brochures étaient si loin dans les rayons, que je patientais et que j'attendais encore, quand j'appris très-indirectement que Mr. Michel Levy publiait les lettres fabriquées et traduites qui autrefois excitaient ces colères. De là procès, et sans médire des juges de Berlin, je trouverai cette fois mes juges à Paris: le but me parait moins difficile à atteindre.

Connaissez-vous ces faits, Monsieur! Je

suis persuadée à l'avance que non, et cependant, ils sont rapportés dans mon assignation.

Vous n'aurez plus le droit de rire de moi. A votre tour, vous avez fait le jeu de Mr. Michel Lévy. Vous avez cru qu'il vous racontait un procès curieux, et il ne voulait que dix lignes dans votre journal, sachant bien qu'écrites par vous, elles seraient une recommandation, qui lui ferait vendre, avant la décison de la justice, force volumes. Je vous prie, Monsieur, d'insérer cette lettre dans votre prochain numéro. Je ne vous parle pas de mon droit: c'est une prière que je vous adresse avec l'expression de mes meilleurs sentiments.

V<u>ve</u> Henri Heine.

Paris le 22 Février 1867.

À Monsieur

Jules Claretie, redacteur du Figaro.

Monsieur!

Les réflexions, que vous a inspirées le procès qui nous est intenté par Mme. Veuve Heine, au sujet de la Correspondance de son mari, dont nous avons récemment publié les deux premiers volumes, ont provoqué une prétendue recti-fication signée de cette dame, que vous accuse de vous être fait complaisamment mon avocat, dans un but de réclame industrielle.

En ce qui touche cette accusation de complaisance, vous savez, Monsieur, combien est gratuite la supposition de Madame Heine, et si j'ai l'honneur de vous connaître assez particulièrement pour être en droit de vous demander un service.

Quant au fond du débat, ce n'est pas dans un journal, qu'il convient de l'exposer en détail. Voici ce que je me bornerai à dire pour toute justification.

L'article 1ᵉʳ du traité que j'ai conclu avec Mme. Heine, le 28 Janvier 1865, porte ce qui suit:

„1° La propriété pleine et entière de toutes les oeuvres parues ou à paraître d'Henri Heine.

2° Le droit exclusif de traduction en français de tous les ouvrages d'Henri Heine publiés en langue allemande.

3° Le droit de traduction en français de tous les ouvrages d'Henri Heine posthumes et inédits, qui viennent à paraître.

En vertu des droits que me confie si explicitement cet article, j'ai fait traduire la Correspondance d'Henri Heine, qui forme les tomes XIX,

XX et XXI de l'édition originale des oeuvres
complètes d'Henri Heine, publiée à Hambourg par
Hoffmann et Campe, cessionaires de Madame veuve
Heine au même titre que moi, et éditeurs allemands de son mari, depuis plus de quarante ans,
comme je suis moi - même son éditeur français
depuis quatorze ans environ. Cette origine de
ma traduction est un fait matériel, facile à con-
stater, et que Madame Heine au plutôt les personnes qui la conseillent n'ont apparement pas
pris la peine de vérifier, mais dont la sagesse
d'un tribunal ne manquera pas de s'enquérir.

Une édition non autorisée de certaines oeuvres
d'Henri Heine a été publiée, en sept volumes, à
Amsterdam, par Binger frères. Cette édition m'a
été, en effet, dénoncée, il y a deux ou trois ans,
par Mme. Heine, qui m'en a remis un exemplaire,
comme pièce à produire, si je jugeais à propos
de poursuivre les éditeurs. Mais je n'ai rien absolument emprunté à cette édition, jamais je n'en
ai fait traduire une seule ligne; et c'est ce que
j'aurais démontré à Madame Heine, si, avant de
m'envoyer une assignation, elle avait bien voulu
venir me voir, comme mes bonnes relations avec
elle lui commandaient peut-être de le faire.

J'éspère encore que, convaincue de ma bonne

foi, devant les preuves palpables que je lui oppose, Madame Heine retirera la plainte que de maladroits donneurs d'avis, lui ont si légèrement fait porter contre moi.

Agréez Monsieur, l'assurance de ma considération la plus distinguée

Michel Levy.

P. S. Madame Heine parle de son inexpérience et donne à entendre que je l'aurais exploitée lors de la conclusion de notre traité. Or ce n'est pas avec elle directement que j'ai negocié l'affaire; c'est avec Monsieur von Embden, de Hambourg, neveu et ami d'Henri Heine, qu'elle avait chargé du soin de ses intérêts, et qui vint à Paris tout exprès pour s'entendre avec moi. Madame Heine n'eut que la peine d'opposer sa signature au bas du traité, comme il est arrivé sans doute pour la lettre qu'elle vous a adressée.

IV.

Contract mit Herren Hoffmann & Campe über den Verkauf des Nachlasses H. Heines.

---

1. Vendu pour la somme de 10,000 Frs. — les oeuvres posthumes de Henri Heine qui sont à présent entre les mains de Mr. von Embden.

2. Madame H. Heine Vve. déclare qu'elle ne possède rien de plus en poèmes ou autre produit littéraire de H. Heine, excepté un fragment de mémoires, et qu'elle ne publiera pas pour le moment. —

3. Elle autorise aussi Mrs. Hoffmann & Campe à demander raison à qui que se soit, qui publiera encore des choses inédites, naturellement aux frais et depenses de Mrs. Hoffmann & Campe.

Hamburg, 16. Aug. 1869.

Register.

Anhang.

Druck von Hesse & Becker in Leipzig.